当代作家症候研究

历史之思与心灵之困

樊迎春 著

北 京 出 版 集 团
北京十月文艺出版社

序

杨庆祥

迎春要在北京十月文艺出版社出版一本著作，书稿整理好后发给我，问我的意见，当时没有特别的建议，只是觉得题目有点拗口，所以重新取了一个书名，也就是目前的《历史之思与心灵之困——当代作家症候研究》，迎春也就照单收了。她当时又问我是否可以写篇序，我说只要时间允许可以写，她说时间充裕，我一时糊涂就上了当答应下来，其实对我来说，时间"允许"应该作"不允许"来理解。准备写的时候又想起以前在《当代作家评论》的青年批评家栏目给她写过印象记，一些鼓励的话当时已经说过了，现在再说一则有重复之嫌，二来迎春在北大担任教职几年，已经是我的同行，如果再用一副老师的口吻来指点，自己都有些嫌弃。思前想后，只是后悔不该答应。我想起以前看到李泽厚给赵士林写序，那是真名士，嬉笑怒骂三言两语就是大文章，但我怎么能跟李泽厚先生比，只能是一边内心艳羡一边对着电脑愁眉苦脸。

李泽厚在给赵士林的序里说"我拒绝看这本书的任何一个字"，

1

这一点我做不到，迎春的文章多多少少我都读过一些，我指导了她的硕士论文写作，参加了她的博士论文和博士后出站论文的答辩。这其中博士后出站的论文印象最深刻，以《子夜》为核心文本讨论20世纪30年代"中国社会性质论战"与文学创作的互动，在文学和社会学之间建立起了自洽的论述逻辑。本书收入的文章主要围绕三类作家展开：一类是宗璞、茅盾、巴金、张光年等横跨现当代的老作家；一类是鲁敏、徐则臣、葛亮、李宏伟等几位出生于20世纪70年代的作家；一类是王威廉、郑小驴、陈春成、李唐等几位"80后""90后"作家。迎春分别用"归来者"、"迟到者"和"脱历史者"对这几类不同代际的作家进行命名，这类命名是否准确暂且不论，但可以看出迎春的用心所在，她试图以历史作为参考系，依此形塑并区隔不同代际作家的主体性，探究他们的写作症候和心灵困境。这里面写宗璞、茅盾、徐则臣等的文章在学界反响良好，在很多时候迎春已经被目为相关领域的研究专家。当然，如果按照谱系学的严格标准，这本书还应该补充进对"50后"作家、"60后"作家的分析，这也许构成了另外一本书的主题和内容，具体还得看迎春下一步的研究计划。

话说回来，虽然我没有李泽厚那么大胆洒脱，但如果说我对迎春的文章都一字一句认真研读了，这肯定也是一句假话。除了指导硕士论文的时候我会对某些章节逐字逐句进行修改，其他大多时候都是匆忙一阅，这本书里的大部分文章也不例外，所以上面的论述也只能是浮光掠影，读者如果要深解这些文章的微言大义，还是得认认真真地读作品，读原文，比照心迹，肯定会有所收获——但今天还有这样的读者吗？在一个网红和商业结盟，崇尚流量和利润的时代，理论的思考和书写不过是一种越来越尴尬的存在。

目前来看，迎春的学术道路相对顺利，其中虽有波折，但一路读研读博，发表文章，斩获奖励，顺利找到教职，已经是同代人中的佼佼者，我不知道迎春在接受"社会科学化"话语严格训练的同时是否感受到了时代精神微暗的风声？或者说，在知识考古和知网论文等"正确的知识"之外是否嗅到了某种"不正确"的气息？对我个人来说，微暗的风声和不正确之物才是打开奥妙之门的钥匙，并借此找到自我的问题意识。迎春这一批年轻的批评家已经入场很久，从代际更迭的角度看，他们肯定会长江后浪推前浪，但从自我意识和问题视野的角度，他们或许还需要花更多的时间重置与这个世界链接和对话的方式。只可惜这个时代过于忙碌和琐屑，留给沉思和内省的空间很是有限，这不仅是迎春这一代的问题，也不仅仅是我们这一代的问题，沉重一点来说，这是"五四"以来的老问题，沉疴难医，积重难返。

好了，这么说过于严肃了，不是我的风格，对于活着的人来说，快乐原则第一，又何必为漫长又枯燥的历史焦虑？那就打住，对一本书来说，序是最无关紧要的东西。迎春的这本书一定会发挥它应该发挥的功能，这就足够了。

2024 年 11 月 29 日

目 录 Contents

引　言

对同时代文学发展生态与创作症候的关注一直构成当代文学研究最具活力的部分，也彰显了当代文学的核心魅力。当下的文学创作既包含着对现实的即时反馈，也蕴藉着沉重的历史思考。当然，这种反馈与思考其来有自，并非当代文学的专利，但重要的永远是讲述故事的年代。对今天的研究者与普通读者来说，最紧迫的需求是从共和国的历史中突围以便认识当下，乃至走向未知的未来。这就使得我们在讨论当下文学创作现状的时候需要回到"书写共和国历史"的起点，即20世纪80年代。这一时期的文学不仅首次正式书写共和国的历史挫折，也第一次呈现亲历伤痛的个体如何记录这段历史，如何纾解心灵的重负。之后的90年代与21世纪文学是80年代文学时间意义上的延长线，也是个体与历史、现实进行多重互动的深化体现。本书从20世纪80年代出发，延伸至21世纪，关注不同代际作家的历史反思以及对历史与现实造成的心灵困境的纾解，由此考察作为知识分子的一群人、一代人、几代人的历史省思与当代想象。

　　本书首章关注跨越现当代文学时期的老作家。经历过民国以及共和国50—70年代的作家在新时期的创作构成了当代文学历史反思的重要部分，他们劫波渡尽后的观念变迁与创作变化也得以呈现。宗璞是这一群体中的重要一员，她作为作家的声誉多少受到父亲冯友兰的遮蔽，对她的研究也大多停留于其创作风格的典雅、优美，以及其对于西南联大一代知识分子的记录。然而，学界一直忽略了宗璞母亲家族对她的影响。宗璞的二姨父是中共早期党员、革命烈士孙炳文，他也是朱德、周恩来的好友。孙炳文牺牲后，他的女儿孙维世被周恩来、邓颖超夫妇收养。孙维世的哥哥，即孙炳文的长子孙泱曾任朱德秘书、中国人民大学副校长，兄妹二人都在"文革"中被迫害致死。孙家的其他几个子女也多历经坎坷，难得善终。除了二姨妈一家，宗璞的六姨妈一家也长期生活在延安，他们的人生经历也和中国的革命历史密切相关。也就是说，除了冯友兰家族的书香传承，母亲家族的"革命传统"也一直影响着宗璞，这在宗璞的很多作品中其实有较为鲜明的呈现，但这一问题显然没有得到学界的足够重视。这不仅使得对宗璞的研究存在较大盲区，也使得对宗璞这一代际作家的讨论缺失一重重要的视野。本书在这样的意义上将关于宗璞的讨论置于首篇，希望可以在拓展宗璞研究可能性的基础上关注这一代作家成长与创作的复杂性，呈现亲历者反思历史与摆脱心灵之困的独特路径。

除宗璞外，本书关注的另外两位老作家是茅盾、巴金。他们其实是宗璞的父辈，精神与情感结构具有代际同构性与个体特殊性。新时期以降，他们处理自己身心困境的不同方式也成为一个重要的文学问题。本书选取茅盾在现代时期一项并不是十分显眼的工作作为讨论案例，即茅盾在20世纪30年代对《红楼梦》的节编。茅盾这一工作是受出版社朋友之托，但他却在这项工作中展现出出人意料的"极端"，将《红楼梦》广受赞誉的浪漫、想象部分统统删去，这一做法和文艺修养深厚的茅盾的形象极为不符。于是，值得特别关注的，便是彼时茅盾创作观念的转变，确切地说，是茅盾"立场"的转折，那个曾沉迷欧洲进化论文艺观念的作家转变成了坚定的唯物史观信仰者，这项工作也是茅盾此时心志抉择的具体呈现。和茅盾的选择与行动形成一定对照的，是巴金。同为"五四"影响下成长的一代，巴金的"政治立场"代表了现代时期进步青年的另一条人生道路，身为终身的"无政府主义者"，他在创作中也始终别有怀抱，20世纪40年代创作的《寒夜》在某种意义上也是他个人对自身抉择的追忆与反思。新时期之后，巴金发表了引发巨大讨论与争议的散文随笔集《随想录》，通过对往事的追忆，他对自己在灾难年代的表现进行深刻反思，其表现出的内疚、忏悔与极致的真诚振聋发聩，巴金也成为极为罕有的具有"罪感"意识的中国作家。本书关注巴金的人生道路与创作历程，希望可以窥探作为"异类"的他在20世纪40—80年代所做的解放心灵的探索。

本书讨论的另一重要人物是张光年。他比茅盾、巴金更为年轻，也更为"革命"，除了是作家，他也是新中国成立后文化领域的重要领导人，他的荣耀和坎坷也是共和国政治与文化动荡的镜像。在新时期初期，在各项制度和规范重建的敏感时节，张光年又承担了别样的重要角色，见证了文学观念与文学组织的又一次重建，见证了历史施加于个人的又一重光影。本书在史料梳理辨别而非文本分析的层面讨论张光年，除了因为张光年在新中国成立后几乎没有文学创作，也希望在机构、制度、上层意志的维度为当代文学研究提供相关资料与逻辑支撑。

在这批老作家的光环与荣耀之下，是"50后"作家的"被亏欠感"，他们虽然没有遭遇前辈那么多的历史劫难，但他们度过了极端贫困的童年，也被时代耽误了宝贵的青春年华，他们有充足的理由和动力控诉历史的错误、描述自身的苦难，也有正当的权利要求时代给予补偿；稍稍晚生的"60后"作家赶上了"宏大历史"发生的尾巴，他们大多在恢复高考后正常开启了自己的人生，相比于历史的波折，他们更多见证了20世纪80年代的风起云涌，接受了更多欧风美雨的洗礼，迈出了勇敢创新的步伐，这使得他们在青壮年时期就成为文坛扛鼎作家。① 于是，更晚出生的"70后"作家便多少有了"尴尬"的意味，无法和"50后""60后"作家比拼历史书写的正当性，也无法拥有"80后"作家自出道始就拥有

---

① "50后""60后"作家的历史书写与心灵困境将另辟专书讨论。

的叛逆和倔强，他们似乎成了"夹缝"中的代际，往前、往后都无法找寻到坚实的依靠。然而，他们也拥有前辈和后辈都不具备的优势，即他们自创作之初便"在日常生活中"，普通人的平凡生活第一次在他们笔下获得了被书写的正义。当然，他们也不得不历经日常生活对于个体精神的消磨，也一次次面对脱历史带来的精神的虚无。于是，虽然出身、成长以及经历的历史大事都不相同，但他们和前辈作家一样，经受历史给予的重负，也深陷精神与心灵的困境。

本书辟专章关注"70后"作家。徐则臣和鲁敏都是其中的优秀代表。徐则臣以"京漂系列"作品获得声誉，也多少被贴上底层书写的标签。但徐则臣的书写显然不是传统意义上的左翼关切，而是关注都市生活中用力争取理想生活的卑微却自由的灵魂。在之后的创作中，徐则臣试图为"70后"一代人代言，长篇小说《耶路撒冷》可以看作"70后"的成长史，呈现了这代人与家庭、时代、现实、历史之间的龃龉与妥协。鲁敏也是从关切个人在城市中的多重困境出发，以讲述家庭故事的方式呈现人与社会、他者之间的关系，更将日常生活对人的压抑拓展至极端状态。徐则臣和鲁敏都在兢兢业业地书写心灵的解放日志，试图为日常生活中挣扎求存的人们找寻逃离困境的道路，但他们终究也意识到这无法满足自己更为宏大的创作企图。因此，在文坛已经奠定一定地位的他们纷纷转向对大历史的书写。徐则臣从1901年写起，借一条运河记录20世纪中国的百年沧桑，鲁敏则以一个资本家的故事为推行40多年的改革开放写史，身为"脱历史者"的他们似乎都有重新参与历史进程的需要，但这种需要也时刻与对个体自由的保存相冲突，这也构成"70后"作家创作的独特症候。

同为"70后"的葛亮生在内地，求学并长期生活于香港，他对日常生活的关注可以用"迷恋"来形容，他以内地作家中不常见的民国想象创造了一种独特的"闲适美学"。然而，和徐则臣、鲁敏一样，葛亮也始终囿于历史的幽灵，几乎在每一部作品中都融入近现代中国的革命历史，而因为特殊的家庭出身与另类生活环境，他对日常生活与历史的书写都为当代文坛提供了重要的去中心化的视角。李宏伟一直致力于科幻题材的书写，关切着人类未来"生存还是死亡"的重要难题。他从不拒绝总体性的诱惑，以传统人文主义的责任意识试图为人类找寻到生存之道。李宏伟立足当下，以想象力对未来做出合理推测，以"回到未来"的姿态清理正在发生的"历史"。

如果说"70后"作家在努力书写自身的心灵解放旅程，对历史和心灵困境依然具有某种明确的"追求"，那么在他们之后登上文坛的"80后"作家自出道始就以一种"解构"的姿态表达自身，叛逆与个性使得他们在"文学失却轰动效应"的年代享受了超出文学影响力的鲜花和掌声，这当然也意味着他们需要承受本不该由作家承受的市场的评判与舆论的压力。而当"90后"也已经成为各种文学活动和会议的常客后，曾经风头无两的"80后"作家群体也逐渐"分离"，有的继续走早年青春文学的路径，有的则坚持在所谓的"严肃文学"的田野里深耕。郑小驴一开始即游离于"80后"这一群体之外，他多年来执着于悬疑叙事，以先锋的笔触探索后真相时代的人情与人性，却又颇为矛盾地携带着传统知识分子介入现实的人文关怀。郑小驴或许代表了当下文学现场一种重要的创作症候，即不再执拗于某种理论或潮流，而是以"混搭"的美学自由驰骋，描述现实也不断虚构现实，深入困境也试图脱离困境。已过不惑之年的"80后"作家早已过了创作学徒期，成为文坛老将，也成为不断被生造出来的各种批评概念的主体，如在近年出现的东北文艺复兴、新南方写作、新北京作家群中，"80后"作家都被反复划入，也在这些群体中不断呈现自身的创作活力与问题意识。这既是当代文学生态的一部分，也反映了"一时代"的焦虑与关切。

陈春成算是近年获得最多赞誉的"90后"作家之一，他的《夜晚的潜水艇》以非凡的想象力和典雅优美的文笔写出了当下时代的精神难题，更为可贵的是，陈春成将看似早已远离的"大历史"融于当下世代的成长与日常生活，不着痕迹却又刻骨铭心。陈春成诠释了"文学"这一工作"文"与"质"的美妙结合。另一"90后"作家李唐，文笔冷静淡泊，注重对个人精神世界的深入挖掘，不少中短篇写了都市中孤独个体的清冷生活，极见功力。最新长篇小说《上京》引入了对民国"杀手"的描写，显然也有触摸历史的企图，但他的优势仍在于对人物内心世界的详尽描摹，在于对个体精神的细腻把握。陈春成和李唐都以鲜明的风格向文坛和读者展现了当下写作者关怀历史与人心的全新方式。

本书以对宗璞的研究开篇，以"70后"作家过渡，以"90后"作家结尾，除了大致遵循时间线索外，也有个人的研究缘起。宗璞是笔者进入文学研究领域后的第一个研究对象，也让笔者得以见识当代文学研究的复杂。作为历史名人的家属，作为现当代历史的亲历者，生长于大学校园的宗璞呈现了知识分子书写历史的独特性与暧昧性，同时彰显了"左""右"两种力量在作家创作中的博弈。茅盾、巴金、张光年等人也都分别以不同的政治、创作立场进行了自己的文学实践，关注他们对历史的态度是对"反思历史"起源的关切，也是试图为后辈作家的同题材书写提供参照。在这样的意义上，年龄跨度稍大的"70后"作家是较为典型的"对照组"，成长经历的较大差异使得他们在创作实践中对历史的记录、对心灵困境的捕捉值得更多目光。而更为年轻的"80后""90后"作家的创作则更具有阿甘本意义上的"同时代人"的研究价值。"所有历史都是当代史"，他们对过往与当下历史的书写正关涉着青年一代的历史观与现实感。

本书篇幅有限，选取的研究对象当然是挂一漏万，但希望可以在客观时间与具体创作实践的双重意义上观察当代作家的历史之思与心灵之困。在文学的世界，或许唯有历史和历史中的人心是永恒的。

第一章　归来者的呼号

　　本章选取宗璞、茅盾、巴金、张光年为具体讨论对象。标题使用的"归来"并非文学史意义上严格定义的"归来作家"，而是宽泛指向历经现当代文学阶段，在新时期仍有重要文学活动的作家，他们对历史的书写携带着亲历者的直接经验，也蕴含着深思熟虑后的个体思考。他们的不同抉择，正是当代作家对待历史的不同态度。或者说，通过他们的创作实践，当代文坛得以窥见"具体的历史"，且是"具体的、不同的历史"，这是归来者继续生活的客观需求，也是他们为当代文坛提供的、个体获得精神救赎的路径。

第一节

书斋内外的小气候：宗璞的家、父亲与小说

出生于20世纪20年代末的宗璞，为世人熟知或许因为是著名哲学家冯友兰之女，又或者是因50年代文坛运动中她的小说《红豆》被批为"大毒草"。但不论是作为"被侮辱与被损害"的第一代还是第二代，宗璞都不够典型。冯友兰新中国成立后一直积极向党和主流意识靠拢，在历次运动中积极主动，除了"文革"中被抄家和短暂关押外，冯家全家都不曾被下放或虐待，宗璞本人除了在50年代中期被批具有"小资产阶级趣味"、"文革"中因"冯友兰之女"被揪斗外，也并未遭受更多迫害，她也没有被限制发表作品，始终保有正常的工作和生活。新时期到来，宗璞也重返文坛，甚至迎来自己创作生涯的新高潮①。然而，作为载誉"归来"

---

① 自1978年开始，宗璞发表中短篇小说数十篇，散文、童话若干，并先后获得全国优秀短篇小说奖（《弦上的梦》）、全国优秀中篇小说奖（《三生石》），同时有散文小说集等出版，并在80年代开始了长篇系列小说"野葫芦引"的创作。

的作家，宗璞似乎远不及她的同代人受关注。这自然和她常年陪侍在父亲身边没有全心写作有关，更为重要的原因或许在于她本人家学和教育影响之下形成的写作意识与创作风格。宗璞显然不是一个可以获得和她的同代人王蒙等人同等学术关注的作家，但不能否认的是，宗璞确实代表了一种类型的知识分子写作。目前有关宗璞的研究大多停留于其散文、小说的创作风格，且多用"优雅""精致""玉兰气质""淡泊宁静"等语意阴柔和重复之词，对已经出版了三卷的"野葫芦引"系列长篇小说的评价也多从知识分子命运、历史责任、家国、民族等宏大角度出发①，但宗璞身上携带的其实是更为复杂的作家成长、创作与社会历史之间的互动与龃龉问题，而她个人对此的认知更在一代作家中具有典型性。

宗璞出身书香门第，深受古典文学熏染，又接受了外国文学科班教育，历经抗日及解放战争、新中国成立后多次批判运动、"文革"、新时期，她的写作已经超越通常意义上的"作家姿态与自我意识"，单纯地论述其文学创作风格或作品的文学价值都失之偏颇。本文从其家学渊源写起，梳理其父亲家庭代表的书香古风和母亲家庭倾向的革命实践，力图在知人论世的基础上梳理宗璞的创作风格，同时重点阐释宗璞陪侍60余年的父亲冯友兰对她的内在影响。本文以宗璞的作品文本为基础，厘清宗璞创作的偏好、倾向，进而分析宗璞在书斋之内形成的个人审美趣味与书斋之外

① 参见人民文学出版社编《宗璞创作评论集》，北京：人民文学出版社，2003年版。

影响下的价值追求之间挣扎的"分裂式写作"——这也成为宗璞创作的特点与困境。有意义的是,同样的问题依然困扰着今天的诸多写作者,研究宗璞的问题恰恰可以为我们今天的文学现场提供参考之一种。

一、南阳古风与革命世家

宗璞于1928年7月26日(农历六月初十)生于北平海淀成府槐树街十号,是冯友兰夫妇的第三个孩子,冯友兰时年33岁,已经有一个9岁的女儿和一个4岁的儿子。宗璞未及满月,冯友兰便开始担任清华大学哲学系教授兼秘书长,随后全家搬进清华园。此后直到1990年冯友兰去世,宗璞一直居住在清华、西南联大、北大校园之中。与女儿的天生北平人不同,冯友兰于1895年出生于河南省南阳市唐河县祁仪镇。实际上,冯友兰祖籍山西,清朝康熙年间曾祖携子迁入河南,筚路蓝缕,历经几代传承,终于在南阳市唐河县祁仪镇落户扎根。及至冯友兰出生,冯家已是当地有名的大户,不仅有田产1500多亩,而且人丁兴旺,每天家里有二三十口人吃饭。

作为南阳本地的外来者,历经了最初的艰难困苦,到了冯友兰的祖父冯玉文一代,除了买地置产,还极为重视子女教育,他认为唯有耕读可传家①,这种观念也算是文化名地南阳的优良传统。

---

① 冯友兰家族情况可参考赵金钟《霞散成绮——冯友兰家族文化史》,武汉:长江文艺出版社,2000年版。

地处盆地，河流环抱，气候湿润，南阳自古人才辈出，学风浓厚。据冯友兰自述，"照老家的规矩，教书先生的地位是很高的，每顿饭必须有家里一个主要人陪着吃"[①]。冯家的尊师重道也得到了相应的回报，冯友兰父辈的三兄弟都在科举中取得功名，冯友兰的父亲更是连中举人、进士，一时"唐河三冯"传为佳话。甚至是当时不被重视的女性家族成员，冯友兰的姑姑也难掩才华，著有诗作多篇，后被兄长编为诗集留存。冯友兰谨遵家族规矩，7岁进私塾读书，经过了传统四书五经的"包本"[②]教育。但在冯友兰父亲一代，清王朝已经日暮西山，父亲常年奔波在外，不幸英年早逝，冯友兰当时只有13岁。之后冯母继续为儿女请先生在家教学，直到他们1910年考入新式学校。冯友兰父母秉持的教育观念是无论学什么学问，都需要把中文的底子打好。因此，15岁之前的冯友兰一直接受中国传统文学的教育，打下了深厚的古典文学的功底。冯友兰的母亲是具有传统家庭妇女美德又不拘泥于传统礼法的人，既把丈夫、孩子的成功视为最高目标，又思想开阔，不仅做过新式学校的学监，给自己起了名字（吴清芝），还做主解除了女儿的包办婚约，在这样古典、富庶又开明的家庭成长，冯友兰和弟弟妹妹将冯家的声名带上了一个新的高度。

与父辈"唐河三冯"相呼应的是冯友兰一辈的"新唐河三冯"。

---

① 冯友兰：《三松堂自序》，南京：江苏文艺出版社，2011年版，第24页。

② 一本书从头背到尾，才算读完，叫"包本"。冯友兰：《三松堂自序》，南京：江苏文艺出版社，2011年版，第4页。

冯友兰和弟弟冯景兰一起离开家乡进入新式学校学习，并先后考取河南省的官费留学资格，几年后都从美国知名大学学成归来，受到当地礼遇。冯友兰后成为知名哲学教授，先后任教于清华大学、北京大学；冯景兰成为著名地质学家，是中国丹霞地貌最早的发现者和研究者。他们的妹妹原名冯恭兰，后改名淑兰、沅君，笔名淦女士，是"五四"时期著名女作家。冯沅君自幼与兄长一起学习古典文学知识，虽然按照家族规定女孩10岁以后不再上学，但她从兄长冯友兰和冯景兰处了解了很多新知识和新观念，并最终说服母亲取消了原订的婚约，与兄长一起北上求学，考入北京女子高等师范学院，毕业后又考入北京大学攻读古典文学研究生。求学期间，冯沅君改编话剧亲自演出，同时进行文学创作，写有许多反抗旧礼教、宣扬女性婚恋自由的小说，一时名满京华，时有黄（卢隐）、凌（叔华）、冯（沅君）、谢（冰心）之称。后来，冯沅君与同为文学研究者的陆侃如结婚，一起从事古典文学研究和教学，成为文坛著名的学术伉俪。如果说父辈的"唐河三冯"还是传统的享誉功名，子辈的"三冯"便都进入现代意义上的专家学者行列。

总地看来，河南冯家是传统的书香门第，是耕读传家的典范。在走出了范蠡、张衡、诸葛亮等文化名人的南阳，祁河、仪河环绕的小镇孕育了冯家的几代贤能。冯友兰的堂妹冯缫兰嫁给了和冯友兰同行的著名哲学家张岱年，而冯景兰的长女冯钟芸后来成为北京大学中文系教授，是著名的语文教育家，她的丈夫也是著名哲学家、国家图书馆前馆长任继愈。据河南冯友兰研究会提供的一份材料统计①，冯氏子弟自第七世"兰"字辈起，至第九世"镇"字辈止，具有大学学历者55人，硕士学位者2人，博士学位者8人。其中37人毕业于北京大学、清华大学、巴黎大学、哈佛大学、哥伦比亚大学等名校，23人留学海外，22人成名成家。说南阳冯家是有家学传承的"文化世家"似乎并不为过。而与父亲家族这边的温润儒雅形成对照的，是母亲任载坤这边的另一番激烈景象。

　　宗璞的母亲任载坤是任芝铭先生的第三个女儿。任芝铭先生是河南新蔡人，生于1869年，是晚清举人，早年沉迷学问，后参加革命，是同盟会重要成员。辛亥革命之后也一直活跃在革命一线，在反袁、北伐、抗日战争中始终发挥重要作用。同时，任芝铭在家乡兴办教育，鼓励后学，在河南和全国都极有名望。革命战争年代，任芝铭亲近共产党，心系延安。新中国成立后历任河南人民政府委员、河南政协委员、全国政协委员。任芝铭先生共有六个女儿，虽然一生没有儿子，但他对女儿也决不轻忽，鼓励她们放足、接受教育，且婚恋自主，并无逼迫。大女儿任馥坤嫁给了四川人黄肇修，黄是早期同盟会成员，由任馥坤的妹夫孙炳文介绍二人相识，自由婚恋，黄从京师大学堂采矿工程系毕业，致力于祖国的采矿工业，后来成为中国最早期的华人矿长，为我国早期矿业发展做出了卓越的贡献，任馥坤也一直过着较为富有

---

① 新华社每日电讯：《牵挂冯友兰的乡亲和故土》，2015年12月18日。

安定的生活；四女儿、五女儿20岁左右不幸早亡；最小的女儿任平坤后改名任均，由任芝铭在1938年亲自送往延安，从鲁迅艺术学院毕业后一直从事戏剧、表演工作，有"延安梅兰芳"之称。她的丈夫王一达也是鲁迅艺术学院学生，新中国成立后一直从事戏剧戏曲工作。

值得详细讲述的是任芝铭的二女儿、宗璞的二姨妈任纬坤，后来改名任锐。任锐在辛亥革命前就加入了同盟会，在革命活动中与中共早期重要成员孙炳文相识相恋并结婚。孙炳文和朱德是好友，曾一起出国留学，感情甚笃。周恩来则是两人的入党介绍人。1927年4月，北伐濒临失败，蒋介石发动反革命政变，大肆屠杀共产党员，孙炳文在去往武汉途经上海时被残忍杀害，舆论哗然。孙炳文去世后，任锐将刚出生几个月的小女儿交给大姐任馥坤抚养，带着其余子女，颠沛辗转多地，继续参加革命活动。周恩来和朱德对他们两人的孩子多有关照。长子孙宁世（孙泱）担任朱德秘书多年，新中国成立后也一直在许多重要岗位担任领导；三儿子孙名世也参军报国，1946年不幸牺牲在前线战场。最引人注目的是二人的大女儿孙维世，长相甜美，性格开朗，深受周恩来和邓颖超夫妇喜爱，后也被夫妇二人收为养女，在延安时期便家喻户晓。孙维世还曾留学苏联，学习表演艺术和理论，也曾担任过毛主席的翻译。新中国成立后一直可以自由出入中南海，风光无限。令人唏嘘的是，孙泱和孙维世在"文革"初期的1967年、1968年便先后被迫害致死。孙炳文和任锐共育有三子二女，任锐本人在1949年4月因重病在天津去世，临终时只有孙维世一个孩子在身边，这个七口人的革命之家最后只有二儿子孙济世和被收养的小女儿孙新世得以善终①。

与南阳冯家的书香相比，新蔡任家显得太过激烈。任芝铭的三女儿任载坤，即宗璞的母亲却和父亲及姐妹多有不同，她性格温和，读书识字的同时秉持相夫教子的传统观念。冯友兰经同学介绍与任载坤相识至订婚，婚后任载坤便承担了几乎所有的家庭责任，让冯友兰得以安心做学问。宗璞便在这样的家庭出生、成长，始终生活在平和的大学校园里，父亲是受人尊敬的教授，叔叔、姑姑是知识渊博的学者，母亲是温柔体贴的家庭妇女，外公却是老革命家，姨妈、表兄表姐们都是激烈、奋进的时代旗手。根据现有资料和图片可以看出，宗璞一家和两边家庭都有较多亲密的交往，冯、任两家不管谁到北京，都会到清华拜访相聚，各种回忆材料中也不乏冯、任两家不同辈分人的多种合影。冯友兰和朱德、周恩来一样，在孙炳文去世后竭尽所能帮助任锐一家，任锐去世时任载坤陪在床边，冯钟芸任继愈夫妇、冯缠兰张岱年夫妇以及任均一家更是直到宗璞晚年仍与之频繁往来。

父母双方的家庭氛围截然不同，南阳古风和革命世家，似乎正是对应了文与武的共生，书斋内与外的区隔。我们不能轻率地

---

① 孙济世"文革"后辗转回到家乡四川、重庆一带工作生活，1989年从四川旅游局副局长的职位上离休（省委批准享受正厅级待遇），2008年去世；孙新世被大姨一家收养后改名黄粤生，成年后才得知自己真实身份，后万里寻亲，在北京找到了孙维世。曾在北京大学俄语系担任教授，50岁时和姐姐孙维世的丈夫金山开始共同生活。

判断宗璞到底受了哪方更多的影响，但我们可以从宗璞的作品中窥伺端倪，在梳理了父母双方家庭情况的基础上更好地贴近在复杂环境中成长的作家，也由此探究宗璞独特创作风格背后蕴含的一代人与历史交互的难题。

二、"三史"、"六书"与"双城"

虽然冯、任两方的家庭氛围南辕北辙，但据亲属的相关回忆，两方家庭一直关系融洽，互帮互助。只是对宗璞本人来说，亲疏毕竟有别，从1928年出生，到1990年父亲去世，整整62年，除了新婚时短暂搬离和70年代下放约半年之外，宗璞一直和父亲朝夕相处。冯友兰晚年曾写道，"我一生得力于三个女子，早年读书赖慈母，中年事业有贤妻，晚年又得女儿孝，扶我云天万里飞"，而宗璞自己也承认，在父亲身边，她身兼数职，秘书、管家、门房、护士兼跑堂。在超过一个甲子的陪伴中，书斋之内的冯友兰对宗璞的影响不可谓不大。

冯友兰在多篇文章中用"三史释古今，六书纪贞元"概括自己一生的成就，也曾在给女儿的寿联中说道，"勿让新编代双城"。这里的"三史"就是指冯友兰自己的《中国哲学史》《中国哲学简史》《中国哲学史新编》，"六书"指冯友兰的"贞元六书"即《新理学》《新世训》《新事论》《新原人》《新原道》《新知言》六本自成体系的哲学著作，而"双城"则是指宗璞本人自1985年开始创作的长篇系列小说"野葫芦引"（原名《双城鸿雪记》），冯友兰的这句寿联无意中也成为宗璞本人创作的谶言。因为要料理父亲的日常生活，还要协助父亲写作《中国哲学史新编》，"野葫芦引"系列在出版第一部《南渡记》之后便一直搁置，直到父亲去世，宗璞才真正重返书桌。女儿为父亲做出牺牲本来无可厚非，但冯友兰对宗璞的影响却又不仅仅在外在的创作进程方面，更多在于内在的肌理与气质。

在1915年考入北京大学之前，冯友兰一直心思不定，辗转换了多所学校，进入北大学习哲学后才算最终安定下来。在北大，冯友兰主修中国哲学。他曾自言"我虽然读了一些古书，但是对于真正的学问还没有入门，也不知道门在哪里，现在总算是摸着一点门路了"[1]，但冯友兰并不满足于中国古典知识，他意识到"在那个新天地之外，还有一个更新的天地……这两个天地是有矛盾的，这是两种文化的矛盾。这个矛盾，贯穿于中国历史的近代和现代"[2]，冯友兰带着这个问题于1919年赴美国哥伦比亚大学留学，并于四年后获得哲学博士学位。作为河南祁仪冯氏一族后来最有影响力的人物，冯友兰的"成功"依然是中国知识分子传统意义上的"科举功名"。冯友兰在新中国成立前是较为传统的中国式读书人，外出求学有所成，后回故乡成家立业。然而，他身上并没有多少传统读书人的迂腐，而是极为玲珑和活跃。

早年刚回国时，冯友兰受邀在河南一所高校任职，后该校校

---

[1]　冯友兰：《三松堂自序》，南京：江苏文艺出版社，2011年版，第185页。
[2]　同上，第186页。

务主任职位空缺，冯友兰开诚布公地直接和校长表示，他在"学问"和"事功"两方面都有追求，简单地说，他想做校务主任，如若不能，他即要离去。河南虽是家乡，亲故师友众多，但冯友兰显然志不在此。离开河南后，冯友兰先去了广州，据他自己说，"我当时想当一个革命的人"，但在革命的中心广州他也只是停留了短短几个月便找一些借口离开，"我本来只打算在广东大学一个学期"其实才是真心话①。冯友兰并非真的"想当一个革命的人"，只是在求得更好的教职的路上徘徊，或者说，他对于时势现状有着知识分子最基本的兴趣与关注，但并无深度参与的意愿或任何的革命情怀。冯友兰本人的回忆录中如此前后矛盾的自述并不少见，不能说他虚伪或善变，但他的灵活和"见机而作"②倒是一以贯之的。冯友兰也是当时较为流行的"学阀"中的一员，保有清华的教职，同时在河南一所学校给自己留了后路。在军阀混战的二三十年代，清华大学多次更换校长和实际控制人，冯友兰始终保有相当高的地位，一度担任清华大学实际的管理者，这恐怕不是学问好、人缘好可以完全解释的。

在1934年一次莫名的短暂逮捕和释放后，身边的朋友都劝他与南京决裂，而他本人表示，"我如果走前一条路是会得到全社会

---

① 冯友兰身为接受了较为充分的古典文学教育的中国知识分子，对时局有着基本的好奇和关切，去广州也是如此，但本质上他也只是"好奇"，比如当时日本逼近，华北难保，他的想法却是：要抓紧时机，到没有看过的地方去看看。冯友兰：《三松堂自序》，南京：江苏文艺出版社，2011年版，第61、90页。

② 冯友兰本人在《三松堂自序》中多次使用该词描述自己。

的支援，可以大干一番。可是我没有那样的勇气，还是走了后一条路（更加谨小慎微）"①，而后来重庆政府要求他加入国民党，他也"恐怕重庆说是不合作，只好默认了"②。他在新中国成立后的诸多行为一直为海内外研究者所诟病，不只在于"文革"期间他与"四人帮"的微妙关系，更在于新中国成立之初的1950年他便对自己之前建立的学术体系表示了检讨甚至唾弃③。冯友兰曾多次表示"义者，宜也"，他反对"笃信"而信奉"做事必须恰到好处。但所谓恰好者，可随事随情形而不同"，这是冯友兰的处世哲学，也是他的自保之道。可以说，作为知识分子，冯友兰除了拥有受认可的学识和才华外，在"知识分子精神"方面，即使在可以做到的适度的范围内④，也并无多少中国传统文人的坚硬气质，更多是顺势而为与随遇而安。我们当然不能以历史的后见之明指责任何知识分子在特殊年代的言行，常年陪伴在父亲身边并多次试图替父亲正名⑤的宗璞当然感触更深。

或许是见多了父亲一生的波澜起伏以及与时局的博弈争斗，

① 冯友兰:《三松堂自序》，南京：江苏文艺出版社，2011年版，第90页。

② 同上，第103页。

③ 冯友兰1950年发表《学习与错误》，1950年10月冯友兰致信毛泽东，表示要改造思想，准备于五年内用马克思主义的立场、观点、方法重新写《中国哲学史》。

④ 凭冯友兰的学识修养，说他完全由于时代的狂热而参与当时的诸多荒唐行为是不科学的，冯友兰作为学养深厚的哲学家，至少不可能无法辨别"批林批孔"的不合理。

⑤ 谴责冯友兰的同行中最具代表性的是梁漱溟，他曾拒绝冯友兰的寿宴邀请并直言因为冯友兰曾谄媚江青。宗璞后撰文《〈对梁漱溟问答录〉中一段记述的订正》，详细讲述冯友兰和梁漱溟"文革"后的一次会面，说明冯并未谄媚江，和江的一切联系都由组织安排，且江表面上是代表毛主席的，对江的态度只是对毛的态度。

宗璞始终关注知识分子与时势政治的关系。在小说《知音》和《米家山水》中宗璞都曾讨论这一问题，但有着近乎矛盾的态度表达。《知音》讲述一个"热爱搞政治"的青年学生与一个沉迷搞学术的物理学教授几十年间从"互相不理解"到"音乐和政治上都是知音"的几次交往。教授从劝学生"少搞点政治，多搞点学术"到因一次夸张的暗杀而"明白你说的为科学而科学有些悬空的道理了。因为我们不只有脑子，还有心"，学富五车、以物理实验为生命的大学教授要亲自下乡参加"土改"实践，见证农村的现实、面对农民的穷苦，继而有发自内心的悲悯和义愤，最终实现思想上的进步与政治上的成熟。这其实是一个思想进步的青年充当"范导者"拯救思想落后的大学教授的另类"成长故事"。而在《米家山水》中，体弱多病却才华横溢的大学教授不计前嫌，将出国交流的机会让给"斗争"中伤害过自己的人，对学院派别中的人事和活动皆一笑而过，淡然平静地沉浸在自己的艺术创作中。何以同一个作者写出的对同一问题的讨论的两篇小说差异如此之大？《知音》写于1963年的火红岁月，而《米家山水》写于劫波渡尽的1980年。

英国俄裔思想家以赛亚·伯林曾对"自由"概念做出区分，他认为自由可分为"积极自由"与"消极自由"，"消极自由"即指可以不受他人干涉、可以选择自己想从事的领域的最低限度的自由，而"积极自由"则指受理性引导、受外力干预而想要去做什么的自由，且平等地拥有参与民主政治和分享统治权力的机会。正如伯林对"积极自由"更易走向其反面的担忧,"理性或朝向理性的生灵所必会追求的目标对个人行动形成专制"①。纵观中国的20世纪,革命、战争、"土改"、新中国成立、人民公社、"文革",在一个民族和社会所能承受的几乎所有动荡中,上至高官显贵,下至平头百姓,其实都早已丧失了真正的"消极自由"。更为重要的是,他们自读书识字以来便被教育真正值得追求、应该追求的是"积极自由",他们受"修身齐家治国平天下"熏染多年,从来不曾真正觉得"消极自由"可以是一种选择。在《知音》年代,宗璞无疑和她的同代人一样,视知识分子的"积极自由"为第一要义,而在春风和暖的1980年,她已敏锐地觉察到,知识分子可以选择"消极自由"的时代或许已经来临,这才有了《米家山水》的闲适淡定。宗璞擅长观察学院中的知识分子与环境之间的龃龉与契合,父亲冯友兰显然是最直接的观察对象。

事实上,"文革"中冯友兰和周一良、林庚等人同为显赫一时的"梁效"②成员,多少是有些自得的,觉得自己"被当朝所用",这种对现实的积极参与或许和政治倾向、立场选择都关系不大,根本上来自身为知识分子的内在驱动,也来自他自身"便宜行事"

---

① 〔英〕以赛亚·伯林:《两种自由的概念》,陈晓林译,台北:台湾联经出版公司,1987年版。转引自李石:《消极自由与积极自由辨析———对以赛亚·伯林"两种自由概念论"的分析与批评》,《云南大学学报(社会科学版)》2008年第6期。
② "梁效":"文革"期间由北京大学、清华大学组成两校"大批判组",谐音"梁效",其实主要是由江青负责的写作班子,在"批林批孔"、批判邓小平等方面"成绩"显著,且基本代表中央"文革"小组的意思,文章一经发表,各地必争相转载,当时有"小报抄大报,大报抄梁效"的说法。

的生活哲学。所以新中国成立后，冯友兰便积极向毛主席表态，表示要努力学习马克思主义并重写《中国哲学史》，这也是冯友兰"阐旧邦以辅新命"①的学术信仰。于冯友兰而言，每个时期的行为与做法都是"真诚"的，都符合自己所受的治国平天下的中国传统教育与建设富强民主社会的西方现代教育的要求，恰恰是外在的评价体系的变化导致了命运的差异。远在天边近在眼前的女儿的眼睛却是雪亮的，她看到了时势的变迁，看到了父亲在"变与不变"之间受到的规训与惩罚，所以她选择将父亲"文学化"。正是在自己的笔下，《知音》里的物理学家"幡然醒悟"，《米家山水》里的画家"退隐江湖"。而在80年代中期开始创作的"野葫芦引"系列小说中，宗璞将以父亲为原型的大学教授孟樾束之高阁，确切地说，她将父一辈的知识分子都置于精神领袖的位置，以优雅的文笔展现他们近乎完美的精神品质，他们拥有为人称道的学识、涵养，有鼓舞人心的坚韧不拔和高风亮节。在刚刚发表了部分章节的"野葫芦引"最后一部《北归记》中，宗璞更是直接将"今人哲学家冯友兰提出的主张"大段放入。宗璞借父亲在"六书"之一的《新事论》中的观点阐释对待传统的态度，冯友兰的态度也成了宗璞的态度。在目前发表的五章的结尾，宗璞借主角孟樾之

---

① 冯友兰撰对联"阐旧邦以辅新命，极高明而道中庸"以自勉，语出《诗经》"周虽旧邦，其命维新"，冯友兰曾多次引用这句话，"旧邦"指源远流长的中国文化传统，"新命"指现代化和建设社会主义。"阐旧邦以辅新命"就是要"把中国古典哲学中的有永久价值的东西，阐发出来，以作为中国哲学发展的养料"，"马克思主义在中国也要接上中国古典哲学，作为来源之一，才会成为中国的马克思主义"。《三松堂自序》，南京：江苏文艺出版社，2011年版。

口说出了一句"永忆江湖归白发，欲回天地入扁舟"，并直言"要到五十岁以后才会懂"，历经多次风雨洗礼的父亲冯友兰在晚年潜心书斋，做到了真正的"白发入扁舟"，宗璞显然已经将笔下角色与父亲融为一体。这正是宗璞对父亲的理想化与文学式救赎，也是父亲赋予宗璞的永恒的"影响之焦虑"。

如果说"文革"之前宗璞的创作是自我的、个人化的"青年写作"的话，那么自新时期重返文坛之后，宗璞的小说中总是有一个或几个"长辈"的知识分子形象，这自然是和时间流逝之中个人年龄和阅历增长有关，但这些人物身上显然或多或少都有冯友兰的影子。影响的有无深浅并非黑白分明，但宗璞创作的内在气质与外在倾向却可以通过对其创作脉络的梳理得到较为清晰的展现。

三、书斋内外

大学期间，宗璞开始发表散文、小说、诗歌等文学作品。1957年，宗璞的短篇小说《红豆》借"百花齐放，百家争鸣"的春风发表于《人民文学》7月"革新特大号"。小说讲述党的好干部江玫重回母校，看到当年收藏的红豆发夹，回忆起学生时代与资产阶级少爷齐虹恋爱的经历。故事被放置于20世纪40年代末动荡的社会背景中，他们两人本是志同道合的校园文艺青年，沉迷于艺术和美学，最终因"革命理想"的不同分道扬镳。江玫在学生运动中成为代表正义与理想的共产党员，齐虹则遵循自己的价值观念"背叛祖国和人民"远走美国。小说发表后不久便遭批判，大部分批评者认为主人公江玫带有典型的小资产阶级情调，没有坚定的立场，对党和人民的敌人有不应有的暧昧回忆和主观同情。宗璞本人在批判会上也反思，"我的思想并没有站得比江玫、齐虹高，尽管在理智上是想去批判的，但在感情上，还是欣赏那些东西——风花雪月、旧诗词……有时这种欣赏是下意识的，在作品中自然地流露出来"[①]。宗璞无疑是诚恳的，小说中随处可见的是这样的片段：

> 她甚至希望路更长一些，好让她和齐虹无止境地谈着贝多芬和肖邦，谈着苏东坡和李商隐，谈着济慈和勃朗宁。他们都很喜欢苏东坡那首《江城子》："十年生死两茫茫，不思量，自难忘。千里孤坟，无处话凄凉。"他们幻想着十年的时间会在他们身上留下怎样的痕迹。他们谈时间，空间，也谈论人生的道理。

> "你甜蜜的爱，就是珍宝，我不屑把处境和帝王对调（莎士比亚）"……[②]

宗璞对这类场景的描写可谓信手拈来，游刃有余。与她同时

---

① 《人民文学》编辑部：《一个座谈会的记录》，《人民文学》1958年第9期。
② 宗璞：《红豆》，《人民文学》1957年7月"革新特大号"。

被批判的刘宾雁、王蒙、李国文、刘绍棠等人选择的题材都是50年代火热的社会主义建设中出现的诸多问题，他们多以正反两方面人物直陈社会主义建设中的诸多丑恶现象与错误行为，使用的是我国左翼文学中较为常见的"干预生活"的手法，其余几篇涉及爱情题材的作品也是以个别案例写社会现象[1]。选择了"写历史上的爱情"的宗璞显然有自己的写作偏好，对资产阶级趣味场景的熟稔也伴随着对真正的"革命者"肖素和作为精神导师的母亲的塑造的单一化、概念化。当时对她的批判自然是政治与时代的极大错误，但按照彼时的美学标准，宗璞确实"在感情上，还是欣赏那些东西"，因而也算不上"含冤"。洪子诚曾敏锐指出，《红豆》"属于20世纪现当代文学中革命与爱情的传统主题"，"但小说又包含着更复杂的成分，存在着叙事的内部矛盾"[2]，宗璞在正确的意识形态指导下还是自然地走入了自己的书写舒适区，展现了自己对于"小资产阶级趣味"的纯熟运用。这种趣味与倾向自然与她所受的教育和成长环境有关，虽然遭到了批判，但多年之后的宗璞似乎也并没有"改邪归正"。

1978年，宗璞《弦上的梦》发表于《人民文学》12月号，代表她正式重返文坛。小说讲述"文革"后期大学里的音乐教授慕容乐珺与受迫害去世的故人梁锋的女儿梁遐的一段故事，穿插了慕容乐珺对青春往事的回顾，但着重描写了新一代青年对革命精

---

[1] 根据1979年上海文艺出版社出版的《重放的鲜花》收录作品统计。

[2] 洪子诚：《中国当代文学史》，北京：北京大学出版社，2007年版，第128页。

神的传承，对时代真理的信仰，符合"新时期"对文学的需求。大提琴教师慕容乐珺作为主人公，无疑是宗璞一贯擅长塑造的形象，温婉沉静、有留学经历，即使在这样一篇叙述伤痕的作品中，依然不乏"他们几乎发展成为人与人之间最亲密的关系"，"乐珺录王维诗于G城雪中"这样浪漫文艺的词句。在表达对"文革"生活即将结束的感受时用的也是"这些日子，就象柴可夫斯基第六交响曲的最后那些乐句，好像无法继续下去，随时会断下来"。对梁遐这样一个切身历经"文革"创痛的青年形象的塑造也与《红豆》中对肖素书写的简单、概念化如出一辙，这似乎是《红豆》在20年后的一次"还魂"。《弦上的梦》后来荣获首届全国优秀短篇小说奖，当然主要因为它与当时文学潮流的契合以及宗璞本人"归来者"的身份，但宗璞本人的风格特质愈发成熟，与社会主潮的内在龃龉也愈发明显。

之后几年间，宗璞先后发表《我是谁》《三生石》《米家山水》《心祭》《鲁鲁》《蜗居》等小说，《三生石》还获得首届全国优秀中篇小说奖，而她创作的散文、随笔、童话等数量则几倍于小说，从大学校园中的花草树木到与父亲生活的点滴，宗璞娓娓道来，细腻动人。与之同步的是评论界的声音，大家多以"优雅温婉""淡泊宁静"等词语形容宗璞的创作风格。也不难看出，宗璞对自己作品中的人物形象确实存在一定的偏好：主人公的职业一般是从事脑力劳动的知识分子，有一定的艺术或文学修养，如音乐家、大学教师、科研人员、画家、退休学者；主人公的名字一般偏于古典文艺，如慕容乐珺、梅菩提、黎倩分、凌绾云、楚秋泓、柳清漪等；他们的经历都颇为相似，如受过良好的教育，有留学经历，在政治风波中遭受伤害，失去过亲人或朋友；他们的姿态都优雅体面，温婉和蔼，经历过迫害也依然表现出淡泊、平静的模样，以近乎不合时宜的冷静对待一切。宗璞极为擅长处理细腻微妙的情感，不管是面对逝去的亲人，还是交错而过的恋情，又或者是工作、日常中的烦恼琐事，她都能以独特细致的笔触四两拨千斤，于无奈伤感中饱含坚韧和操守。孙犁曾高度评价宗璞的创作，认为宗璞有"深厚的文学素养""严谨沉潜的创作风度""优美的无懈可击的文学语言"，"内含是人性的呼喊"[①]，孙犁的评价切中肯綮，这便难怪后来宗璞有多篇散文节选收入中小学生语文教材，先后也有多位批评家以"兰气息　玉精神"[②]形容其人其文。

当然，宗璞也难以超越自己的时代。和父亲一样，宗璞也必须面对个人与社会历史之间的纠缠与对话。《红豆》被批判之初，宗璞本人就在自我反省中明确表示，"确实想写一个小资产阶级的知识分子怎样在斗争中成长"[③]，这样的立意自然是受欢迎的，女主人公的阶级觉悟和最终决定也十分契合官方意识形态，而"爱情故事"的构架方式也与"百花"方针不谋而合。虽然最后因为个人的行文风格与气质遭受批判，但《红豆》对时下潮流的迎合是

---

① 孙犁：《人的呼喊》，收入《宗璞文学创作评论集》，北京：人民文学出版社，2003年版，第4、6页。

② 参见《宗璞文学创作评论集》，北京：人民文学出版社，2003年版。

③ 《人民文学》编辑部：《一个座谈会的记录》，《人民文学》1958年第9期。

显而易见的。在《红豆》批判平息后的1960年，宗璞在《北京文艺》发表了一篇后来并无太多人知晓的小说《桃园女儿嫁窝谷》。小说讲述富庶村庄的女儿晚姐不顾父亲反对和邻居眼光，坚持嫁入穷苦村庄与丈夫共同劳动致富的故事。宗璞描写了一个"梁三老汉"式的人物的思想转变，塑造了农村青年男女高昂的革命理想，热情洋溢地为当时的人民公社唱了赞歌，行文中对劳动人民思想矛盾的琢磨以及对他们积极热情品质的描绘纯熟自然，难觅丝毫的"小资产阶级趣味"。这篇作品发表之后很快得到赞扬，被认为是宗璞下放锻炼思想改造的成果。同时期，宗璞还发表了《湖底山村》《无处不在》等几篇歌颂人民公社运动的农村题材作品，皆受好评。事实上，《弦上的梦》以沉重的笔调重述了每个历劫者都熟悉的"文革"画面，以同情悲悯之心表达了对"文革"遗孤的忧虑与真情，更以拨乱反正的姿态展现了青年人的进步和成长，展望了黑暗之后黎明的光亮。换句话说，这是一篇极为典型的顺应时代潮流的"伤痕文学"，是《红豆》《桃园女儿嫁窝谷》式的、契合时代氛围的应景之作。

可贵的是，即便迎合时代，宗璞也从未改变其美学坚持。同样面对"小资产阶级趣味"的质疑，时隔将近半个世纪之后，早已拥有著名作家身份的宗璞坦然表示，"我觉得我们这种年龄的人的信仰，和工农兵出身的那些人还是不一样。那时候老是要自我改造，要清算自己思想里的'小资产阶级王国'，可是这个'小资产阶级王国'我看是永远清算不了啦……但这种"小资产阶级"与上纲上线的小资产阶级其实又是完全不同的两回事，那时候就把，比如说看看月亮啊，看看花啊，这些一律都归之为'小资产阶级王国'的东西，但这些东西有一些是人的天性，比如爱美，是一种好的东西，如果真的对大自然一点都不能欣赏，恐怕生活就太枯燥了"①。宗璞对中国古典文化的热爱、对西方文学传统的认可以及对人的天性、艺术与美的追求其实一直没有改变过，她对自我的趣味认知也是清晰的，只是在不同的政治年代必须要有不同的表述。在50年代，是自觉的公开检讨和反省，在80年代以后则是自然的标榜和坚持。这是冯友兰的"便宜行事"，也是宗璞自然、真实的心态。

宗璞显然是懂得解读并乐于跟上时代的作家，在重返文坛并获得一定认可后，她的多篇作品也体现出了对艺术创作手法的"创新"，如《我是谁》《谁是我》《蜗居》《泥沼中的头颅》等篇目使用了当时颇为先锋的意识流和魔幻现实手法，梦境、幻觉、象征等现代主义元素在这几篇小说中虽略显生硬但也恰如其分②。宗璞以蜗牛、临终病人的幻觉、头颅为意象，用简单的故事情节架构小说，直接鲜明地批判"文革"以及当时的社会乱象，虽然还停留在传统的"借景抒情"的范畴内，但在写作艺术手法上却是和王

---

① 贺桂梅：《历史沧桑和作家本色——作家宗璞访谈》，《小说评论》2003年第5期。

② 宗璞个人曾表示，"我的作品可分为两大类，一类是根据生活反映现实的写实主义手法，我称为'外观手法'，也就是现在说的再现……另一类'内观手法'，就是透过现实的外壳去写本质，虽然荒诞不经，却求神似，相当于现在说的表现"。施叔青：《又古典又现代——与大陆女作家宗璞对话》，《人民文学》1988年第10期。

蒙等人一样走在一众作家前列的，她对当时西方的文学创作方法、学术思想的感受是敏锐的，也是积极投身的。宗璞确如戴锦华所说，"不是一个超越者或僭越者。她之为'新时期著名作家'的命名，来自她对此间主流话语的构造的果敢而有力的加入。宗璞的作品序列几乎包含了新时期'启蒙文化'的全部母题"①，从对"双百"方针的配合到对人民公社的盛赞，从对"伤痕文学"的加入到对社会不良现象的批判，从对人性的呼唤到对西方现代创作手法的吸纳，宗璞确实从未"落伍"。然而，接受过外国文学系统教育的她并未如后来的莫言及先锋作家一样在形式创新领域有更高的造诣，她的文学乃至整个人生追求并不在此。

从1985年开始，宗璞开始着手"野葫芦引"四卷本小说的写作②。她曾在接受采访时明确表示，"我写这部长篇小说，很希望通过对几代知识分子心路历程的记载，起到一点历史的借鉴作用""我很想真实地写出当时的精神是什么精神""我也想写出那特定时代的人生遭遇"③。宗璞9~17岁的少年时期是在北平—昆明—北平的战火动荡中度过的，虽然始终生活在父母身边，生活在校园中，但那种颠沛流离和民族危机深深影响了她，重述包括父亲和诸多叔伯在内的西南联大时期知识分子的精神历程是她的夙愿，

---

① 戴锦华:《宗璞:历劫者的本色与柔情》,《涉渡之舟——新时期中国女性写作与女性文化》,北京:北京大学出版社,2007年版,第136页。

② 根据笔者对人民文学出版社编辑杨柳的采访,当时人民文学出版社总编辑韦君宜曾对宗璞说,"你现在到了可以写长篇的阶段了",这句话给了宗璞很大鼓舞,使她开始着手构思多年的长篇小说的写作计划。

③ 高洪波:《"假北平人"宗璞》,《文艺报》1988年2月6日。

"我们的历史为什么是这样的，为什么会出现'文革'那样黑暗的一段。那当然不是孤立的，偶然的。这是我思索的问题。我想这也是亿万中国人思索的问题。我们有责任把它想清楚"①，宗璞回望抗战的艰苦卓绝与西南联大知识分子群体的共赴国难，试图以那个年代的精神与信仰探看和理解几十年后的那场举国灾难。这才是宗璞作为书斋中成长的知识分子的终极诉求。

"野葫芦引"以革命前辈吕清非老人的三个女儿（素初、绛初、碧初）的家庭成员为主要人物形象，以西南联大时期的清华大学为背景，描写一群知识分子在抗战时期的不同选择和人生际遇。很明显，吕清非的原型是宗璞的外祖父任芝铭，绛初和碧初有宗璞的大姨和她自己母亲的影子。宗璞以稳健的文风将一个资本家家庭和一个知识分子家庭描写得生动自然。主人公孟樾是明仑（清华）大学历史系教授，海外留学归来，学识、人品俱佳，不仅德高望重，而且儿女绕膝，家庭幸福，堪称圆满。孟樾的原型自然是父亲冯友兰，他的诸多言行、经历也与冯友兰本人的回忆录相符。冯友兰从不隐藏对"学问"和"事功"兼备的渴望，也一直孜孜以求，但宗璞笔下的孟樾却表示，"我的抱负是学问与事功并进，除了做学问，还要办教育，所以这些年在行政事务上花了时间，到昆明就辞掉好了。现在书也快写完了，真是大幸"②，后来孟

---

① 宗璞：《〈冯友兰先生年谱长编〉后记》，蔡仲德主编：《冯友兰先生年谱长编（下）》，北京：中华书局，2014年版，第1054页。
② 宗璞：《南渡记》，北京：人民文学出版社，2009年版，第250页。

樾果然辞去行政职务，专心教学和写作，并在动荡艰苦的南迁岁月中完成了自己的写作计划。其实这并非"冯友兰"的本意，甚至与实际情况恰恰相反，但却是宗璞的"愿望"。重要的不是故事讲述的年代，而是讲述故事的年代，正如前述对《知音》和《米家山水》的不同处理，宗璞在"野葫芦引"中其实是将80年代的观念与思想成果加诸三四十年代的孟樾以及西南联大。然而，宗璞还是不自主地深陷"岁月静好"的泥沼：

> 孟樾一家，都喜欢昆明。昆明四季如春，植物茂盛，各种花常年不断。窄窄的街道随着地势高低起伏，两旁人家小院总有一两株花木，不用主人精心照管，自己活得光彩照人。有些花劲势更足，莫名其妙地伸展上房，在那儿仰望蓝天白云，像是要和它们汇合在一起。孟家人也愿意融进这蓝天白云和花的世界里。

> 没有讲究的纱衣裙了，没有赵妈赶前赶后帮着钉扣子什么的了，没有硬木流云镜台上的椭圆形大镜子了，碧初只能在心里翻来覆去想办法。自己和峨的衣服都不合用，算计了几天，忽然看中一条压脚的毯子。那上面一点浅粉浅蓝的小花，很是娇艳。暗想：这条毯子做件外衣倒不俗。

> 上身是琵琶襟金银线小袄，一排玉石扣子，下身系着墨绿

色团花长裙，耳上一副珍珠耳坠，晃动间光芒射人。手上三个戒指，除一个赤金的以外，另有一个是碧玺的，一个钻石的。[①]

这些细腻、生动的描写随处可见，颇有"红楼"遗风，宗璞对生活细节和粉妆玉琢的小儿女的描写如同战乱年代的《桃花源记》。但即使创作开始于"自由"的1985年，宗璞也出人意料地"避长扬短"，回到了最"传统"最"正确"的书写道路上：

> 负责谈话的人叮嘱："你不只教文化，也要向工农兵学习。"当然了，卫葑完全同意[②]。
> 一位上海来的丁老师说："吃什么我倒不在乎，只是一律要向工农兵学习，大会小会检查思想，有点受不了。我来这里是要贡献自己的知识，不想这里并不尊重知识。"[③]

> 组织内成员学习文艺座谈会讲话，大家觉得那真是字字新鲜、道理深刻。立场问题当时是要最先解决的。那些腐败官僚和被苛捐杂税压得透不过气来的老百姓，看问题会一样吗？在文艺为工农兵服务这个问题上，有些人提出，如果只为工农兵服务，那别的人群呢？是不是会有一种为大家喜爱的文艺呢？虽然有些问题搞不清楚，但它们都是经过思考而

① 宗璞：《东藏记》，北京：人民文学出版社，2009年版，第3、22、23页。
②③ 同上，第127、128页。

出现的。大家都觉得自己在亲近着一种崭新的能造福人类的理论，要通过思考去解决它。①

我希望国家独立富强，社会平等合理。社会主义若能做到，有何不可。……当然，学校是传授知识发扬学术的地方，我从无意在学校搞政治。学校应包容各种主义，又独立于主义之外，这是我们多年来共同的看法。②

如果我们的文化不断绝，我们就不会灭亡。从这个意义上讲，读书也是救国。抗战需要许多实际工作，如果不想再读书，认真地做救亡工作，那也是很重要的。我觉得去延安也是可以的，建国的道路是可以探讨的。③

政治观念、阶级认识、延安整风、主义讨论，宗璞极为努力地书写历史，并在最大限度上保持着"政治正确"，孟樾的左倾和宗璞对延安问题的反思依然带着强烈的"后文革"色彩。而随处可见的"我们真的秘密武器是中华民族不屈不挠的精神。只管向前，永不停止，御外侮，克强敌，不断奋斗，是我们的历史"的大段说教虽然枯燥，却不能不说正是宗璞的坦诚，是宗璞从父辈

---

① 宗璞:《东藏记》，北京：人民文学出版社，2009年版，第276页。
② 宗璞:《南渡记》，北京：人民文学出版社，2009年版，第248页。
③ 宗璞:《东藏记》，北京：人民文学出版社，2009年版，第173页。

身上观察并想要去表现的知识分子的精神与气质。而与宗璞反思"文革"的终极目标相呼应的，是小说中的另一个重要人物卫葑。

小说中的卫葑是30年代北平的地下党员，后与名流之女结婚，抗战期间秘密前往延安，40年代又被派回国统区，历经生死考验，也平安度过延安整风。卫葑身上显然有宗璞二姨妈任锐一家的影子，表兄孙泱和表姐孙维世的悲惨结局应该也在一定程度上冲击了宗璞，使得她对这个人物的书写赞赏中带着不安，讴歌中带着悲悯，寄予着极为复杂的情感。

> 他早就献身的理想，并不时刻都是那么光亮，而现实的黑暗，使他窒息。……这边的黑暗难以更改……他终究是必须往老沈那边去的，他应该去促成那个理想的光亮。也许那不过是一处乌托邦，不过他还是应该试一试。
>
> 在后来的各种会上，有人为卫葑做了总结：他信他所不爱的，而爱他所不信的。并谆谆教导，既然做不到信自己所爱的，就要努力去爱自己所信的。这就是改造主观世界。这是一条漫长的路，也许终生无法走完。①

"他信他所不爱的，而爱他所不信的"，信与爱的矛盾以及改造主观世界的艰难是宗璞对卫葑的总结，何尝不是对包括父母双

---

① 宗璞：《东藏记》，北京：人民文学出版社，2009年版，第335页。

方几家甚至几代人的总结。罅隙在此生成，几十年创作实践形成的宗璞偏爱的风花雪月的文学风格与时代政治历史要求的文以载道形成了强力的拉扯，也由此凸显了宗璞的创作困境。作为出身书香世家并一直生活在校园中的作家，宗璞总是不自觉地倾向于书斋之内的个人美学趣味，醉心于对爱与美的描绘，但父亲坚守的知识分子的责任意识与母亲一方几家人为革命献身的经历又使得她在主观上有意识地贴近社会历史，贴近时代主导的意识形态：战争年代必须具备坚定的理想信念与高昂的民族精神，和平时期则应该对历史错误与当下现实进行积极反思。这不只是身为作家应承担的责任，同时也是冯、任两家赋予她的使命。属于宗璞本人的"信与爱"的矛盾由此产生。于是，宗璞总是力图用书斋之内的朝夕日常表现书斋之外的风云动荡，总是力图从书斋之内的知识分子形象窥见书斋之外的芸芸众生。在校园池塘里飞舞的萤火虫旁边，是群情激昂的知识分子在谈论时事政治；在祖国大地硝烟弥漫的战场后方，是艰苦朴素的学者家庭的柴米油盐……然而，事实可能是知识分子与少男少女的日常并不能给出民族解放与富强民主的答案，一方校园与书斋的日日夜夜并不能解释整全疏阔的社会历史。宗璞或许并非不明白，只是除了心志坚定之外，她也别无选择。

四、结语

从 1985 年开始"野葫芦引"第一卷的创作，截至 2017 年，已出版《南渡记》《东藏记》《西征记》三本，最后一本《北归记》也终于开始了部分章节的发表，前后历经30多年，这无疑是已经90岁高龄且身患多种疾病的宗璞的人生绝唱。正是在这样一套表达生命呼吸的小说中，宗璞向所有读者展现了独属于自己的创作气候，这气候里有父亲一脉传统知识分子影响下的文学美感和家国情怀，也有母亲一脉革命经历熏染的责任担当与抒情特质，加之自身所受的外国文学科班教育，宗璞的风格是雅正、丰富的代名词。然而，也恰恰是多重资源的共同作用，宗璞的写作多少陷入难以控制的分裂，如何处理本能偏好与观念意识之间的冲突，如何处理保存个人特性与参与社会历史的矛盾，如何处理书斋之内的想象与宏大社会现实之间的差异等都成为重要的文学难题。宗璞给出了自己的答卷，并不完美，却浸满血与泪。而她面对的这些难题，也依然困扰着今天的众多写作者，身为信仰爱与美的知识分子型作家，宗璞的坚持、妥协与逻辑上的自洽为我们提供了宝贵的范例。认知宗璞书斋内外的经历与观念，也是认知当下文学创作的症候之一种。

第二节

写实作为一种召唤：茅盾节编《红楼梦》的历史意义

　　1934年，茅盾受开明书店之邀进行《红楼梦》的节编工作。开明书店的初衷是"几部有名的古典长篇小说都是青年或青少年欢喜读的，而且是应该让他们读的；但是长篇小说的字数太多，青年和少年正在上学，没有那么多的工夫读，而且这些小说都有若干部分对正在成长的青年和少年不太适宜，大家还举出不少例子来。怎么办呢？最好出一种删节的版本，把小说中无关紧要的部分删掉，更重要的是把不适宜让青年和少年读的部分删掉"①。开明书店由此进行了《红楼梦》《水浒传》《三国演义》三部小说的删节工作，茅盾担任《红楼梦》的节编者。茅盾以彼时上海亚东图书馆翻印的"程乙本"为底本，将原本删掉五分之二，删节本于1935年出版。1982年，宝文堂书店重印这一版本，之后又有多

---

① 叶圣陶：《红楼梦（节本）·重印前记》，北京：宝文堂书店，1982年版，第1页。

家出版社再版，多以青少版名之。因为《红楼梦》研究的汗牛充栋以及茅盾本人的特殊身份，茅盾的这一工作并未受到太多重视，大多在归纳他的古典文学研究时稍提。然而，茅盾的这一工作在《子夜》出版后的第二年进行，和彼时他的文学创作观念的重大变化密切相关，即对自然主义/写实主义的重新认知，茅盾在将自己的认知转变应用于对古典小说的阐释中。考虑到日后茅盾于我国文艺界的影响以及其对"社会主义现实主义"的重要阐释，这段节编《红楼梦》的经历可能值得更多关注。

一、《红楼梦》在1920年代："自然主义的杰作"？

1920年年初，上海亚东图书馆的编辑汪原放计划出版四部加新式标点符号和分段的古典小说，即《水浒传》《红楼梦》《儒林外史》《西游记》。① 这一出版计划得到彼时和亚东图书馆关系密切的陈独秀的大力支持。在陈独秀的牵线搭桥下，胡适也给予了帮助。第一部《水浒传》出版时，胡适几万字的《水浒传考证》和陈独秀的《水浒新叙》赫然卷首。1921年5月，"亚东版"《红楼梦》付梓，卷首同样由胡、陈领衔。胡适给出了著名的《红楼梦考证》，陈独秀则依然是一篇"新叙"，即《〈红楼梦〉新叙》。

胡适这部两万多字的《红楼梦考证》后来赢得了"新红学开山之作"的美誉。在文章中，胡适通过考察各类史料，得出后来

① 关于几部古典小说的出版计划和出版过程可参见汪原放：《回忆亚东图书馆》，上海：学林出版社，1983年版。

为红学研究者反复引用的结论:

> 《红楼梦》明明是一部"将真事隐去"的自叙的书。若作者是曹雪芹,那么,曹雪芹即是《红楼梦》开端时那个深自忏悔的"我"!即是书里的甄贾(真假)两个宝玉的底本!懂得这个道理,便知书中的贾府和甄府都只是曹雪芹家的影子。
>
> ……
>
> 《红楼梦》只是老老实实的描写这一个"坐吃山空""树倒猢狲散"的自然趋势。因为如此,所以《红楼梦》是一部自然主义的杰作。那班猜谜的红学大家不晓得《红楼梦》的真价值正在这平淡无奇的自然主义的上面,所以他们偏要绞尽心血去猜那想入非非的笨谜,所以他们偏要用尽心思去替《红楼梦》加上一层极不自然的解释。①

胡适的观点之"新"显而易见,"新红学"的命名者顾颉刚便指出"从前人的研究方法,不注重于实际的材料而注重于猜度力的敏锐","希望大家看着这旧红学的打倒,新红学的成立","用新方法驾驭实际的材料"。②在他看来,"新红学"之"新"正在于以"科学"的方法进行学术考证与研究。另一边,陈独秀仅千余字的

---

① 胡适:《红楼梦考证(改定稿)》,宋广波编校:《胡适论红楼梦》,北京:商务印书馆,2021年版,第164、172页。

② 顾颉刚:《红楼梦辨·序》,俞平伯:《红楼梦辨》,北京:商务印书馆,2010年版,第6—7页。

《〈红楼梦〉新叙》，开篇即表达自己对近代中西小说区别的看法。他认为中国小说一直都是"善述故事"，而西洋小说原本也是如此，但近代以来"受了实证科学的方法之影响，变为专重善写人情一方面，善述故事一方面遂完全划归历史范围"。在陈独秀看来，这种变化是"学术界底分工作用"，也就是说，近代西洋完成了小说家和历史学家的分工，而中国的这种不分工导致"一方面减少小说底趣味，一方面又减少历史底正确性"。陈独秀认为小说家应专注书写"人情"，不应对"故事"沉迷，《红楼梦》的故事便因未与历史分工而让人"觉得琐屑可厌"①，这也正是因为中国近代以来没有受到"实证科学的方法之影响"。陈独秀的人情、故事二分法当然有极大的偏颇之处，但也由此道出了1921年中国知识分子迫切向往实证与科学精神的事实。

　　1923年，鲁迅在《中国小说史略》中将《红楼梦》独辟一章，以"清之人情小说"名之。鲁迅直言《红楼梦》："全书所写，虽不外悲喜之情，聚散之迹，而人物事故，则摆脱旧套，与在先之人情小说甚不同。""盖叙述皆存本真，闻见悉所亲历，正因写实，转成新鲜。"②也就是说，鲁迅也是在"本真""亲历"的意义上高度评价《红楼梦》的价值。在1924年的演讲中，鲁迅又指出："(《红楼梦》)其要点在敢于如实描写，并无讳饰，和从前的小说

① 陈独秀:《〈红楼梦〉(我以为用〈石头记〉好些)新叙》，曹雪芹、高鹗:《红楼梦》，上海：亚东图书馆，1921年版，第1、2页。
② 鲁迅:《中国小说史略》，《鲁迅全集·第九卷》，北京：人民文学出版社，2005年版，第241、242页。

叙好人完全是好，坏人完全是坏的，大不相同，所以其中所叙的人物，都是真的人物。总之自有《红楼梦》出来以后，传统的思想和写法都打破了。"①《红楼梦》正因这"写实"得以"与在先之人情小说甚不同"。鲁迅更看重的显然是《红楼梦》的"创新"意识，看重其对以往传统的突破，写出了"人"的复杂性，即"真的人物"。

从胡适、陈独秀到鲁迅，他们在对《红楼梦》的评价上意外达成了某种共识：实。胡适和鲁迅均认为《红楼梦》贵在写实，陈独秀则呼吁小说应接受实证与科学精神之影响。事实上，在1920年代，诸多重要的知识分子都在不同时期、不同场合表达过对文艺作品写实品格的推崇。陈独秀在1915年的《现代欧洲文艺史谭》中就指出"现代欧洲文艺，无论何派，悉受自然主义之感化"②，包括《新青年》《东方杂志》在内的诸多重要杂志彼时也都推介了不少欧美写实主义的作家与作品，左拉、莫泊桑、龚古尔兄弟等写实作家的作品纷纷进入国人视野。为何"写实"会在这一时期变得尤为重要？这和五四时期对德先生、赛先生的提倡密切相关，"赛先生"（science）所要求的正是客观、真实，"对彼时的知识分子和文人而言，'写实'相对于蒙昧不义，充满解放和启蒙意义，俨然奉了'写实'之名，真相得以显现，真情得以流露，真理得以昭

---

① 鲁迅：《中国小说的历史的变迁》，《鲁迅全集·第九卷》，北京：人民文学出版社，2005年版，第348页。

② 陈独秀：《现代欧洲文艺史谭》，《青年杂志》1915年第1卷第3号。

彰"①。换句话说，对"写实"的诉求正是当时社会政治环境的文学投射。彼时的茅盾也并未处于潮流之外。

1920年初，茅盾受商务印书馆王莼农之托开始主持《小说月报》中的"小说新潮"栏目，并认真写了《"小说新潮"栏宣言》。在宣言中，茅盾表示，"西洋的小说已经由浪漫主义（romanticism）进而为写实主义（realism）、表象主义（symbolism）、新浪漫主义（new romanticism），我国却还是停留在写实以前，这个又显然是步人后尘的"②。关于西洋小说的发展线索，陈独秀在1915年也曾指出："欧洲文艺思想之变迁，由古典主义一变而为理想主义……由理想主义，再变而为写实主义（realism），更进而为自然主义（naturalism）。"③西洋实证科学的发展给西方社会带来的变化已经对封建落后的中国社会构成了极大的发展焦虑，尤其是"进化论"的发展和传入，使得中国的知识分子意识到了自己所处的历史时期，迎头赶上之心日趋强烈。陈独秀、茅盾也正是在这样的意义上说明此时的中国小说落后于西方小说的客观事实。"民主""科学"的大旗已然举起，语言文字的革命早已推进，文学艺术亟须以创作实践呼应时代浪潮。茅盾认为，"新文学就是进化的文学，进化的文学有三件要素：一是普遍的性质；二是有表现人生、指导人生的

---

① 王德威：《写实主义小说的虚构：茅盾、老舍、沈从文》，上海：复旦大学出版社，2011年版，第1页。
② 茅盾：《"小说新潮"栏宣言》，最初发表于《小说月报》1920年1月25日第十一卷第一号，本文引自《茅盾全集·一八》，合肥：黄山书社，2014年版，第13页。
③ 陈独秀：《现代欧洲文艺史谭》，《青年杂志》1915年第1卷第3号。

能力；三是为平民的非为一般特殊阶级的人的"[1]。那么在彼时的中国，什么是"进化的文学"，什么又是"表现人生"的文学呢？茅盾的答案是"应该从写实派、自然派介绍起"[2]，因为按照西方文艺思潮的发展规律，中国小说发展的下一阶段正应该是"写实主义"，对写实派、自然派的介绍就是对落后的中国文学的抢救性"进化"，是主动地助力中国文学追赶世界潮流。在宣言中，茅盾明确表示，计划用一年时间对自然派、写实派小说进行译介，且列出了详细的目录。相比于陈独秀、胡适等人的革命先声，茅盾给出了具体操作的方式和路径。

当然，在推介自然派、写实派小说的同时，茅盾也沿着自己的文艺"进化论"道路推介"写实主义"之后的"表象主义""新浪漫主义"，有学者从90年代新发现的茅盾致胡适的四封信中得出结论，认为是胡适的严肃"提醒"使得茅盾修正了继续向前进化的观念[3]，此非本文讨论的重点，但可以确认的是，到改革推进近两年后的1921年8月，茅盾还是回到了对自然派、写实派的推重道路上。在给周作人的信中，他表达了对当时收到的投稿的不满意，"觉得他们都有几个缺点是共同的：（一）是描写的事境，本

---

[1]　茅盾：《新旧文学平议之评议》，最初发表于《小说月报》1920年1月25日第十一卷第一号，本文引自《茅盾全集·一八》，合肥：黄山书社，2014年版，第21页。

[2]　同上，第13页。

[3]　关于茅盾在改革《小说月报》过程中对自然派、写实派的推介观念的动摇，以及胡适的作用可参见沈卫威：《新发现茅盾（沈雁冰）致胡适四封信——茅盾从新浪漫主义向写实主义转变的契机》，《河南大学学报（社会科学版）》1996年第3期；陈昶：《胡适与〈小说月报〉的转型》，《文学评论》2017年第1期等。

身初未尝有过经验,(二)是要创作然后创作,并不是印象深了有不能不言之概,然后写出来,(三)是不能用客观的观察法做底子,(四)是只注重了人物便忽略了境地,只注重了境地便忽略了人物,一篇中的境地和人物生关系的很少,不能使读者看后想到:这境地才会生出这种人"。而茅盾给出的药方也简单直接,"弟觉得这些普遍的毛病惟有自然主义可以疗之,近来我觉得自然主义在中国应有一年以上的提倡和研究"①;在同月给胡适的信中,他表示"打算从第八号起的《小说月报》上,期期提倡自然主义"②。也正是在推进改革的这一两年时间里,茅盾间接推动了后来著名的"文学研究会"的成立并成为初始成员,《小说月报》也成为文学研究会成员们发声的重要阵地。虽然这群同人的文学观念和创作风格仍然有不少差异,但整体上基本都认可"文学是为表现人生而作的。文学家所欲表现的人生,决不是一人一家的人生,乃是一社会一民族的人生"③。自然主义、写实主义正是从"自然呈现""客观反映"的维度上满足知识分子们要求的文学应表现社会、民族的现状与问题。"改组的《小说月报》第一期印了五千册,马上销完,各处分馆纷纷来电要求下期多发,于是第二期印了七千,到第一卷

---

① 茅盾:《致周作人》,原刊于《鲁迅研究资料》1983年第11期,本文引自《茅盾全集·三七》,合肥:黄山书社,2014年版,第29页。

② 茅盾:《致胡适》,《茅盾全集·三七》,合肥:黄山书社,2014年版,第35页。

③ 茅盾:《现在文学家的责任是什么?》,最初发表于《东方杂志》1920年1月10日第十七卷第一号,本文引自《茅盾全集·一八》,合肥:黄山书社,2014年版,第10页。

末期，已印一万。"①茅盾等人在相当程度上把握到了时代的脉搏，写实派、自然派当之无愧为"进化的文学"之一种。由此，胡适、陈独秀、鲁迅等人皆从"实"的视角讨论《红楼梦》也算是时代的应有之义。

相比于文学艺术修养深厚的鲁迅、茅盾，陈独秀其实更多是革命家、社会改革者，他所希望的是，小说家和历史学家的"分工"，或者说，是将"人情"和"历史"进行机械的切割，若"故事"不能作为"史料"，则应删削，因此，陈独秀在《〈红楼梦〉新叙》的结尾呼吁，"我尝以为如有名手将《红楼梦》琐屑的故事尽量删削，单留下善写人情的部分，可以算中国近代语的文学作品中代表著作"②。巧合的是，13年后，"删削"《红楼梦》的正是茅盾。然而，茅盾遵循的删削原则是陈独秀所期冀的那种吗？

二、从牯岭到东京：背叛自然主义之路

茅盾的节本将《红楼梦》删削至原本的五分之三，且重订章回、重拟回目。茅盾在导言中回应了陈独秀十几年前的期望，并表示"在下何敢僭称'名手'，但对于陈先生这个提议，却感到

---

① 茅盾：《革新〈小说月报〉的前后》，最初发表于《新文学史料》1979年5月第三辑，原题为《革新〈小说月报〉的前后——回忆录[三]》，本文引自《茅盾全集·三五》，合肥：黄山书社，2014年版，第210页。

② 陈独秀：《〈红楼梦〉（我以为用〈石头记〉好些）新叙》，曹雪芹、高鹗《红楼梦》，上海：亚东图书馆，1921年版，第3页。

兴味，不免大着胆子，唐突那《红楼梦》一遭儿"①。从节编结果上看，茅盾显然没有接受陈独秀的文学观念。在导言中，茅盾简单介绍了曹雪芹的家世背景和《红楼梦》"'增订补作'的小史"②，在曹雪芹身世、《红楼梦》版本变迁等问题上，茅盾基本认可胡适《红楼梦考证》中的观点，认为"《红楼梦》只是一部自叙传性质的小说"，"书中何事何人，无非是作者的生活及经验而已"。茅盾在这样的意义上认为《红楼梦》是"一位作家有意地用了写实主义的作品"③，茅盾由此"私拟了三个原则"：

> 第一，"通灵宝玉""木石姻缘""金玉姻缘""警幻仙境"等等"神话"，无非是曹雪芹的烟幕弹，而"太虚幻境"里的"金陵十二钗"正副册以及"红楼梦新曲"十二支等等"宿命论"又是曹雪芹的遁逃薮，放在"写实精神"颇见浓厚的全书中，很不调和，论文章亦未见精采，在下就大胆将它全部割去……
>
> 第二，大观园众姊妹结社吟诗，新年打灯谜，诸如此类"风雅"的故事，在全书中算得最乏味的章回。……这一部分风雅胜事，现在也全部删去。

---

① 茅盾：《〈红楼梦〉（洁本）导言》，最初刊载于1935年开明书店初版《红楼梦》（洁本），本文引自《茅盾全集·二〇》，合肥：黄山书社，2014年版，第596页。
② 同上，第591页。
③ 同上，第593、592页。

42

第三，贾宝玉挨打……"王熙凤毒设相思局……"……贾政放外任……可是这几段文字其实平平，割去了也和全书的故事的发展没有关系，现在就"尽量删削"了去。……秦可卿的丧事，元妃省亲，除夕祭宗祠，元宵开夜宴，贾母的丧事等……算得很好的社会史料，所以就留下来了。[①]

茅盾的节编原则显然无法得到所有人认可，比如曾盛赞《子夜》的吴宓便评价这一版本是使"全书之精神理想全失"[②]，古典文学和外国文艺修养皆深厚的茅盾给出这般简单粗暴的节编原则确实让人失望，但茅盾显然别有怀抱。茅盾认为，"一部自叙传性质的小说总也有一个中心思想"，而《红楼梦》的中心思想就是"写婚姻不自由的痛苦"，但"曹雪芹仍旧不敢明明白白攻击婚姻不自由的理教，所以他又造出'通灵宝玉'和'灵芝草'的神话，以为掩饰"。曹雪芹这样"生长在富贵家庭中的人，要反抗而不得的时候，会自然而然的逃避到'宿命论'里去，所谓'木石姻缘'也就是他躲避的意识的表现"[③]，因此，茅盾便需要将逃避到"神话世界"中的曹雪芹拉回到"现实生活"中来，将他的"逋逃薮"彻底打破，让《红楼梦》失去虚幻的外壳，变成单纯的"生活经验"

---

① 茅盾：《〈红楼梦〉（洁本）导言》，最初刊载于1935年开明书店初版《红楼梦》（洁本），本文引自《茅盾全集·二〇》，合肥：黄山书社，2014年版，第596—598页。
② 吴宓：《吴宓日记续编》（第1册），北京：生活·读书·新知三联书店，2006年版，第385页。
③ 同注①，第593页。

的"写实"。与此同时，那些带着古典文学风雅特质的诗词歌赋、结社雅集也必须被删，因为这是"文学革命"所要求的"推倒雕琢的阿谀的贵族文学"，"推倒陈腐的铺张的古典文学"，也是茅盾个人对自然派、写实派创作准则的认知。那些排场、事件被保留是因为符合陈独秀所要求的"故事"具有的"史料"价值。

需要特别注意的是，茅盾此时只强调了《红楼梦》的"写实"，却没有再提及早年被认为在进化论序列上更优于"写实主义"的"自然主义"，这是为什么呢？

我们需要回到对茅盾来说至关重要的1927年。大革命的失败沉重打击了一大批进步知识分子，茅盾也在这年7月因为滞留庐山牯岭而非按计划前往南昌引发备受争议的"脱党事件"，历经个人政治与精神生活的双重转折。返回上海后，因为遭到国民党方面的通缉，茅盾开始半地下生活。也是在此期间，沈雁冰开始以"茅盾"的笔名行世，创作完成了"《蚀》三部曲"（《幻灭》《动摇》《追求》），成为真正意义上的"小说家"。茅盾也曾直接剖白自己的创作心理：

> 从《幻灭》至《追求》这一段时间正是中国多事之秋，作者当然有许多新感触，没有法子不流露出来。我也知道，如果我嘴上说得勇敢些，象一个慷慨激昂之士，大概我的赞美者还要多些罢；但是我素来不善于痛哭流涕剑拔弩张的那一套志士气概，并且想到自己只能躲在房里做文章，已经是可

鄙的懦怯，何必再不自惭的偏要嘴硬呢？我就觉得躲在房里写在纸面的勇敢话是可笑的。想以此欺世盗名，博人家说一声"毕竟还是革命的"，我并不反对别人去这么做，但我自己却是一百二十分的不愿意。所以我只能说老实话；我有点幻灭，我悲观，我消沉，我都很老实的表现在三篇小说里。①

"牯岭时刻"对茅盾来说当然不是可有可无的，有学者便认为1927年8月之后，是"作家茅盾"代替"政治家茅盾"重生。②然而，对茅盾来说，"《幻灭》等三篇只是时代的描写，是自己想能够如何忠实便如何忠实的时代描写"③，《幻灭》《动摇》是客观的真实，而《追求》偏悲观的情感基调是因为"我那时发生精神上的苦闷，我的思想在片刻之间会有好几次往复的冲突，我的情绪忽而高亢灼热，忽而跌下去，冰一般冷"④。也就是说，此时的茅盾对于革命的态度和文学的实践均是来自自身真实的生活和情感经验，并无任何的虚伪或妄言。这也正是主编《小说月报》期间茅盾推崇的自然派主义的基本要义。但写下《从牯岭到东京》时的茅盾，对自然主义的态度已然发生变化：

----

① 茅盾：《从牯岭到东京》，最初发表于《小说月报》1928年第19卷第10期，本文引自引自《茅盾全集·一九》，合肥：黄山书社，2014年版，第204—205页。
② "牯岭时刻"对茅盾的意义可参见苏心：《"牯岭时刻"与作家"茅盾"的诞生》，《中国现代文学研究丛刊》2021年第3期。
③ 茅盾：《从牯岭到东京》，最初发表于《小说月报》1928年第19卷第10期，本文引自引自《茅盾全集·一九》，合肥：黄山书社，2014年版，第206页。
④ 同上，第210页。

有一位英国批评家说过这样的话：左拉因为要做小说，才去经验人生；托尔斯泰则是经验了人生以后才来做小说。

这两位大师的出发点何其不同，然而他们的作品却同样的震动了一世了！左拉对于人生的态度至少可说是"冷观的"，和托尔斯泰那样的热爱人生，显然又是正相反；然而他们的作品却又同样是现实人生的批评和反映。我爱左拉，我亦爱托尔斯泰。我曾经热心地——虽然无效地而且很受误会和反对，鼓吹过左拉的自然主义，可是到我自己来试作小说的时候，我却更近于托尔斯泰了。自然我不至于狂妄到自拟于托尔斯泰；并且我的生活、我的思想，和这位俄国大作家也没几分的相像；我的意思只是：虽然人家认定我是自然主义的信徒，——现在我许久不谈自然主义了，也还有那样的话，——然而实在我未尝依了自然主义的规律开始我的创作生涯；相反的，我是真实地去生活，经验了动乱中国的最复杂的人生的一幕，终于感得了幻灭的悲哀，人生的矛盾，在消沉的心情下，孤寂的生活中，而尚受生活执着的支配，想要以我的生命力的余烬从别方面在这迷乱灰色的人生内发一星微光，于是我就开始创作了。我不是为的要做小说，然后去经验人生。[①]

---

① 茅盾：《从牯岭到东京》，最初发表于《小说月报》1928年第19卷第10期，本文引自《茅盾全集·一九》，合肥：黄山书社，2014年版，第200—201页。

本来同属于写实派①阵营的左拉和托尔斯泰在这里被严格区分为两种类型（自然主义/写实主义），且被分为冷观人生与热爱人生、先创作后经验与先经验后创作的两个极端，尽管茅盾和陈独秀等人在20年代初都认为是写实主义进一步发展而有了自然主义，在进化论的体系上，自然主义应该更胜一筹，但在这里，情况发生了变化，虽然没有做明确的高低优劣划分，但茅盾其实给出了自己的价值判断。也就是说，至少从1928年开始，曾经忠诚信奉西洋文艺思潮进化观的茅盾已经开始有了文艺观念上的认知变化，而这种价值判断和认知变化多少和彼时文坛对茅盾《幻灭》《动摇》的批评以及相关争论有关。

---

① 这里可以简单梳理一下茅盾笔下的几个概念。在发表于1935年的《什么是写实主义》一文中，茅盾写道："一提起写实主义，我们便会想到英国的狄更斯，法国的巴尔札克，左拉，弗罗贝尔，斯坎底那维亚的易卜生，斯德林褒格，俄国的托尔斯泰……总之，我们知道得最多的也许就是写实主义的作家了。""这所谓的'写实主义'的文学作品是要把人生照真实的原样写出来，而且为的要重注力于科学的精确性，（将这一点作为表现人生的最主要的条件）也有一新名——自然主义——被提出来，于是我们会想到左拉，并且觉得左拉的二十卷的《罗贡·马惹尔》（*Rougon Macguart*）好像实在就是规模着巴尔札克的九十一卷的《人间喜剧》。"茅盾在这里的论述和陈独秀1915年所说的"欧洲文艺思想之变迁……由理想主义，再变而为写实主义（realism），更进而为自然主义（naturalism）"的进化路径一致。另一方面，茅盾在1920年曾表示"西洋的小说已经由浪漫主义进而为写实主义、表象主义、新浪漫主义"，而在1958年的长篇文艺论文《夜读偶记》中，茅盾则说"世界（欧洲）的文艺思潮是依着这样的程序发展的：古典主义、浪漫主义、现实主义、新浪漫主义"。可见在茅盾的知识体系中，写实主义–自然主义、现实主义在性质上属于同一种文艺思潮，都是接续在浪漫主义之后、新浪漫主义之前，如果从书写内容宽窄上简单概括的话，可以总结为自然主义<写实主义=现实主义。当然，在二三十年代，写实主义、现实主义、自然主义三个概念存在不少并不做严格区分而混用的情况。

以钱杏邨的《〈幻灭〉书评》《〈动摇〉（评论）》①为代表，对茅盾的"批评"主要在于"结尾处有些缺陷，作者没有暗示革命人物一条出路"以及"在描写方面却有破败的痕迹，读者不能满足，技巧方面得更一步修养"②，而当时正在纷纷扰扰进行的，是关于"革命文学"的论争。"革命文学"的"倡导者们接受了当时共产党内左倾路线的影响，认为虽然革命陷于低潮，但无产阶级文学运动的提倡能推动政治上的持续革命"，文学的任务就是"反映阶级的实践和意欲"，文学应该被"当作组织的革命的工具去使用"③。极端者如钱杏邨等人甚至以"死去的阿Q时代"攻击鲁迅、茅盾、叶圣陶等人，认为他们也是"封建余孽"，他们是在替有产者和有小产者写作。茅盾其实是在1928年7月初才离开上海，对国内的情况显然是熟悉的（或者如秦德君所说，正是因为受到攻击太多而避走日本④），《从牯岭到东京》写于到达日本当月，茅盾的复杂心情可见一斑。然而，在大力提倡自然派/写实派的1920年，茅盾就已经指出"写实文学能抨击矣，而不能解决；能揭破现社会之

① 茅盾研究界后来普遍引用钱杏邨的《茅盾与现实》一文来表示彼时文坛对三部曲的激烈批评，但早有学者对此做出考辨，即《茅盾与现实》其实是在《从牯岭到东京》发表之后重新"改排"后合成的，最初发表的原文其实对茅盾多是肯定之意。钱杏邨的修改既有对《从牯岭到东京》的回应，也有彼时左翼思潮发展的影响。参见赵璚：《〈从牯岭到东京〉的发表及钱杏邨态度的变化——〈幻灭〉（书评）、〈动摇〉（评论）和〈茅盾与现实〉对勘》，《中国现代文学研究丛刊》2005年第12期。

② 钱杏邨：《〈动摇〉评论》，《太阳》月刊1928年第7号（停刊号）。

③ 李初梨：《怎样地建设革命文学》，《文化批判》1928年第2号。转引自钱理群、温儒敏、吴福辉：《中国现代文学三十年》，北京：北京大学出版社，1998年版，第149页。

④ 秦德君、刘淮：《火凤凰——秦德君和她的一个世纪》，北京：中央编译出版社，1999年版，第72—73页。

黑幕矣，而不能放进未来社会之光明"。也就是说，1928年的文坛对《幻灭》《动摇》等的批评，茅盾早在1920年就已经意识到了，而他给出的药方正是进化论链条中的下一阶段，即"新浪漫主义"，因为"新浪漫主义为补救写实主义丰肉弱灵之弊，为补救写实主义之全批评而不指引，为补救写实主义之不见恶中有善，与当世哲学人格唯心论之趋向，实相呼应"[①]。然而，历经"牯岭时刻"精神蜕变的茅盾多少也遗忘了当初的豪言壮语，他此时认为："我不能使我的小说中人有一条出路，就因为我既不愿意昧着良心说自己以为不然的话，而又不是大天才能够发见一条自信得过的出路来指引给大家。……这出路之差不多成为'绝路'，现在不是已经证明得很明白？"[②]由此看来，钱杏邨等人从左翼思想出发的批评也是观念意义上的"恰如其分"，1928年的茅盾确实已经不是1920年的茅盾。

至此，茅盾背叛了曾忠诚信仰的自然主义，也同时丧失了对"新浪漫主义"的追求与信念。在《从牯岭到东京》的结尾，茅盾又将笔锋一转，"悲观颓丧的色彩应该消灭了""《追求》中间的悲观苦闷被海风吹得干干净净了，现在是北欧的勇敢的运命女神做我精神上的前导"。此时所说的"北欧的勇敢的运命女神"又是指

---

① 茅盾:《〈欧美新文学最近之趋势〉书后》，最初发表于《东方杂志》1920年9月25日第十七卷第十八号，本文引自《茅盾全集·一八》，合肥：黄山书社，2014年版，第49、51—52页。

② 茅盾:《从牯岭到东京》，最初发表于《小说月报》1928年第19卷第10期，本文引自《茅盾全集·一九》，合肥：黄山书社，2014年版，第205—206页。

什么呢？茅盾为何会在幻灭和动摇之后在东京重整旗鼓？ 1934年的茅盾在节编《红楼梦》时所提倡的"写实精神"是当年的"写实"的承继还是得益于这新的"北欧的勇敢的运命女神"？

三、"新写实派文学"："社会科学家"的养成

《从牯岭到东京》是茅盾心路历程的剖白，也是他文学观念转变的见证，作为自辩也作为观念表达，茅盾表示了对于"小资产阶级"的态度。他认为，"中国革命是否竟可抛开小资产阶级，也还是一个费人研究的问题。我就觉得中国革命的前途还不能全然抛开小资产阶级"。"现在的小资产阶级没有痛苦么？他们不被压迫么？如果他们确是有痛苦，被压迫，为什么革命文艺者要将他们视同化外之民，不屑污你们的神圣的笔尖呢?""几乎全国十分之六，是属于小资产阶级的中国，然而它的文坛上没有表现小资产阶级的作品，这不能不说是怪现象罢!""我相信我们的新文艺需要一个广大的读者对象，我们不得不从青年学生推广到小资产阶级的市民，我们要声诉他们的痛苦，我们要激动他们的情热"[1]，茅盾显然对当下文坛创作完全忽视小资产阶级这一重要群体表示不满，并认为当前所谓的为了无产阶级创作的作品实际的读者并不是没有阅读能力和阅读闲暇的无产阶级，而恰恰是从未被描写和重视的小资产阶级，他因而呼吁关注小资产阶级，关注他们的痛苦和挣扎。因为

---

① 茅盾:《从牯岭到东京》，最初发表于《小说月报》1928年第19卷第10期，本文引自《茅盾全集·一九》，合肥：黄山书社，2014年版，第215—216页。

茅盾此番对中国社会阶层的独特把握，有学者甚至认为《从牯岭到东京》是30年代初声势浩大的"中国社会性质论战"的序幕。[1]

茅盾这篇回应再次招致非议之声（如钱杏邨的文章《茅盾与现实》），以致在一年后写作《读〈倪焕之〉》时茅盾不得不再针对《从牯岭到东京》的回应做出回应。茅盾否认自己当时是要提倡"小资产阶级文学"，而是强调作家"应该拣自己最熟习的事来描写"，茅盾当然是熟悉小资产阶级的，茅盾不满的，是"目前许多作者还是仅仅根据了一点耳食的社会科学常识或是辩证法，便自负不凡地写他们所谓富有革命情绪的'即兴小说'"[2]，茅盾所诉求的，是他自己命名的"新写实派文学"：

> 一篇小说之有无时代性，并不能仅仅以是否描写到时代空气为满足；连时代空气都表现不出的作品，即使写得很美丽，只不过成为资产阶级文艺的玩意儿。所谓时代性，我以为，在表现了时代空气而外，还应该有两个要义：一是时代

---

[1] 这一观点可参见赵璕：《"小资产阶级文学"的政治——作为"中国社会性质论战"序幕的〈从牯岭到东京〉》，《中国现代文学研究丛刊》2006年第2期。另一方面，《子夜》出版六年后的1939年，茅盾在新疆演讲，提及《子夜》的创作动机时表示自己正是要回应"中国社会性质论战"："这样一部小说，当然提出了许多问题，但我首要回答的，只是一个问题，即是回答了托派：中国并没有走向资本主义发展的道路，中国在帝国主义的压迫下，是更加殖民地化了。"这自然是茅盾后设视角的重新阐释，有对时局和形势的考量，本文在此不做赘述，相关研究可参见学者妥佳宁的多篇茅盾研究论文。茅盾演讲见《新疆日报·绿洲》1939年6月1日，原题为《茅盾谈〈子夜〉是怎样写成的》。

[2] 茅盾：《读〈倪焕之〉》，最初发表于《文学周报》1929年5月12日第八卷第二十号，本文引自《茅盾全集·一九》，合肥：黄山书社，2014年版，第239页。

给与人们以怎样的影响，二是人们的集团的活力又怎样地将时代推进了新方向，换言之，即是怎样地催促历史进入了必然的新时代，再换一句话说，即是怎样地由于人们的集团的活动而及早实现了历史的必然。在这样的意义下，方是现代的新写实派文学所要表现的时代性。[1]

1930年4月，茅盾结束一年多的日本生活回到上海，继续"地下"生活的同时，在冯乃超的邀请下正式加入"左联"。虽然他在《从牯岭到东京》中表示已经不再迷惘，但能否找回以及如何找回1927年之前的理想与热情仍是未知之数。也是在这段过渡时期，茅盾开始了《子夜》的创作。相比于他鄙视的那些"仅仅根据了一点耳食的社会科学常识或是辩证法"就开始创作的作家，创作《子夜》的茅盾确实有可以引以为傲的地方。

"社会科学"在近现代中国的发展其来有自[2]，但真正成为知识分子的共识是在1927年大革命失败之后，在革命落潮的时刻，"社会科学"的重新发现"作为知识和行动方案"，成为"革命观念的知识建构"，是彼时"知识青年的革命心路"，"社会科学应该成为各种行业和职业所共享的'重叠共识'，是帮助每种从事具体工作

---

① 茅盾：《读〈倪焕之〉》，最初发表于《文学周报》1929年5月12日第八卷第二十号，本文引自《茅盾全集·一九》，合肥：黄山书社，2014年版，第237页。

② 关于社会科学在近现代中国的发展可参见 Sun, Chung-Hsing（孙中兴）：The Development of Social Science in China before 1949, Columbia University, Ph.D. Dissertation, 1987。

和理论建设的人能够具有一种'改造社会'的科学眼光的知识系统"①。二三十年代最流行的"社会科学"非马克思主义莫属。"代表了苏联官方观点的布哈林和普列奥布拉任斯基所著的《共产主义ABC》是此时关于马克思主义的知识的一个非常流行的来源。与唯物主义理论尤其相关的是布哈林的《历史唯物主义》,它被瞿秋白以《社会科学概论》为名改编为中文"②,彼时瞿秋白正在上海大学担任教务长兼社会学系主任,这本改编书正是他在夏令讲学会上的讲稿。瞿秋白任教的上海大学成立于1922年,实际上是"革命人才培训基地""共产党干部培训学校",茅盾彼时也进入上海大学文学系任教,在这里与瞿秋白相识并开始了二人的友谊。事实上,茅盾很早就加入了陈独秀于上海创办的共产主义小组,并为小组的刊物翻译文章,为小组提供会议场地,他算得上是中国第一批接触到马克思主义新思潮、参加共产主义活动的青年。而在商务印书馆工作和主持《小说月报》的过程中,茅盾开设的《海外文坛消息》专栏遍览世界各国作家、作品、文艺思潮消息。换句话说,茅盾深谙外国文艺的各种最新理论,当然包括给世界无产阶级革命带来剧变的俄国(苏联)思潮。"1927年中国大革命失败以后,我开始写小说。对于布尔乔亚的文学理论,我曾经有过相当的研究,可是我知道这些旧理论不能指导我的工作,我竭力想从

---

① 唐小兵:《后五四"社会科学"热与革命观念的知识建构——以民国时期左翼期刊为讨论中心》,《史林》2022年第1期。

② [美]阿里夫·德里克:《革命与历史——中国马克思主义历史学的起源,1919—1937》,翁贺凯译,南京:江苏人民出版社,2018年版,第21页。

'十月革命'及其文学收获中学习；我困苦地然而坚决地要脱下我的旧外套。""我这工作精神以及工作方向，是'十月革命'及其文学收获给我的！"①写于1934年3月的对于1927年的追忆或许有后设视角的重释，但也表明了1934年茅盾的观念倾向，此时的茅盾是刚出版《子夜》的茅盾。在《〈子夜〉后记》中，他自述创作初衷：

> 就在那时候，我有了大规模地描写中国社会现象的企图。……
> 我的原定计画比现在写成的还要大许多。例如农村的经济情形，小市镇居民的意识形态（这决不像某一班人所想象那样单纯），以及一九三○年的"新儒林外史"——我本来都打算连锁到现在这本书的总结构之内；又如书中已经描写到的几个小结构，本也打算还要发展得充分些；可是都因为今夏的酷热损害了我的健康，只好马马虎虎割弃了，因而本书就成为现在的样子——偏重于都市生活的描写。②

《子夜》当然不是完美的，也没有完全实现茅盾的初心，但茅盾本人的观念却是越来越清晰，"一个作家不但对于社会科学应有全部的透彻的知识，并且真能够懂得，并且运用那社会科学的生命素——唯物辩证法；并且以这辩证法为工具，去从繁复的社会

---

① 茅盾：《答国际文学社问》，写于1934年3月，最初发表于《大众文艺》1940年11月第二卷第二期，本文引自《茅盾全集·二〇》，合肥：黄山书社，2014年版，第53页。
② 茅盾：《〈子夜〉后记》，最初刊载于开明书店1933年版《子夜》，本文引自《茅盾全集·三》，合肥：黄山书社，2014年版，第604—605页。

现象中分析出它的动律和动向"①，他在进入30年代后确实有意以新的理论观念书写反映当下时代全貌的史诗性作品，"全景式"呈现中国社会各阶层的整体样貌，这也正是"社会科学"的基本要义，唯其如此才可以真正了解现实、发现问题。瞿秋白在当年就看到了《子夜》的独特贡献，他指出《子夜》"应用真正的社会科学，在文艺上表现中国的社会关系和阶级关系"②，瞿秋白以政治家的敏感准确把握了《子夜》开创的重要传统，即"社会科学"与"现实主义文学"的交错。多年后，学者严家炎将以《子夜》为代表的一批小说命名为"社会剖析派"，认为《子夜》开辟了"用科学世界观剖析社会现实的新的创作道路"，这个流派的作家也兼具了"社会科学家"的气质③。严家炎与瞿秋白跨越时空完成了对同一个问题的发现和解答。由此，我们可以基本了解1930年代的茅盾所诉求的文学理想。

我们终于可以回到节编《红楼梦》的茅盾。经过《子夜》的创作和修改④实践，作家茅盾重获新生。那个从牯岭上失意而归的青年已经成长为有坚定信念的左翼作家。茅盾此时接受开明书店的邀请可能只是出于与开明书店的章锡琛、叶圣陶等人的友谊，也

① 茅盾:《〈地泉〉读后感》，最初刊载于1932年7月上海湖风书局重版《地泉》一书，本文引自《茅盾全集·一九》，合肥：黄山书社，2014年版，第378页。
② 乐雯（瞿秋白）:《〈子夜〉与国货年》，《申报·自由谈》1933年3月12日。
③ 严家炎:《中国现代小说流派史》，北京：新星出版社，2021年版，第164页。
④ 据茅盾在回忆录中自述，瞿秋白曾给《子夜》提了不少修改意见，包括部分有明显政治立场倾向的细节修改，茅盾也采用了绝大部分，考虑到瞿秋白的文艺观念和党内位置，也可以大致了解彼时茅盾的文艺与政治倾向。

可能是因为茅盾对《红楼梦》的熟悉在圈内也算是人尽皆知，他实在不好推托。[1] 又或者，茅盾也想借此致敬自己欣赏的古典文学作品，传达一些当下的文学观念。不管出于何种考量，经历过被称为"子夜年"的1933年之后着手《红楼梦》的节编工作，茅盾显然驾轻就熟。此时的茅盾推崇的，正是全面、准确呈现社会样貌，以社会科学视野剖析和认知现实的文学类型，而《红楼梦》作为封建时代末期的长篇小说，在20年代被知识分子普遍阐释为写实杰作，其全面而真实地呈现了彼时社会、政治、经济、文化、世情各个方面，称得上全景式的书写。茅盾一方面认可胡适的考据成果，为其客观、真实性背书，另一方面总结《红楼梦》的中心思想是"写婚姻不自由的痛苦"，更将《红楼梦》的立意落到实处。茅盾由此赞赏"作家有意地应用了写实主义"的"写实精神"，而这种精神的可贵正在于对世态人情的把握，茅盾遗憾的是"没有一个人依了《红楼梦》的'写实的精神'来描写当时的世态。所以《红楼梦》本身所开始的中国小说发达史上的新阶段，不幸也就'及身而终'了"[2]。

需要特别提及的是，茅盾在强调《红楼梦》"写实精神"的同

---

① 一个被反复引用的著名例子便是章锡琛说茅盾可以全文背诵《红楼梦》，郑振铎不信，章锡琛便以一桌酒为赌注，结果茅盾真的做到了字句不差背诵任意一回，郑振铎大为惊叹。章锡琛后来有诗纪念这次赌酒：三岛归来近脱髦，西装革履帽遮颜。《红楼》赌酒全输却，疝气在身立久难。钱君匋：《忆章锡琛先生》，《钱君匋论艺》，杭州：西泠印社，1990年版，第270—272页。

② 茅盾：《〈红楼梦〉（洁本）导言》，最初刊载于1935年开明书店初版《红楼梦》（洁本），本文引自《茅盾全集·二〇》，合肥：黄山书社，2014年版，第594页。

时也赞誉《红楼梦》对"活生生的人"的描写，赞誉其书写人物的高超技巧，更重要的是，茅盾认为《红楼梦》"每一回书中间也没有整齐的'结构'"，"读者却总要往下看，不能中止"，"'整齐的结构'自然是好的，不过硬做出来的'整齐的结构'每每使人读后感到不自然"，谁拥有"自然是好的""整齐的结构"呢？茅盾心中的答案想必是《子夜》，但即便《子夜》取得了如此优异的成绩，《红楼梦》缺乏《子夜》结构上的优点，茅盾依然以深厚的文学素养给出了公允的评论，这可能也是文学批评意义上的"唯物主义"。这也是为什么茅盾在导言结尾会说，"中学生诸君倘使想从《红楼梦》学一点文学的技巧，则此部节本虽然未能尽善，或许还有点用处"[①]。直到写下《关于曹雪芹》的1963年，茅盾依然不忘初心："《红楼梦》结构上的完整与严密，不但超过了《水浒传》，也超过了《金瓶梅》。""曹雪芹塑造人物，真是细描粗勒，一笔不苟。"[②]

　　然而，茅盾对《红楼梦》艺术结构的肯定无法改变他对其中"非写实"部分的全然否定。茅盾的三个原则是将贯穿全书的木石姻缘、警幻仙境、太虚幻境等内容悉数删去，不留任何浪漫与想象的空间，因为按照茅盾的"写实精神"，这些内容对表现世态人情、婚姻不自主等现实主题并无任何益处，甚至削弱了"实"的部分，而更重要的是，这是曹雪芹的"逋逃薮"，茅盾将其视为某

　　① 茅盾：《〈红楼梦〉（洁本）导言》，最初刊载于1935年开明书店初版《红楼梦》（洁本），本文引自《茅盾全集·二〇》，合肥：黄山书社，2014年版，第598页。
　　② 茅盾：《关于曹雪芹》，最初发表于1963年12月《文艺报》第12期，本文引自《茅盾全集·二七》，合肥：黄山书社，2014年版，第112、113页。

种意志薄弱。我们看看永远一副"强人"形象的吴荪甫，或许可以理解茅盾此时所欣赏的人物形象。曾经塑造出《蚀》三部曲中那些优柔寡断的小资产阶级形象的茅盾全然抛弃了曾经的文艺倾向，因为让茅盾重整旗鼓的，是"北欧的运命女神"。

茅盾在《写在〈野蔷薇〉的前面》中详细解释了北欧神话中的运命女神，简单地说，就是分别代表过去、现在、未来的三姐妹，茅盾显然是青睐"盛年，活泼，勇敢，直视前途"①的"现在"（Verdandi）女神，"把未来的光明粉饰在现实的黑暗上，这样的办法，人们称之为勇敢；然而掩藏了现实的黑暗，只想以将来的光明为掀动的手段，又算是什么呀！真的勇者是敢于凝视现实的，是从现实的丑恶中体认出将来的必然，是并没把它当作预约券而后始信赖。真的有效的工作是要使人们透视过现实的丑恶而自己去认识人类伟大的将来，从而发生信赖"②。这和鲁迅"有我所不乐意的在你们的黄金世界里，我不愿去"以及"真的猛士，敢于直面惨淡的人生，敢于正视淋漓的鲜血"有异曲同工之妙。对茅盾来说，所谓的"光明的未来"并不应该是"写"出来的，他在《从牯岭到东京》中就明确表示了对"出路"的不信任，而他曾经信赖的"新浪漫主义"给出的"引导"也已经不再对茅盾构成诱惑，他要的是"现在"女神的垂青，要的是不粉饰的现实，光明或者

---

① 茅盾：《写在〈野蔷薇〉的前面》，该篇为作者为小说集《野蔷薇》所作序言，写于1929年5月，本文引自《茅盾全集·九》，合肥：黄山书社，2014年版，第584页。
② 同上，第585页。

黑暗皆可，是可以凝视而后信赖的此时此刻。

于是，在1935年的一篇小文章中评价余剑秋《评红楼梦》时，茅盾指出"《红楼梦》以前不是没有同样的描写人情世态的文艺作品，但《红楼梦》更为写实的，所以我们对它的评价特别高些。如果过了这范围，想在这部小说里找出'封建贵族崩溃的过程'，因而说它是'封建社会发展到末叶的必然要有的产物'，似乎总未免牵强"[①]。可见茅盾甚至对"封建贵族崩溃的过程""必然产物"等判断性话语都十分警惕。因为那并不"写实"，那是后设视角的附会。就像《子夜》的结尾，吴荪甫明白"什么都完了"，但也只是吆喝着"出码头"上牯岭，此时的吴荪甫仿佛是1927年的"沈雁冰"，要去看看"红军是怎样的三头六臂了不起"[②]。茅盾要的是正视现实，而后信赖未来，而不是仅仅根据现实以及耳食的社会科学知识去预测或许诺未来。"新写实派文学"对"历史进入了必然的新时代"是"催促"而非对"新时代"的"写实"。换句话说，被"写实"的，只能是"当下此刻"。于此，我们在"社会科学家"茅盾这里依稀可见"自然主义"信徒远去的斑驳背影。

四、结语

茅盾终生关注《红楼梦》，新中国成立后也多次出席"红学"

[①] 茅盾：《杂志"潮"里的浪花》，最初发表于《文学》1935年5月1日第四卷第五号，本文引自《茅盾全集·二〇》，合肥：黄山书社，2014年版，第515—516页。

[②] 茅盾：《子夜》，最初由上海开明书店于1933年出版，本文引自《茅盾全集·三》合肥：黄山书社，2014年版，第602页。

界相关活动，还曾亲自为"红学"会议题诗，1934年节编《红楼梦》的工作在他整个创作生涯中或许称不上多么重要，但这一工作紧接着《子夜》而来。《子夜》是茅盾从"牯岭时刻"的幻灭中重新振作之后的力作，也是茅盾由信仰西方文艺思潮进化论改弦更张为唯物史观／社会科学的实践之作；而节编《红楼梦》，正是茅盾在这一创作实践之后对自己深谙的中国古典文学的一次即时阐释，是茅盾彼时对自己文艺观念的一次古今贯通。

在茅盾从事这项工作的同时，中国文坛另一位重要的文艺理论家周扬正在冉冉升起，他在1933年发表了《关于"社会主义现实主义"与革命的浪漫主义——"唯物辩证法的创作方法"之否定》一文，正式将苏联的"社会主义现实主义"概念介绍进中国。"社会主义现实主义"要求的正是真实地反映现实的本质规律和发展趋势，似乎暗合了茅盾"新写实派文学"要求的"将时代推进了新方向"。茅盾在1950年表示，"最进步的创作方法，是社会主义的现实主义的创作方法"[①]，这一论断的生成无疑是他的写实观念的又一次（或多次）变化后的结果，也是另一个需要专文讨论的复杂问题。从1920年代对自然主义的推崇到新中国成立后的对"社会主义现实主义"的阐释，写实作为一种召唤，始终构成茅盾文艺观念生长与变化的重要方向。

---

① 茅盾：《目前创作上的一些问题》，最初发表于《群众日报》1950年3月24日，本文引自《茅盾全集·二四》，第149页。

第三节

文学创作者的"罪与罚"：巴金的道路与《寒夜》的位置

作为中国现当代文学中的经典作家，创作生命漫长的巴金一直深受不同年龄层读者的喜爱，无数意气风发的青年从《家》中获得了反抗的勇气与出走的动力，众多白发苍苍的老者从《随想录》中感受到良心的悸动与岁月的抚慰。走过101年人生岁月的巴金一直以"现代文学最后一位大师""作家良心"的形象为人熟知，始终是引领文坛的正面能量。《寒夜》是巴金创作生涯的最后一部长篇小说，被海内外不少学者认为是巴金艺术趋于成熟完美的作品，在思想主题上被认为是对国民党政府腐败统治的揭示和批判，是对底层知识分子困苦生活的同情和悲悯。①除了纯熟的艺术技巧和巴金多次强调的批判现实主义的意义之外，《寒夜》对巴金的整

---

① 关于《寒夜》的艺术评价和接受情况，可参见陈思广：《定位与拓进——1979—2009年的〈寒夜〉接受研究》，收入陈思和、李存光主编：《你是谁：巴金研究集刊卷八》，上海：上海三联书店，2013年版，第210—223页。

个创作生涯来说有什么价值？巴金于"新时期"重返文坛后，在
其重要的五卷本《随想录》中表达了深沉的自省和忏悔意识，这
和《寒夜》又有怎样的内在勾连？本文希望在知人论世与文本细
读的基础上，结合巴金的整体创作观察《寒夜》的位置，也由此
探究巴金为脱离个人精神困境所做的探索，同时关切巴金个人携
带的关于反思与救赎的时代难题。

一、对与错：革命青年的作家之路

因为《家》的广泛影响，我们对巴金的出身和家庭情况较为熟
悉，通常意义上会将巴金看作"觉慧"的原型，因为受不了封建
家庭的压迫和束缚而反抗和出走，这也是巴金早年成为青年代言
人的重要原因。事实上，巴金虽然确实深受封建大家庭繁文缛节、
道德败坏之苦[①]，但这个封建牢笼毕竟是个富庶之家，使得巴金在
战乱年代免遭饥寒，得到了良好的教育，小说中被描绘成大家庭
罪恶之源的祖父现实中其实对巴金颇为疼爱。[②]巴金在人生之初的
生命和成长中就多次历经矛盾挣扎，他一方面依恋母亲和哥哥带
来的温情，另一方面也亲眼看见了从小照顾陪伴自己的下人杨嫂

---

① 巴金自述家中有将近20个长辈，有30个以上的兄弟姊妹，有四五十个男女仆人。
在这样的大家庭里成长，巴金甚至忘记了自己一个早夭的同胞妹妹的名字。巴金父亲
曾做县官，他亲眼看过父亲刑讯逼供，而家中叔父的荒淫无度也让他记忆深刻。参见
巴金：《我的幼年》，《中流》1936年第1卷第1期；陈思和：《人格的发展——巴金传》，
上海：上海人民出版社，1992年版。

② 祖父曾在巴金父亲去世后专门订牛奶给巴金补养身体，也因为"识时务"对家庭
的很多新式变化听之任之，也出于现实考量允许巴金和三哥在外学习英文。

的悲惨死亡，朦胧意识到了自己出身的复杂性。"在公馆里我有两个环境，我一部分时间跟所谓的'上人'在一起生活，另一部分时间又跟所谓的'下人'在一起生活"，"我在污秽寒冷的马房里听那些老轿夫在烟灯旁叙述他们痛苦的经历，或者在门房里暗淡的灯光下听到仆人发出绝望的叹息的时候，我眼里含着泪珠，心里起了火一般的反抗的思想。我宣誓要做一个站在他们这一边，帮助他们的人"①，这虽然是巴金后设视角的追忆，却也合理解释了16岁的巴金在走出家庭之初为何会被宣扬平等、博爱的无政府主义组织"适社"②吸引。"从《告少年》里我得到了爱人类爱世界的理想，得到了一个小孩子的幻梦，相信万人享乐的社会就会和明天太阳同升起来，一切的罪恶都会马上消失。在《夜未央》里，我看见了在另一个国度里一代青年为人民争自由谋幸福的斗争之大悲剧，我第一次找到了我的梦景中的英雄，我找到我的终身事业，而这事业又是与我在仆人轿夫身上发现的原始的正义的信仰相合的。"③巴金在走出家庭后沉迷于和这群无政府主义者一起办报、写稿、发传单、参加游行活动，正是和他最初的生命经验密切相关。

到了离开家乡赴外地求学，巴金开始自由地和无政府主义思

---

① 巴金：《家庭的环境》，最初收入《巴金自传》，上海：第一出版社，1934年版，本文未在报刊发表过。

② 适社是当时活跃在四川成都等地的无政府主义者组织的社团，1921年在本地刊物《半月》上发表意趣和大纲，巴金读到此文后十分激动，写信去后不久被接纳进他们的编辑部。

③ 巴金：《信仰与活动——回忆录之一》，《水星》1935年第2卷第2期。

想家通信，通过著名无政府主义者邓梦仙开办的华光医院①结识了更多志同道合的朋友，继而去往无政府主义者聚集的法国留学，生活犹如烈火烹油，激动人心。留学期间，巴金不仅参与了引起世界关注的营救萨柯与樊塞蒂事件，翻译了克鲁泡特金、高德曼、廖·抗夫等人的著作，也写了非常多的讨论国内政治和社会状况的短评、杂感，"加入了巴黎的中国无政府主义小组，并且和不同国籍的无政府主义者及其他流亡者取得了联系；这些人包括象亚历山大·伯克曼和TH、基尔（伦敦）这样的名人。他和爱玛·高德曼仍保持着从一九二四年在中国就建立起来的联系，并且开始和奥地利无政府主义者马克思·奈特罗通信。他还同法国的中产阶级及工人阶级建立联系"②。从四川的"适社"走到上海的华光医院，再到法国的巴黎和沙多–吉里，作为一名无政府主义者，巴金十分称职。而文学创作，只是他这段时间里的"无心插柳柳成荫"。巴金自己后来回忆说是因为初到法国，想念亲人，内心寂寞，只好借纸笔发泄情感。后来也因为翻译克鲁泡特金的作品而直接中断了创作，可见对于一些工作的轻重缓急，巴金自有标准。直到大哥写信来继续说些希望他"扬宗显亲"的话，他才拾起了中断的创作，想把这本书呈献给大哥，"如果他读完以后能够抚着

----

① 当时这里聚集了国内外多名革命志士，巴金1925年从北京回南京又转到上海治病，与华光医院里的诸多同人往来密切，并结交了多位无政府主义者。

② ［美］奥尔格·朗：《〈家〉英译本序》，载《家》英译本，纽约：达波台有限股份公司，1972年版。转引自唐金海、张晓云主编：《巴金年谱》，成都：四川文艺出版社，1989年版，第163页。

我的头说：'孩子，我懂得你了。去罢，从今以后，你无论走到什么地方，你哥哥的爱总是跟着你的！'那么，在我是满足，十分满足了！"[1]相比于翻译无政府主义者的著作、参加营救无政府主义者活动、撰写时政短评等工作，文学创作真的只是巴金的业余消遣，"召之即来挥之即去"。更准确地说，文学创作在某种程度上也是充当了巴金社会活动的补充，比如发泄情绪、辅助宣传、让长兄了解自己的主张理想等。

《灭亡》发表后取得巨大的成功，倒是让巴金深感意外。值得注意的是，《灭亡》的结尾，革命者杜大心选择了用恐怖主义的方式献身革命，这与巴金信仰无政府主义同时受俄国民粹派运动和欧美恐怖主义思想影响有关。[2]无政府主义在今天作为一种政治光谱包含着诸多不同的流派和宗旨观念，但在巴金对这一思想的接受阶段，暴力、恐怖活动、个人、集体、财产所有权等观念其实都并未得到有效的清理和认定，巴金虽然后来多次批评恐怖主义并否定无政府主义和恐怖主义的关系，但彼时身在异国他乡，也眼见了诸多同人的奋斗牺牲，年轻而性情激烈的巴金塑造出杜大心这样的人物便不奇怪，奇怪的是他把这样一个为革命献出生命的形象寄给了长兄，甚至奢望长兄能够理解他的志向。巴金对供养他生活、对他寄予厚望的长兄做出流血牺牲的暗示在传统文化

---

① 巴金：《灭亡·序》，上海：开明书店，1929年版。
② 关于巴金复杂思想的组成和发展可以参见陈思和：《巴金研究论稿》，收入《巴金的魅力》，广州：广东人民出版社，2018年版，第2—237页。

意义上讲便是"大不孝"，但从彼时巴金的思想发展出发，这确是一种发自内心的坦诚。巴金将全部身心奉献于自己的主义和理想，这种激情和无所畏惧可以算是巴金在个人主体性指引下对精神超越的最初探索。以赛亚·伯林曾指出浪漫主义的两大原则便是自由意志和反对一切固有结构[①]，这里的"自由意志"和"固有结构"都是对启蒙主义理性一元化的对抗和反拨，伯林的这种对抗性张力正在巴金身上得到完美呈现，即既接受了启蒙理性的根本影响，又兼具与理性相抗争的自由与激情，浪漫主义者巴金在革命的理想和实践之中阴差阳错地走上了本来只是辅助他发泄情感的道路：写作。

从法国回来后，巴金继续汲汲于社会活动，沉浸在社会革命者激情燃烧的生活中。《灭亡》大获成功的1929年秋冬，刚刚意识到写作巨大威力的巴金在给大哥的信中才提到想要为大哥写一部长篇小说，这就是《春梦》(即后来的《家》)，而从这一想法萌发到《家》完成之前，巴金创作了包括《灭亡》续篇《死去的太阳》在内的多部作品，成了一名真正的作家。"决定继续走文学道路的时候，我曾在我心灵的祭坛前立下这样的誓言：要做一个在寒天送炭、在痛苦中送安慰的人。"[②]换了一条行走的道路，却是同种情绪的为了他人，年轻而浪漫的安那其主义者巴金做出了不知是对是错的人生抉择。

---

① 参见［英］以赛亚·伯林：《浪漫主义的根源》，吕梁等译，南京：译林出版社，2011年版。

② 巴金：《巴金论创作·序》，上海：上海文艺出版社，1983年版。

写，日也写，夜也写，我究竟写出了什么呢？我果然写完了我所要写的东西吗？没有，什么也没有，靠了写作，我只是给自己带来寂寞，带来苦痛，给人们也带来苦痛带来不幸。我是误了人误了自己了。我于是诅咒起自己来：我当初为什么要拣了这一条路，我为什么不到广大的人丛中去，去分享他们底快乐和愁苦，却躲在狭小的屋子里在寂寞与死亡中拿写作来消磨我底青年的生命。我能够像某一些人那样欺骗自己似地说我是为社会服务，给人类作了什么贡献吗？不，我完全在无用中毁了自己了。[①]

虽然之后凭借多部重要作品逐渐成为知名作家，受到各方好评，甚至和鲁迅等人有了交往，但对巴金个人来说，这种创作生活并非自己想要的，还给他带来了无尽的矛盾和痛苦。即使是在全身心投入创作的1931年，巴金也时常感到懊恼悔恨，时常质疑自己当初的抉择。对巴金来说，真正能够为社会服务，为人类做贡献的是走到"广大的人丛中去"，而不是"躲在狭小的屋子里"，写作宣泄了情感，却也消磨了青春，更重要的是"无用"。

文章和话语有什么用处？自从有人类社会一直到现在，

---

① 巴金：《最后的审判》，《文艺月刊》1931年第2卷第8期。

所说过的话，所写过的文章倘若都能够遗留下来，堆在一起也可以淹没了世界。然而到现在人类还被囚在一个圈子里面互相残杀。流血、争斗、黑暗、压迫依旧包围着这个世界，似乎永远就没有终结。文章粉饰了太平，文章掩盖了罪恶，文章麻醉了人心。那些呼声至今还是响亮的，它们响得那么高，就压倒了你的轻微的呼号。你不久就会过去了，然而那些青年的灵魂是要活下去的。你说你唤醒了他们，你却又抛弃他们走开了，让他们留在黑暗的圈子里面梦想那些光明、爱、自由、幸福的幻景。你完全忘记了他们，让各种打击破碎了他们的肢体。你，你这个制造书本的人，你真该诅咒啊！"[1]

写作的事不再能使我满足了。我甚至写出"文字是消磨生命和精力的东西"的话。我已经不能承认文字有什么力量了。

……

但文章究竟有什么用处？……我没有勇气再写下去了。[2]

书写的激情和被鞭策的热望始终掺杂着书写无用、误人误己等复杂的矛盾和苦痛，折磨着年轻的作家。和最初借小说向长兄

---

① 巴金：《无题——一个人的自白》，《文学季刊》1934年第1卷第1期。
② 巴金：《片断的记录》，《大公报·文艺》1936年4月1日。

明志一样，创作始终是巴金的"工具"。一个典型的例子便是巴金在文章中因为一些细节小事批评其他人后受到沈从文的劝告，"写文章难道是为着泄气?!""莫把感情火气过分糟蹋到这上面"，巴金却回应说"我写文章没有一次不是为着泄气"①，彼时已经是1934年，可见在文学创作这件事上，不管是初试笔锋的1927年还是已经有了不小名气的1934年，巴金始终未带有多少神圣感，且易动怒、爱计较。在巴金看来，每一篇文章的每一句话，都是心灵和情绪的呐喊，又怎么可能不动情，怎么可能慎重呢？安那其主义者李芾甘在热烈的革命生活中沉浮，作家巴金却在新的战场备受煎熬。

二、激情与痛苦:《寒夜》②作为一次停靠

一边受情绪亢奋和光明未来的驱使，不得不写，另一边却是自我质疑，深感书写的无力，巴金挣扎在要写与不能再写的困顿

---

① 巴金:《怀念从文》,《再思录》,桂林:广西师范大学出版社,2004年版, 第19页。

② 根据金宏宇、彭林祥的研究,《寒夜》共有初刊本(1946—1947年杂志初刊)、初版本(1947年晨光出版公司首次单行本)、再版本(1948年晨光出版公司再版)、新文艺本(1955年新文艺出版社)、文集本(1962年人民文学出版社文集收入)、选集本(1982年四川人民出版社选集收入)、人文本(1983年人民文学出版社单行本)、全集本(1989年人民文学出版社全集收入)等版本,从初刊本到初版本和从初版本到文集本有两次大的修改,1962年的文集本是之后各个版本的底本,之后各版都是细微修改。参见金宏宇、彭林祥:《〈寒夜〉版本谱系考释》,《郧阳师范高等专科学校学报》2006年第2期;另有关于《寒夜》版本研究的重要文献是周立民:《〈寒夜〉的修改与中国现代文学文献学问题》,收入陈思和、李存光主编:《一粒麦子落地——巴金研究集刊卷二》,上海:上海三联书店,2007年版。本文《寒夜》引文引自初版本,即上海:晨光出版公司,1947年版。后续引文只标注页码。

之中难以逃离，面对混沌年代的众生皆苦，巴金深感"百无一用是书生"，社会革命家没有解决的问题在作家这里更无法解决。也是在这段时期，曾经在《家》中逃离封建大家庭而成为青年楷模的"觉慧"也开始改变观念，认为"孩子的心就像一只羽毛刚刚长成的小鸟，在羽毛还未丰满的时候，一只小鸟是不能够远走高飞的。天空固然广阔，但到处躲着那些凶猛的老鹰，它们具有尖锐的眼睛和锋利的嘴爪，准备着捕食一只迷途的幼禽"[①]。人到中年的巴金似乎开始意识到个体的解放无法改变中国的社会现实，个体的牺牲也不能实现真正的全民族的自由。但群体的解放路在何方，大多数人的自由如何实现？无力的巴金不管是在自己的社会活动还是文学创作中都没有给出答案，自己也深陷在痛苦、抑郁的低落情绪中。

也是在这样的混乱不安中，国民政府的腐败与军阀的混战被更为灾难性的抗日战争冲击，主义与制度之争也不得不变更为民族国家维度上的同声歌唱。此时的巴金和其他文人知识分子一样奔走呼号，呼吁抵抗和斗争。从理论上说，爱国主义和民族主义都是无政府主义思想的天然敌人，作为坚定的无政府主义者，他没办法背叛自己的信仰，却又因身为中国人，在炮火连天之中眼见日寇的铁蹄践踏疆土，眼见同胞身处水深火热之中，性情激烈的他无法真正无动于衷。晚年巴金也曾坦白："我那个时候是一个

---

① 巴金:《给一个孩子》,《中流》1937年第1卷第10期。

狂热的爱国主义者。后来我相信了无政府主义，但爱国主义始终
丢不掉，因为我是一个中国人，一直受到各种的歧视和欺凌，我
感到不平，我的命运始终跟我的祖国分不开。"[1]

> 我是一个安那其主义者。有人说安那其主义者反对战争，
> 反对武力。这不一定对。倘使这战争是为反抗强权、反抗侵
> 略而起，倘使这无力得着民众的拥护而且保卫着民众的利益，
> 则安那其主义者也参加这战争，而拥护这武力。要是这武力
> 不背叛民众，安那其主义者是不会对它攻击的。[2]

这便是巴金的单纯。面对全民族的战争灾难，巴金看到的是
他发誓要"和他们站在一起"的人的生的艰难，死的悲痛。于是互
助友爱的无政府主义的信仰天然地让位于为"被侮辱和被损害的"
发声，让位于为了和平和保全的战斗。这种斗争和流血精神其实
更符合巴金一贯的思维，即为了大多数人的幸福，为了更多人的
未来做出牺牲。他自行调整了无政府主义信仰的条条框框，使其
适应自己眼所见耳所闻的终极信仰。战争期间，巴金辗转于上海、
广东、广西、云南、贵州、四川等多地，忙于编辑书刊，并从事
一些社会活动，也完成了契合时势的"抗战三部曲"的创作，也
是在这段残忍的战争时期，巴金逐渐意识到自己之前那些激情与

---

① 巴金：《绝不会忘记》，《随想录》，北京：人民文学出版社，1980年版，第149页。
② 巴金：《只有抗战这一条路》，《中流》1937年第2卷第7号。

理想是多么脆弱和天真。纵观巴金的创作不难看出，那个看似复杂实则简单的要为人类幸福牺牲的青年经历了怎样的精神危机。

进入40年代后，战争硝烟未散，国统政府腐败溃烂，人们似乎都陷入了生理与精神的双重悲观疲惫，巴金的创作也愈发沉郁。他于1944—1945年间完成的《憩园》《第四病室》都以旁观者的视角记录了人间悲苦，但也还是穿插着隐秘的乐观和希望。而于同时期断断续续创作完成的《寒夜》，整体气氛低沉，且以惨烈的结局收尾，伤感的基调下难寻"激流"与"爱情"中的昂扬斗志。曾经辉煌灿烂的五四一代汪文宣、曾树生被生活打压得猥琐而凄凉，《寒夜》也因此被认为是"以'青春、新青年'为代表的五四信仰在40年代的消失和变种""五四一代人在动荡战乱时期的思想困顿和精神匮乏"[①]。时常让研究者们感到奇怪的是，小说创作的时间正是巴金与相恋8年的萧珊新婚燕尔浓情蜜意之时，而且巴金离开家乡多年，早无母亲在堂，他如何会将夫妻、婆媳的家庭生活描写得这般不堪，且细致入微到这般程度？巴金在《后记》和后来的几篇创作谈中都曾提到，写《寒夜》主要是因为自己身在战时陪都重庆，生活困苦，不仅见证了彼时国民党的黑暗统治，更有感于平凡小人物的悲惨无力。本文认为，这些只是表面"说得出"的原因，巴金的情绪可能更为复杂。

先说巴金与萧珊的新婚之喜，彼时巴金的心情恐怕并非只是

---

① 赵静：《另类的都市漫游——对〈寒夜〉的再次重读》，周立民、李秀芳、朱银宇编：《〈寒夜〉研究资料选编》（下），上海：复旦大学出版社，2018年版，第668页。

新婚的喜悦。巴金与萧珊相恋多年，而且自1942年萧珊从西南联大辍学后便一直和巴金在一起，他们的结合也只是托朋友在报纸上发表了一封"旅行结婚"的通知而已。且婚后几天，萧珊便回到四川探亲，巴金独自留在贵阳写作，还进医院动了一次手术。可见此时二人虽然感情甚笃，但早已过了激情澎湃的热恋期。笔者大胆推测，在少年时代便立志献身人类的革命与解放事业的巴金可能开始并无婚恋的打算[1]，就像《灭亡》中的杜大心，"并非不能爱人，而是把他的爱奉献给了群众"[2]。巴金一生著述千万言，但涉及私人情感的部分却少之又少。这当然是作家个人创作的主体性选择，这里也绝非责备作家吝惜情感，一句"我希望病榻上有萧珊翻译的那几本小说。等到我永远闭上眼睛，就让我的骨灰同她的掺和在一起"[3]便可见鹣鲽情深，巴金显然是一个不愿意在文学作品中记录夫妻私人情感的人，但个人的情绪却可以透过作品被读者窥伺。结婚这年巴金整整40岁，或许是不惑之年思想的某种转变，或许是战火纷飞中的渴求安慰，笔者推测巴金此时选择结婚多少有对时局、国家乃至前途失望的情绪推动，可能多少有当年大哥被安排了婚姻时"大哭一场"的相同感受。这并不是说巴金结婚出于勉强，而是说他在婚姻之中寄托了对早年某些精神和

---

[1] 巴金年轻时在朋友圈中一直属于"反对恋爱婚姻三人团的成员"，认为婚姻和恋爱影响"工作"，从他的《雾》《雨》《电》三部曲中不少人物身上也可以看出这种倾向。参见刘恩义、王幼麟：《巴金与萧珊》，成都：四川文艺出版社，2003年版。

[2] 夏志清：《中国现代小说史》，本章译者水晶，上海：复旦大学出版社，2005年版，第172页。

[3] 巴金：《怀念萧珊》，《随想录》，北京：人民文学出版社，1980年版，第31页。

理念的疏离乃至放弃，不再执念于工作永远第一、不应婚恋，也不再将全部的身心完全奉献于无望的革命与创作。以此观之，《寒夜》中历经"五四"洗礼的青年夫妻的隔膜、别离以及小说整体内含的压抑、绝望便都多少有理可循。①

其次，巴金不喜欢分享私人感情，倒是格外注重以朋友们的故事反观自身，《寒夜》在很大程度上是这种因素的产物。1944—1946年，烽火灭而复燃，国统区生活凄惨凌乱，巴金已经失去了王鲁彦、林憾庐、陈范予、缪崇群等至交好友，还听到他们近乎悲惨的死状。他们不只是巴金的朋友，更准确地说是巴金的"战友"，多年与巴金在文学、出版及社会运动中志同道合，并肩战斗，却无法同享胜利的果实，无法看见他们所期冀的理想社会的建成；1945年，当抗战胜利消息传来，萧珊即将分娩的时刻，巴金的三哥李尧林却病重，送进医院仅七天后便撒手西去。三哥和巴金在故乡时便形影不离，一起离开家乡后20多年中互相扶持照顾，是真正意义上的手足，巴金却眼睁睁看着他贫病交加，凄然死去。"胜利会不会给他们带来解救呢？"②这是汪文宣临死前的疑问，显然也是巴金内心的呐喊。他们都和汪文宣一样，是接受了新文化思潮洗礼的"新青年"，信奉着德先生和赛先生，也为了国

---

① 也有学者将《寒夜》和鲁迅的《伤逝》进行对读，认为彼时新婚的巴金和鲁迅写《伤逝》时的心情类似，既担心小说中描述的场景会发生在自己的现实婚姻中，也因婚姻对小说人物、细节和情感的把握更为真实细腻，同时也是作家对五四启蒙后新式女性的困境的探讨。参见陈国恩主持专题：《启蒙神话、命运悖论与现代知识分子的遭遇——关于〈伤逝〉与〈寒夜〉的笔谈》，《海南师范大学学报》2006年第6期。

② 巴金：《寒夜》，第353页。

家和社会奉献到最后一刻，但时代回报了他们什么？贫穷、琐碎、病痛以及无尽头的绝望，最后是寂寂无声的死亡。即便国家和未来前途光明，那些逝去的生命该由谁来补偿，或者是给予最基本的铭记？《寒夜》的书写方法正和多年前的《家》类似，现实生活中的祖父并没有高老太爷那么罪恶滔天，甚至是一个让巴金感受到爱的家庭长辈，但他依然成为"类"的代表，成为巴金艺术手法下成功塑造的典型形象；巴金的亲朋故旧也并非都是汪文宣那么凄惨的结局，但汪文宣也还是成为"类"，成为巴金控诉、抒情的最佳"工具"。

在这样的双重意义上，《寒夜》是巴金历经近20年创作后，在从未消失过的激情和痛苦中的一次停靠：首先作为作家生活观念变迁的体现，进入婚姻是世俗的出口，《寒夜》则是其文学创作上的见证与体察，作家有了自己的港湾，却也在港湾中埋葬了部分的情绪与理想；《寒夜》同时是巴金写给同代人的挽歌，是对彼时社会环境的真实揭露，更是对那些优秀的灵魂逝去的哀悼与不忿。巴金借此在多年的激情澎湃中获得喘息，更在多年的挣扎苦痛中安定心神。

然而，《寒夜》也仅仅是一次停靠，之后的巴金还有漫长的人生需要度过，还有无数的苦难需要历经，由《寒夜》开始的对个人精神境遇的抚慰又如何影响了巴金的后半生？以巴金为代表，历经民主革命与社会主义革命双重思潮的一代人又该如何实现疲惫灵魂的疗愈？

三、忏悔与救赎：作为《随想录》前文本的《寒夜》

1936年，巴金在商务印书馆出版作品集《生之忏悔》作为"文学研究会创作丛书"中的一本。这个看似有些奇怪的题目其实来源于古田大次郎。古田大次郎是日本的一个恐怖主义者，因为替被无辜杀害的无政府主义者大杉荣复仇而被捕入狱，在狱中写下日记《死之忏悔》，巴金读后深受感动，在自己的散文《死》中评价道："古田大次郎为爱而杀人，而被杀，以自己的血偿还别人的血，以自己的痛苦报偿别人的痛苦。他以一颗青春的心毫不犹豫地攀登了绞刑台。死赔偿了一切。死拯救了一切。"[①]巴金虽然对于极端暴力的革命行动不赞成，但对勇敢奉献与牺牲流血的殉道者精神一直十分感佩，他也曾撰文歌颂俄罗斯、法国的虚无党人、芝加哥无政府主义殉道者，甚至对于刺杀了法国革命领袖马拉的少女哥代，巴金也多次表达自己的同情和理解。[②]此时距离他塑造杜大心这一牺牲者形象已经过去了近十年。这种非理性之诱惑伴随巴金的一生，也形塑了巴金的"情感结构"和"感觉结构"。在巴金看来，这些人都是理想的圣徒，"死"在这里也成为救赎罪恶、实现理想的终极道路。

---

① 巴金：《死》，《文丛》1937年第1卷第2号。
② 相关论述可参见巴金《俄罗斯虚无党人的故事》《法国虚无党人的故事》《芝加哥无政府主义者殉道后的四十年》《俄罗斯女十杰》《马拉之死》《马拉、哥代和亚当·克鲁斯》《静夜的悲剧》等。

这本小册子可算是我的忏悔录的一部分罢，正如这题名所表示的。

我常常想，我第一次拿起笔写文章，那就是我的不幸的开端，从那时起我开始走入迷途了。以后一误再误，愈陷愈深，终至于不可收拾。于是呻吟呼号，自我的笔端泄了出来。发泄以后便继之以沉默，这期间我很想把以前错误挽回过来。

……

这一本小小的书虽出于一个无学者的手笔，但决不是我一个人"闭门造车"的结果，它也可以代表一部分青年人的思想，我和他们在一起生活过，而且至今还没有脱离他们的圈子。让他们来判断我和我的书罢，我诚恳地把它献给你们。[①]

《题记》简洁而直接地表达了巴金想要通过"忏悔"来救赎自己过错的意图，因为没有像古田大次郎一样赴死，所以只能是"生之忏悔"。这本杂文集很薄，第一部收录《我的心》《作者底自白》《我的自剖》《我的呼号》《我的梦》《我的自辩》《新年试笔》《我与文学》《灵魂的呼号》《给E.G.》《呓语》，第二部是对三部外国作品的评论，第三部是自己几部翻译作品的序言，第四部收《广州二月记》《薛觉先》两篇，第五部则收《童年》《两个孩子》《双十节在上海》《木匠老陈》四篇。在二、三、四部收录的文章中，巴金依然

---

① 巴金:《生之忏悔·题记》，首发《水星》1934年第1卷第1期。后收入《生之忏悔》，改名《前记》，上海:商务印书馆，1936年版。

是那个激情澎湃的战士和关怀体贴卑微者的善良青年，但《题记》和第一部收录的作品便全是"生者"巴金纠结惨痛的呓语和自剖，除了对文学创作和知识分子力量弱小的懊恼外，更多了对憎恶、仇恨、罪过、宽恕等情绪的挖掘和追问：

> 一个人对自己是没有欺骗没有宽恕的。让我再来打开我的灵魂的一隅吧。在夜里，我常常躺在床上不能够闭眼睛，没有别的声音和景象来缠绕我。一切人世间的荣辱毁誉都远远地消去了。那时候我就来做我自己的裁判官，严苛地批评判我过去的生活。

> 我的确犯过许多错误了。许久以来我就过着两重人格的生活。在白天我忙碌，我挣扎，我像一个战士那样摇着旗帜呐喊前进，我诅咒敌人，我攻击敌人，我像一个武器，所以有人批评我做一付机械。在夜里我却躺下来，打开了我的灵魂的一隅，抚着我的创痕哀伤地哭了，我绝望，我就像一个弱者。我的心为了许多事情痛楚着，就因为我不是一付机械。

> ……

> "你为什么不抛弃掉那憎恨呢?"我也常常拿这话来问我自己。但是我永远得着强硬的回答："我不能! 在这样的社会里我是不能爱人的。"我说这些话也费了很大的力量。那挣扎是很苦痛的，我知道为了这恨，我还要继续把苦痛当做糖果般一粒粒地吞进肚里。

......

　　有人说革命者是生来寻求痛苦的人。我不配做一个革命者，但我却做了一个寻求痛苦的人。我的孤独，我的黑暗，我的恐怖都是我自己找寻来的。对于这我不能够有什么抱怨。①

　　出身地主家庭、少爷生活的优渥成为巴金自己认可的"原罪"，于是他选择和弱势的"下人们"站在一边，是某种程度上主动为之的"赎罪"；如今因为"读书"，因为"写作"，因为做了一个彻底又无用的"革命者"，巴金再次直面失望、不满、无能为力的罪恶感。在深夜辗转反侧，反省自己的过错，也审视自己对他人的憎恨，巴金这种痛苦的"我不能爱人"的状态颇有鲁迅《野草》中"抉心自食"的悲凉。白天是战士，夜晚是自省的矛盾体，想要爱人而不得，不想恨人也不可，深知自身的"毒气与鬼气"，却不能停止，巴金共享了鲁迅的焦虑。巴金试图以革命和书写拯救生民于水火，更需要拯救自己深夜被矛盾啃噬着的孤独的灵魂。

　　关于《寒夜》，我过去已经谈得不少。这次在谈《激流》的回忆里我写过这样的话："我在自己身上也发现我大哥的毛病，我写觉新……也在鞭挞我自己。"那么在小职员汪文宣的

---

　　① 巴金:《新年试笔》，首发于《文学》1934年第2卷第1期，署名比金，后收入《生之忏悔》。

身上，也有我自己的东西。我曾经对法国朋友讲过：我要不是在法国开始写了小说，我可能走上汪文宣的道路，会得到他那样的结局……觉慧同我之间最大的差异便是他大胆，而我不大胆，甚至胆小。以前我不会承认这个事实，但是经过所谓"文化大革命"后，我看自己可以说比较清楚了。在那个时期我不是唯唯诺诺地忍受着一切吗？这究竟是为了什么？我曾经作过这样的解释：中了催眠术。看来并不恰当，我不单是中了魔术，也不止是别人强加于我，我自己身上本来就有毛病。我几次校阅《激流》和《寒夜》，我越来越感到不舒服，好像我自己埋着头立在台上受批判一样。在向着伟大神明低首弯腰叩头不止的时候，我不是"作揖哲学"和"无抵抗主义"的忠实信徒吗？ [1]

这是写于1980年年末的《创作回忆录》，是时隔30多年后的"忆当年"，这30多年的时间里，巴金历经了人生的大起大落。从新中国成立后的知名作家、政协委员，到蛮荒年代的阶下囚、"臭老九"，再到"新时期"的"归来者"、作协主席，巴金的幸与不幸也都付诸历史尘埃。写下这篇《关于〈寒夜〉》时，巴金已经完成了五卷本《随想录》的前两卷，写完了《怀念萧珊》《纪念雪峰》《小狗包弟》《说真话》等名篇。巴金也因为《随想录》坦诚的叙述

---

[1]　巴金：《关于〈寒夜〉》，《文汇报》1981年2月14日。

与深沉的自省被誉为"世纪的良心"①,"与民族共忏悔"②,甚至有学者直言:"如果否定《随想录》的话,那么80年代知识分子所受的精神折磨和生命的消耗,就变得毫无意义。"③《随想录》的评介也是复杂的80年代的症候之一种,但毫无疑问,劫波渡尽后巴金确因为《随想录》迎来了自己创作生涯的又一高峰,也由此真正推动了自己的思想探索。

在第一卷的序言和后记中,巴金表示"这只是随时随地的感想,既无系统,又不高明。但它们却不是四平八稳,无病呻吟,不痛不痒,人云亦云,说了等于不说的话,写了等于不写的文章"④,"《随想录》其实是我自愿写的真实的'思想汇报'"⑤,但在第二卷《探索集》的后记中,巴金已经有了非常鲜明的"问题意识","我要写自己几十年创作道路上的一些感受,一些感悟。但是更重要的是,给'十年浩劫'作一个总结。我经历了'十年浩劫'的全过程,我有责任向后代讲一点真实的感受"。"我挖别人的疮,也挖自己的疮。这是多么困难的工作!能不能挖深?敢不敢挖深?会不会有成绩?这对我也是一次考验"。⑥对这个时候的巴金来说,总结"十年浩劫"也意味着重审这十年中的自己,反思历史的过

---

① 巴金与二十世纪研讨会编:《世纪的良心》,上海:上海文艺出版社,1996年版。

② 刘再复:《作家的良知和文学的忏悔意识——读巴金〈随想录〉》,《特区文学》1987年第1期。

③ 上海巴金文学研究会编:《巴金精神遗产探讨暨〈随想录〉出版二十周年座谈会发言摘要》李辉发言部分,《细读〈随想录〉》,第201—235页。

④ 巴金:《随想录·总序》,《大公报·大公园》1978年12月17日。

⑤ 巴金:《随想录·后记》,《大公报·大公园》1979年9月11日。

⑥ 巴金:《探索集·后记》,最初发表于《羊城晚报》1980年11月9日。

错也意味着检讨自身的幽暗，当意识到自己并非无可指摘甚至也犯了一些严重错误的时候，巴金的痛苦与悔恨可想而知。也是在这样的情形下，巴金给《激流》和《寒夜》写创作回忆时，便也与30多年前的那个共享了鲁迅焦虑的自己重逢，也将今天不堪的自己置于30多年前的审判台下。

> 他在黑暗中把右眉碰肿了，可是他并没有感到痛。他只有一个思想："我对不起每一个人，我应该受罚。"[1]

> "不过时局坏到这样，你应该先救你自己啊。既然你有机会，为什么要放弃？我也会有办法走，我们很快地就可以见面。你听我的话先走一步，我们慢慢会跟上来。"
>
> "跟上来？万一你们走不了呢？"她仍旧不动感情地问。
>
> 他停了片刻，才低声回答她："至少你是救出来了。"他终于吐出了真话。[2]

因读书创作误人误己，却又要尽力拯救身边的人，汪文宣的懦弱、隐忍与痛苦是巴金的朋友们的化身，显然也是巴金自身的写照。因为不想要让"青春最后的时刻这样白白耗尽"而在内心呐

---

[1] 巴金:《寒夜》，第45页。
[2] 同上，第162页。

喊"救出她自己"①的树生在汪文宣的推动下采取了行动，从这样的意义上说，树生还有着早年觉慧等人的影子，虽然境况、性质都已完全不同，却还在巴金一以贯之的反抗与拯救的主题之下②，然而，此时的巴金显然已经和"五四"遗风有了较大区别，《憩园》和《第四病室》已有端倪，《寒夜》的汪文宣才是他真正意义上的回望自身。巴金在汪文宣身上寄托了自己探索到的唯一可能的道路，不能拯救自己，至少拯救一个无辜的妻子，放她到自由的世界去，而自己即如古田大次郎一样，"死赔偿了一切。死拯救了一切"。巴金本人没有走上"死"的道路，却可以对他的人物"赋死"，这是"生者"的主体性自省，是作为读书人、作为革命者对"原罪"的"生之忏悔"。文学写作这份工作给他的"罪与罚"，他不得不，也只能通过书写进行疗救。换句话说，肺结核患者汪文宣③代替曾患肺病的巴金"死"去，以此完成巴金对自我的鞭挞，

---

① 巴金：《寒夜》，第225页。

② 蓝棣之认为巴金的《寒夜》属于"虽显犹隐"类别，巴金看似控诉战争和经济状况对曾树生的压迫，实则回到了"五四"的主题，即曾树生本质是发出了"五四"觉醒一代女性在40年代社会困境里的呐喊。参见蓝棣之：《现代文学经典：症候式分析》，北京：清华大学出版社，1998年版，第105—112页。

③ 唐小兵用苏珊·桑塔格的"疾病的隐喻"分析汪文宣，认为肺结核本身的象征内涵使得汪文宣的患病是一种心理促生、有意为之，即汪文宣通过患病的自虐寻求现实生活的避难所，以此达成对自身的拯救，而他的死亡则象征着肺结核代表的民族衰弱、民众蒙昧、个体焦虑的现代传统走向尾声。学者徐钰豪并不认同唐小兵的观点，而认为巴金恰巧摆脱了疾病的隐喻，只是把肺结核当作一种普通疾病，他更感到恐惧无助的，是战争。参见唐小兵：《英雄与凡人的时代：解读20世纪》，上海：上海文艺出版社，2001年版，第75—110页；徐钰豪：《杜大心与汪文宣：巴金笔下的肺结核患者》，周立民、李秀芳、朱银宇编：《〈寒夜〉研究资料选编》（下），上海：复旦大学出版社，2018年版，第706—707页。

也完成对更优秀的朋友惨死自己却苟活的罪恶感的纾解，巴金从汪文宣这里得到超越精神困境的内在力量。[1]

30多年后，面对浑浑噩噩过完的十年，重构了自身主体性，或者说有了重构意愿和行动的巴金慢慢从创伤中平静下来，反思历史，也意识到了过往岁月中自己"觉新性"和"汪文宣性"的复发，他终于重拾青年时代的"工具"，"我写因为我有话要说，我发表因为我欠债要还""火不熄灭，话被烧成灰，在心头越积越多，我不把它们倾吐出来，清除干净，就无法不做噩梦，就不能平静地度过我晚年的最后日子，甚至可以说我永远闭不了眼睛"[2]。此时巴金已经75岁高龄，走到人生的晚年，曾给他带来无数痛苦的、无用的写作终于成为一种清理心债、获得困境解脱与灵魂安宁的方式，巴金也由此开始了真正的救赎之路。

在这样的意义上，《寒夜》对自身性格痼疾的反省正是《随想录》的一次预演，40年代借《寒夜》对自我进行的批判、对拯救路径的寻找与80年代对过去十年中的自我和他人"挖疮"式的"还债"、对实现精神困境救赎的探索有了跨越历史时空的同构。《寒夜》是《随想录》思想意义上的前文本，是巴金对灵魂困境出口与精神超越因素的一次含蓄而深沉的触碰。

---

[1] 陈少华也指出汪文宣是"自觉的受难者"，但他还是从汪文宣本人所受的母亲、妻子的双重拉扯和他个人主体性难以建立的角度入手，认为其挣扎的惨状是对重重苦难的控诉。参见陈少华：《二项冲突中的毁灭——〈寒夜〉中汪文宣症状的解读》，《文学评论》2002年第2期。

[2] 巴金：《无题集·后记》，北京：人民文学出版社，1986年版，第187页。

四、结语

目前对巴金的研究可谓汗牛充栋，对《随想录》和《寒夜》的研究也都有了相关研究资料合集[①]，"巴金的意义"俨然成为一个学术话题。[②]愈是在这样的时候，愈是需要从整体上看待巴金的思想与创作发展，《寒夜》的特别在于它处于社会历史大变动的分界处，更在于它见证了巴金对一直困扰其身心的"罪恶"问题的考量与处理。新中国成立前的巴金始终处于挣扎矛盾之中，被革命和创作的激情所驱使，却也沉浸于革命和创作都无法疗救他人的绝望困惑中，《寒夜》以深沉的基调抚慰了作者躁动不安又伤痕累累的心，以隐忍的人物之死容纳了救赎一切的理想；新中国成立后的巴金历经人生起伏，直到新时期才有了《随想录》的觉醒、反思，追溯和延续了《寒夜》的隐微主题。历经"五四"洗礼，历经民主革命和社会主义革命截然不同的浸染，巴金始终不改衷肠，始终试图借文学书写救赎罪恶感与无力感，而文学书写同时是这罪恶感与无力感的来源。这或许也是巴金用百年生命替一代乃至几代作家知识分子践行的罪与罚。

[①] 《寒夜》相关研究资料可参见周立民、李秀芳、朱银宇编：《〈寒夜〉研究资料选编》（上、下），上海：复旦大学出版社，2018年版；《随想录》相关研究资料可参见李存光：《〈随想录〉评介、研究资料目录（1980—2006）》，《〈随想录〉出版二十周年纪念》（周立民编），上海巴金文学研究会2006年12月编印；胡景敏：《巴金〈随想录〉研究》，上海：复旦大学出版社，2010年版；周立民：《〈随想录〉论稿》，上海：复旦大学出版社，2011年版。

[②] 胡景敏对这一问题有详细叙述，参见胡景敏：《绪论：巴金的意义》，《巴金〈随想录〉研究》，上海：复旦大学出版社，2010年版。

第四节

深藏功与名：张光年在中国文联、作协恢复中的角色

1978年5月27日，中国文联三届三次全委会在北京召开，此时距离上次全委会已经过去了15年。会上，茅盾"庄严地宣布：中国文学艺术界联合会、中国作家协会和《文艺报》，即时起正式恢复工作"①。恢复工作后的文联、作协的重要任务是筹备已经停办了19年的全国文代会。1979年10月30日，中国文学艺术工作者第四次代表大会历经层层坎坷后终于在北京召开，会上选举了文联、作协及其他各个协会的新一届领导机构，新时期的文艺界也由此正式恢复活力。复出后的周扬无疑是新时期文学界真正意义上的领导核心，直接担任文联主席，并官复原职，担任文艺界主管部门中宣部副部长。张光年则当选作协书记处书记，且在所有

---

① 茅盾：《开幕词》，《文艺界拨乱反正的一次盛会——中国文学艺术界联合会第三届全国委员会第三次扩大会议文件发言集》，北京：人民文学出版社，1979年版，第1—2页。

书记中排名第一①，周扬亲赴医院告知要他担任作协党组书记的决定。②由此可见他作为周扬身边第一副手的重要地位。然而，"文革"前的张光年仅仅是"作协的另一个书记、内定改版后的《文艺报》主编"③，虽然也确实是周扬小圈子的重要成员④，但和林默涵、刘白羽等人相比显然不是地位显要拥有决策权的。为何此前地位并不突出的张光年会在新时期获得中央如此信任？是否因为他在1975年获释到1979年文艺界恢复秩序这几年中有重要贡献？关于新时期文艺界的"回春"问题，刘锡诚、徐庆全、黎之、张僖等人的著作论述颇多⑤，但对真正推动变化的人事，尤其是张光年的位置，论述并不清晰，甚至有错讹之处。本文意在对这一问题做单独考察，试图呈现真实的历史面目，也修正一些既有的材料和观点。

①　斯炎伟：《全国第四次文代会的大会选举》，《扬子江评论》2017年第5期。
②　关于张光年作协党组书记的任职，目前没有准确的材料证实具体任命和任命时间。徐庆全的说法是1979年3月，同时引用了张光年日记中周扬去医院看望并宣布其担任作协党组书记的决定的段落，但张光年因为1979年2月入院紧急手术，3月的日记都是1997年补记的，且说法是"从大病房迁入五楼三层单人病房后，周扬同志来看望"，并没有具体日期记载，只是补记在5月日记前。徐庆全记录也有不少错讹之处，比如关于周扬回到中宣部担任副部长，他的记录是1979年1月18日的"稍后"，但周扬正式任职中宣部应该是第四次文代会之后，即1979年年底或1980年年初。
③　文洁若：《生机无限》，北京：北京十月文艺出版社，2003年版，第53页。
④　郭晓惠等编：《检讨书——诗人郭小川在政治运动中的另类文字》，北京：中国工人出版社，2001年版，第99页。
⑤　参见刘锡诚：《在文坛边缘上——编辑手记》，开封：河南大学出版社，2004年版；徐庆全：《文坛拨乱反正实录》，杭州：浙江人民出版社，2004年版；徐庆全：《风雨送春归——新时期文坛思想解放运动记事》，开封：河南大学出版社，2005年版；黎之：《文坛风云续录》，北京：人民文学出版社，2010年版；张僖：《只言片语——中国作协前秘书长的回忆》，北京：北京十月文艺出版社，2002年版。

一、张光年在出版局

文艺界的气氛变动最早可以追溯到1971年"林彪事件"之后，周恩来主持中央日常工作，对各方工作进行整顿恢复的过程中也加强了对文艺界的关怀，诸多流放在外的文艺界人士得以回归。也是在周恩来的建议下成立了文化部文联各协会安置办公室①，借助这一时机，不少知识分子开始"回归"，"当时可以安排干部的只有'文博口'（博物院馆）"，"在1972年到1975年的近三年中，我们前后安排了六七十个人到新华图片社、博物馆、图书馆工作"②。这些安置虽然并不理想，但至少为一部分人提供了回京和获得后续安排的机会。也是在这段时间，张僖和先行调回北京的李季"每天中午都在老文化部203号（人民文学出版社对面）旁边的一家副食店里喝啤酒""经常谈到如何恢复中国作协的事情"③。而此时，张光年仍然在干校煎熬。

也是在这次气氛变动中的1972年，李季曾多方努力，试图借助《关于出版工作座谈会的报告》的春风恢复停刊已久的作协机关刊物《人民文学》，但因"四人帮"阻挠终究没有成功。事实上，直到1975年1月四届人大一次会议后，中央日常工作实际由副总

---

① 据张僖回忆，此时的安置办公室由周总理秘书吴庆彤担任主任，他和王敏担任副主任，因为吴工作繁忙，主要由张和王处理具体工作，其中张主要负责中国文联和作协同志的安置工作。

② 张僖：《只言片语——中国作协前秘书长的回忆》，北京：北京十月文艺出版社，2002年版，第141—142页。

③ 同上，第140页。

理邓小平主持，整个社会才称得上真正的万象更新。更重要的是，毛泽东在这一时期流露出了多年动荡后的"安定团结"之意，于是有了1975年的文艺政策调整，有了对"百花齐放"的重提。也是在这一年4月，《关于专案审查对象处理意见》的推出使得文艺界受审查的大多数人得到了释放和安置。同年7月，因毛泽东对林默涵信件的批示，牵连甚广的"周扬案"也有了松动。文艺界复苏最明显的标志可能是1975年国庆招待会名单，长达4000人的名单中出现了各条战线上曾被打倒的人，"周扬案"中牵涉的许多人也都榜上有名。值得注意的是，此时已经先后得到释放的周扬、林默涵、张光年都没有出现在名单上，他们几位可以说是这一案件中最重要的几人，也是"文革"前文艺界名副其实的执牛耳者。文艺界氛围剧变，他们几人却位置尴尬，其中尤以张光年的经历境况最为典型。

张光年于1975年6月从干校释放，回到北京，此时距离毛泽东批示林默涵的信件还有一段时间，可见对于张光年，中央并没有加之最高级别的警惕。虽然此前他已经以各种理由泡了一段时间病号，但此时回京才算得上名正言顺，并有了自己的问题属于"人民内部矛盾"的结论，即便对结论的很多措辞他仍有不满，却也决定签字接受。世事难料，能有机会回到城市，回到家人身边，可能也是彼时大部分人的共同选择。与张光年一同做出选择的文艺界人士很多①，他们的工作分配也成为中央迫切需要考虑的问题。当年8月14日，文化部留守处组织了一个学习班，每周四个半天，学习九届二中全会以来的文件，时间为两个半月。②其实是为这群解放回来的老干部提供一个"重返社会"的机会，让他们了解最新的时事政策。张光年在日记中将学习班记载为"被编入第三党小组和学习组，组长是郭静。该学习组每星期三、六上午开会"③。根据其之后的日记，小组学习并不规律，也并不繁重，多是官方文件阅读和相关精神传达，但确是提供了新的"社会生活"以及新朋旧友相识团聚的机会。

这年10月，学习班还未完全结束，同为"周扬案"被牵连者的石西民调任国家出版局局长，并有意调张光年过去，张光年"表示同意"④。月底转完行政关系后他便开始认真思考出版局具体工作，还写下了工作备忘录："一、贯彻七一年出版会议纪要；二、

---

① 学者程中原、夏杏珍通过访问查询总结了如下名单：肖望东、徐平羽、林默涵、陈荒煤、石西民、钱俊瑞、张致祥、于伶、金山、郁风、穆欣、黄稻、谢和赓、沙汀、张庚、吕骥、赵寻、华君武、张光年、周巍峙、马彦祥、任桂林、石羽、唐瑜、吴祖光、新凤霞、凤子、苏灵扬、戴爱莲、丁玲、艾青、金紫光、司徒慧敏、周而复、叶浅予、程季华、周立波、阿英、陈白尘、孟超、黄苗子、袁文殊、舒强、阿甲、陈企霞、徐懋庸、葛琴等。程中原、夏杏珍：《历史转折中的人和事》，成都：四川人民出版社，2015年版，第68页。

② 程中原、夏杏珍对这一学习班名单的总结是：吕骥、周巍峙、徐平羽、黄稻、赵寻、张光年、张庚、吴祖光、马彦祥、凤子、郁风、华君武、石西民、刘白羽、司徒慧敏、袁文殊、马少波、丁聪等。夏杏珍、程中原：《历史转折的前奏：邓小平在1975》，北京：中国青年出版社，2004年版，第343—343页。不少材料提到这个学习班时说是引用其中一个学员的日记，但是谁的日记一直没有确实的材料。

③ 张光年：《向阳日记》，上海：向阳远东出版社，2004年版，第239页。

④ 同上，第250页。

90

审读清理过去的文学出版物；三、关于《人民文学》；四、筹建印刷厂；五、调干问题……。"① 此时的张光年还未正式开始工作，但考虑的问题显然颇具领导大局观。然而，在出版局上班不到一个月，张光年便在日记中写道："他（石西民）的一番谈话，使我决意不设任何机构（文艺出版方面），也不要任何助手了。"② 石西民此番谈话的详情不得而知，但应该和"调丁宁问题"有关，这其实是张光年上班之前和石西民谈话后石西民给予的回应，"冯牧在考虑中，吴、丁、杨也可能调，其他暂不考虑了。他同意调杨子敏作我的助手"③。从开始的壮志满怀到一个月后的心灰意冷，张光年在出版局的工作状态究竟如何？或许可以从《人民文学》的复刊过程中窥见一斑。

《人民文学》在1972年经历过一次复刊失败后，到了1975年，于会泳掌管的文化部受到毛泽东调整文艺政策的多次谈话的压力主动重提复刊④，但因为"四人帮"此时依然大权在握，复刊过程也就受到多方势力的影响。粉碎"四人帮"之后，编辑阎纲和吴

---

① 张光年：《向阳日记》，上海：向阳远东出版社，2004年版，第255页。

② 同上，第261页。

③ 同上，第255页。另一个计划调的吴泰昌经过张光年一番努力，终于于当年12月份调至《人民文学》。

④ 周明在《张光年与风暴后的〈人民文学〉》中回忆说是周恩来的指示使得《人民文学》得以较早复刊，其实不准确，主要还是毛泽东的多次谈话（7月初和邓小平谈话关于"百花齐放"，7月14日和江青谈关于文艺问题，7月25日关于电影《创业》的批示）以及对文化部的几次批评，使得于会泳深感压力。

泰昌受命撰写《〈人民文学〉复刊中的一场斗争》①，文中指出《人民文学》之所以设在国家出版局是因为邓小平识破"四人帮"阴谋，写下了批语"看来现在这个文化部要领导好这么一个刊物也不容易"，之后不少文章皆引用这一资料。②事实上，在邓小平批示文化部的复刊报告前，张春桥便已经批示"待商。可以先设在出版局，如果不方便，将来再说"，之后才是邓小平的批示："我赞成。看来现在这个文化部……"阎、吴的文章想必有粉碎"四人帮"后的刻意为之，但真实情况也需要厘清，在《人民文学》复刊的问题上，具体该怎么操作，张春桥显然也没有什么把握，他将其他领导核批过的文件压了一阵子后于10月15日交还于会泳，并指示"请你们向出版局协商，先办起来"③。于是便出现了复刊后《人民文学》人事和建制方面的多重混乱。

在人事方面，主编由文化部副部长袁水拍担任，副主编则有严文井、李希凡和施燕平三位。严、李各有专职，严时为人民文学出版社负责人，李是《红楼梦》研究小组的负责

① 阎纲:《文网 世情 人心——阎纲自述》，北京：生活·读书·新知三联书店，2012年版，第91页，《〈人民文学〉复刊中的一场斗争》以"本刊编辑部"的名义发表于《人民文学》1977年第8期。

② 徐庆全也将《人民文学》复刊后设在出版局而没有完全归文化部这件事归功于邓小平，徐也指出邓小平在批示报告前就曾在政研室七人会议上提到文化部恐怕办不好刊物，但这7人中也不包含张春桥。究竟谁最先提出设在出版局以及之间如何博弈，还需要进一步考证。

③ 施燕平:《〈人民文学〉复刊和编辑日记》，台北：新地文化艺术有限公司，2015年版，第14页。

人，工作在文学艺术研究所，严、李两人在《人民文学》的职务可视为"兼职"；"专职"副主编只有施燕平一人，刊物的日常具体工作理所当然也就由施主管。本来，文化部将施由沪调京的目的，就是由施来具体负责《人民文学》的工作，他的编制归属文化部。

在刊物的建制方面，筹备和复刊初期的《人民文学》属于双重甚至是多重上级部门领导的单位。具体来说，《人民文学》编辑部设在人民文学出版社（出版社归属国家出版局，但国家出版局并不同意将编辑部设在出版局，当时出版局负责人是石西民），刊物的出版和发行由出版局负责承担，文化部则主要负责刊物的方针政策。显然，《人民文学》在编辑、出版发行、政治领导各方面形成了权利归属交叉的格局，而名义上则由出版局和文化部对其进行双重领导。[1]

唯一借调来的专职副主编施燕平于当年10月22日从上海飞抵北京，对之后的情况有详细的编辑日记记录。"编辑部办公地点由袁水拍与文化部联系后确定"[2]，"决定在东四八条52号文化部所属的戏曲研究院大楼的二楼，腾出几间空房临时借用"[3]，"文研所已同意再拨给一些办公桌子，明天可要办公室主任陆耿圣同志去运。

① 吴俊：《〈人民文学〉的创刊和复刊》，《南方文坛》2004年第6期。
② 施燕平：《〈人民文学〉复刊和编辑日记》，台北：新地文化艺术有限公司，2015年版，第15页。
③ 施燕平：《尘封岁月》，上海：华东师范大学出版社，2014年版，第238页。

同时，要她向出版局领些钱，可以买一些热水瓶、茶具等物"[1]。文研所即文学艺术研究所，隶属文化部，彼时袁水拍正担任所长，而办公物品费用则又要向出版局领，由此可见，《人民文学》的复刊也算得上东拼西凑。根据施燕平的日常记录，真正对刊物方针和方向做决策的是袁水拍，而负责日常组稿、编辑工作的是施燕平本人。出版局虽然经常召开会议，局长石西民和副局长徐光霄也有出席，但多是印刷等技术问题或是重要文件政策传达、政治性任务的分配等，并无对内容、方向等问题的问询。而对于张光年，施燕平在日记中唯一着重提到的一次是在11月21日：

> 昨天刚从上海回到北京，今天石西民同志委派张光年来列席主编副主编的碰头会，了解刊物的筹备情况。
>
> ……
>
> 光年同志提出发刊词要早点定，起草后还得送审。水拍同志提议不用发刊词，以"致读者"代替。第一期刊物的质量要高，臧克家如果维持原结论，他的诗可发，以体现团结老作家。对电影剧本《第二个春天》，他认为对话精彩，政治性强，主题好。光年同志则认为如果发《第二个春天》，还得从另一个角度考虑，《万水千山》发不发？但袁对此没有表态。[2]

---

① 施燕平：《〈人民文学〉复刊和编辑日记》，台北：新地文化艺术有限公司，2015年版，第18页。

② 同上，第30页。

袁、张的这段"分歧",施燕平在大陆出版的《尘封岁月》一书中不知何故并未提及,张光年在日记中对这次会议的记录则简略为:

　　　　上午携严文井到(东四)八条《人民文学》编辑部听取筹备工作情况。先由袁水拍介绍编辑部同志们见面,随后是小会。刘剑青汇报了编辑工作进展情况。卢更生(应为陆耿圣,误)提出了调干、房子、家具等问题。袁水拍、严文井、李希凡就第一期内容各自提出了补充意见。我表示将这些意见向出版局及时转达。[①]

　　相比于施燕平,张光年的记录更为简略、平和,将自己仅仅置于"转达意见"的功能角色上,虽然与会议的实际过程不符,却和实际结果一致。在当时的环境中,虽然《人民文学》相关建制、人事都归属出版局[②],但事实上,袁水拍彼时直接向于会泳、张春桥负责,所以发什么稿,怎么安排、组织,其实都和出版局无关。之后无论是关于《第二个春天》的发表问题还是其他文章的组织,甚至是在全国各地为组稿而召开学习班,一直都是施燕平在和袁

---

　　① 张光年:《向阳日记》,上海:向阳远东出版社,2004年版,第261页。张光年的日记是11月20日,施燕平日记是11月21日;张光年同时将"陆耿圣"误记为"卢更生"。
　　② 比如周总理去世组织吊唁和参加追悼会等,《人民文学》所有人都编入出版局队伍;中央有重要政策文件,也都由出版局组织传达和监督落实。

水拍沟通，出版局和张光年都未参与，只有在需要解决办公地点问题时，"于会泳几次要袁水拍嘱我向出版局要房子"①。换句话说，出版局更像是后勤机关，而在出版局仅是担任顾问的张光年更是无处置喙。所以有学者提出的"具体参与复刊首期决策的领导成员……还有张光年。张是由出版局负责人石西民委派列席刊物的领导干部会议，也具体参与了决策过程"②"（张光年）以顾问和文坛资深人士的身份，在复刊过程中暗地发挥作用"③这样的说法都是不准确的。作为《文艺报》的前主编，张光年此时明知《文艺报》复刊遥遥无期，自然对意外复刊的同为作协机关刊物的《人民文学》格外上心，他应该十分清楚，《人民文学》是文艺界重获生机以及文联、作协恢复工作的重要切口。然而，张光年的位置用他自己的话说是"参谋"，他在1975年10月以后的日记中记录的也大多是给出版局看校样，做注释，修改一些词句文章等，他在出版局担任的是名副其实的虚职，并无任何领导决策权。

　　需要特别指出的是，石西民走马上任国家出版局新局长时，"当时有一种说法，邓小平接受胡乔木建议，以石西民接替表现相对软弱的徐光霄来加强出版战线的工作"④。或许正是石西民的"不

---

①　施燕平：《〈人民文学〉复刊和编辑日记》，台北：新地文化艺术有限公司，2015年版，第73页。
②　吴俊：《〈人民文学〉的创刊和复刊》，《南方文坛》2004年第6期。
③　李洁非：《风雨晚来方定——张光年在"文革"后》，李洁非：《典型文坛》，武汉：湖北人民出版社，2008年版，第221页。黄平、叶杨莉在《四次文代会之前的新时期文坛》一文中也直接用了李洁非的这一观点，见《文艺争鸣》2019年第1期。
④　宋木文：《思念与思考》，北京：海豚出版社，2014年版，第90—91页。

软弱"，才有吴俊所说的"编辑部没办法设在出版局"，那么矛盾和裂隙便鲜明起来，石西民既然是代替"相对软弱"的徐光霄，为何又甘愿拿着这个烫手山芋却不加管束？以张光年"文革"前的地位和资历，石西民为何调他来又只让他屈居虚职？张光年显然极为关切《人民文学》，他在并无余力的情况下还是及时帮助吴泰昌解决了调往《人民文学》的事，却也在多次帮助《诗刊》校阅看稿甚至李季病重入院后依然不愿意将工作关系调往《诗刊》，也不愿意调往人民文学出版社。历经风霜雨雪的张光年多有委屈，此时却按兵不动，是有所远谋还是心有余而力不足？

二、"周扬案"在1976

《人民文学》顺利复刊，虽属意外，但也称得上是文艺界重回正轨的先声，但此时张光年显然只是一个普普通通的旁观者角色，要了解他在出版局的尴尬位置以及石西民的态度，可能还是要牵扯出"周扬案"。

石西民1929年加入共产党，主要从事的一直是新闻宣传工作，被国民党通缉过，参加过抗战，也一路从延安走到西柏坡。新中国成立后参与创办《新华日报》，担任过上海市委宣传部部长等重要职位，1965年调任文化部副部长，后受"周扬案"牵连失去自由长达九年，1975年获释。石西民和周扬的私人关系如何姑且不论，他的人生经历绝对称得上是"久经考验"，也是这类老干部在历经"文革"后更容易对中央政策亦步亦趋，谨小慎微。他此时对待张光年的态度显然不得不考虑周扬的处境。

周扬在毛泽东的几次批示下被释放，按照专案组给毛泽东的处理报告，周扬应该在1975年7月27日后就得到"人民内部矛盾"的结论，并在8月7日由专案组公布处理决定，即恢复党组织生活，补发工资，并由中央组织部分配工作。然而，徐庆全意外发现的一份中组部的材料显示，"中组部直到1976年12月，才开始考虑周扬的工作。当时，郭玉峰有个提议，周扬'由全国政协安置休养'，但并未安排"。下一次再考虑周扬的工作问题，就到了1977年5月，郭玉峰则表示"周扬这样的人的工作，你们不要管，这是上边的事"①。可见对于中组部来说，周扬的工作问题并不应该由他们酝酿安排，而是"上边"指示，所以从1975年8月一直到1976年12月，"上边"一直未下指示，这种情况显然和"四人帮"还在密切相关。虽然没有直接材料证明这一推断，但有一个重要的佐证，1976年4月23日，出版局召开"鲁迅著作注释工作座谈会"，局长石西民出席并发言，在发言中讲到鲁迅著作的注释工作时直言：

> 在国内，瞿秋白歪曲鲁迅的思想。胡风反革命集团污蔑鲁迅的手法和论点更为险毒、丑恶。周扬之流对鲁迅也进行了种种攻击和歪曲。特别是一九五七年，刘少奇、周扬一伙

---

① 徐庆全：《是邓力群力主周扬到社会科学院的吗？》，http://www.hybsl.cn/beijingcankao/beijingfenxi/2019-08-05/70158.html。

进行了颠倒历史、围攻鲁迅、为"国防文学"这个资产阶级口号翻案的大阴谋。……在伟大的无产阶级文化大革命当中，江青同志召开的部队文艺工作座谈会的《纪要》，坚决捍卫了无产阶级文艺路线，彻底揭露了三十年代以周扬为代表的资产阶级文艺路线，揭露、批判了周扬之流篡改历史、打击鲁迅的阴谋……①

虽然关于30年代两个口号的论争问题确实是到1978年3月才开始得到正式的讨论和清理，但经过1975年毛泽东的几次批示和中央专案组的结论，石西民在这类大型的工作会议上"周扬之流"的措辞还是多少让人震惊，他完全可以采用更为委婉的方式表述相关事实，石西民的选择也可见本人的立场和态度。作为"久经考验的共产主义战士"，石西民此时显然感知到了强大的政治压力，言语措辞也一定是几经斟酌。尤其是1975年年末开始"反击右倾翻案风"后，石西民一直惶惶不安，在多次传达相关文件的会议上做出自我批评，且多次表达："过去犯了错误，是党挽救了我。到出版局工作，时间不长，自己有错误，最根本的一点是世界观改造不够，民主派的思想不少。"②"我是从桃花源中来的人。主席讲，

———————————

① 石西民：《石西民同志在鲁迅著作注释工作座谈会上的讲话（记录稿）》，收入袁亮主编：《中华人民共和国出版史料1966年5月—1976年10月》，第314页。
② 施燕平：《〈人民文学〉复刊和编辑日记》，台北：新地文化艺术有限公司，2015年版，第53—54页。徐光霄也紧接石西民做出自我批评。

老干部还有点用处，我能不能还有点用处？还得争取。"① "文元同志在《光明日报》上看到《诗刊》的广告目录上没有全部转载四个文件，即打电话责问石西民，为什么不全部转载，为此《诗刊》受到批评。"② 可见，作为出版局的一把手，"桃花源"中来的石西民动辄得咎，不得不时时紧跟政策，把握政治方向，他的"周扬之流"也就不可能只是个人的好恶，而是切实需要的表态，那么此时"上边"对周扬的态度便不难猜测，周扬的工作问题始终得不到正面的考虑也就不足为奇。值此风口浪尖，石西民、徐光霄都战战兢兢，如履薄冰，对于《人民文学》的事，一方面是无暇多顾，另一方面也是不愿意承担领导责任。作为周扬曾经重要且亲密的工作伙伴之一，张光年此时在出版局只能担任虚职便也顺理成章。在这样天不时地不利人不和的状态下，张光年的不愿调动恐怕更多是被动自保与无可奈何，在出版局担任虚职至少暂时安全，去《诗刊》担任主编或者去出版社主管出版恐怕都难免惹祸上身。

简要梳理1975年6月后周扬和张光年的生活变动轨迹，也可见两人当时的境况之一二：

---

① 施燕平：《〈人民文学〉复刊和编辑日记》，台北：新地文化艺术有限公司，2015年版，第60页。

② 同上，第74页。《诗刊》的复刊比《人民文学》稍早，得益于一封给《红旗》杂志的信，但也还是和毛泽东的调整文艺政策密切相关，更早获得解放的李季此前一直致力于《人民文学》的复刊，但遥遥无期，《诗刊》复刊先得到批准后，李季便转向《诗刊》担任主编，张光年任顾问。1976年，李季身体欠佳，张光年帮助看稿。这次《诗刊》未转载的是吴德在天安门广场广播讲话和天安门广场是反革命政治事件的文件。

时间	周扬	张光年
1975年6月	—	离开干校回京，结论：人民内部矛盾，恢复组织生活，补发工资，安排工作
1975年7月2日	毛泽东批复林默涵信：周扬一案，拟可从宽处理	—
1975年7月14日	从监狱释放回京，住万寿路西街7号中组部招待所1号楼二层	—
1975年7月27日	毛泽东批示周扬问题应为"人民内部问题"	—
1975年8月7日	中央专案组处理决定：恢复其党的组织生活，原工资照发，补发审查期间停发的工资，由中组部分配工作	—
1975年8月14日	—	参加文化部留守处举办的学习班，两个半月
1975年国庆招待会	周扬未参加。毛泽东：可惜未请周扬、梁漱溟	张光年未参加
1975年10月23日	—	《人民文学》复刊，召开主编副主编碰头会，张光年未参加
1975年10月	石西民任国家出版局局长	—
1975年10月底	—	调入出版局担任顾问，虚职
1975年11月21日	—	代表出版局列席《人民文学》复刊筹备会
1975年11月22日	—	张光年与石西民谈话后表示不再设任何机构，不要任何助手

时间	周扬	张光年
1976年	直到12月，中组部才具体考虑给周扬分配工作事[1]	张光年帮《人民文学》《诗刊》看校样，做注释，提意见等
1977年5月	中组部几次酝酿周扬工作事，无果	王匡调任国家出版局局长
1977年6月	—	开始正式主管《人民文学》，实职
1977年国庆	周扬参加国庆招待会	张光年参加国庆招待会
1977年10月	仍住在中组部招待所，顾骧登门请教批判"文艺黑线专政"论事，周扬"一口气讲了两个多小时"[2]	牵头召开短篇小说座谈会，会上开始提恢复文联、作协等组织
1977年12月	胡耀邦任中组部部长	—
1977年12月23日	中央正式任命周扬担任社科院顾问，1978年9月任副院长，无具体工作，虚职	—
1977年12月28日	"文革"结束后首次公开露面	组织《人民文学》召开反"文艺黑线专政"论座谈会，请周扬

[1] 关于周扬的结论做出后为何迟迟没有分配工作，以及周扬去社科院担任顾问是否是邓力群力主的问题，徐庆全表示在顾骧送他的笔记本中发现了草稿"中组部简报18期，1977年12月31日"，内中详细记录了周扬分配工作的情况，即周扬去社科院还是中组部的正常分配，并非邓力群力主。但稍加细思可以想见，邓力群此前一直是国务院政研室的副主任，对周扬的情况应该是相当了解的，邓力群和胡乔木主管社科院工作后，对这方面的情况应该也还是有所了解的。参见徐庆全：《是邓力群力主周扬到社会科学院的吗？》，http://www.hybsl.cn/beijingcankao/beijingfenxi/2019-08-05/70158.html。

[2] 顾骧：《此情可待成追忆——我与晚年周扬师》，收入王蒙、袁鹰主编：《忆周扬》，呼和浩特：内蒙古人民出版社，1998年版，第448页。

时间	周扬	张光年
1978年1月29日	—	中央批示同意恢复文联、作协成立
1978年3月	—	担任两机构恢复筹备小组副组长
1978年5月27日—6月4日	参加文联三届三次扩大会议并做发言	组织文联三届三次扩大会议，开始担任作协书记处常务书记
1978年12月	胡耀邦任中宣部部长，为"阎王殿"平反	—
1979年1月	胡耀邦将周扬列为中宣部顾问	—
1979年1月18日—4月3日	参加中央理论务虚会，为11人领导小组成员	参加中央理论务虚会，担任小组召集人
—	担任社科院研究生院院长，主管哲学、文学科研工作，参加院党组，实职	—
1979年5月4日	在社科院做报告《三次伟大的思想解放运动》	—
1979年5、6月间	担任四次文代会筹备组组长	—

由此可见，周扬和张光年实际地位真正改变的时间是粉碎"四人帮"后的1977年，到了这年5月，周扬的工作问题重新被中组部想起，却仍然无果。袁水拍、石西民、徐光霄先后因执行"四人帮"的指示受到审查，王匡代替石西民主政出版局。和石西民一样，王匡也是经验丰富的老出版人，他上任伊始便励精图治，主

持召开全国出版工作会议，批准公开出版35种中外名著，恢复稿酬制度，赢得赞许声一片，算得上是开明改革派。[1]也是在王匡领导下，张光年终于答应主管《人民文学》，也开始了自己在新时期文坛的真正回归。

另一边，1977年12月，胡耀邦入主中组部，被"闲置"了长达两年三个月之久的周扬终于被想起，被分配到刚成立不久的中国社科院任顾问。这个"顾问"和张光年复出伊始的顾问一样，也是虚职，于光远曾准确记录了周扬此时的情况，"周扬刚到社会科学院时只有一个'顾问'的名义"，"开头他没有分工管什么事。那时候社会科学院的院长是胡乔木。协助胡乔木工作的是我和邓力群两个副院长。后来周扬来了，先是顾问后改副院长。由于这个职务是虚的，似乎就没有让他参加党组。那时他常来院部开会，但我也不记得会上他发过什么言。他是个爱动脑筋、了解到一些情况就会刹那生想法、而且是喜欢说话的人。而这期间他几乎不发一言。我知道这决不是表明他没有想法，一定是他心情还不那么好"[2]。这段时间不长不短，1978年的周扬虽然无缘盛大的十一届三中全会，却参加了文联三届三次会议，开始在各类文艺活动中亮相，也即将在几个月之后迎来真正的复归时刻。

周、张二人的经历曲线较为相似，都是由虚到实，也都需要

---

① 对王匡的评价可参见虎门镇人民政府编：《春风时节忆王匡》，广州：广东人民出版社，2009年版。

② 于光远：《周扬和我》，《忆周扬》，呼和浩特：内蒙古人民出版社，1998年版，第182页。

借助时代环境的重要变化，二人之间的特殊关系又使得二人多少有唇齿相依之感。以历史的后见之明来看，即便张光年在"文革"后期的经历大大好于周扬，但一旦时代剧变，周扬回归历史舞台中心的能力与速度也会远远超过张光年。此时的文艺界，恢复秩序、重整山河已经成为不可阻挡的历史趋势，然而，在主角仍然多少受困的实际情形下，作为助手和配角，张光年的由虚到实、由静到动就显得至关重要。

三、水到渠成

张光年在新时期的重新出发是从正式接管《人民文学》开始的，作为作协的机关刊物，《人民文学》的恢复似乎暗示着文联、作协的重启指日可待，但由于1963年、1964年毛泽东关于文艺界的两个批示，文联、作协由此成为各级人士不敢轻易触碰的敏感地带，因为这关系到如何面对和处理两个"最高指示"。因此，即便主政复刊的《人民文学》，即便社会风气已然大变，张光年的工作也并不容易。

张光年毕竟历尽风霜，他对时事的把握是相当敏锐的，正式接管《人民文学》后仅三个月，便做出大胆决策，为彼时尚未平反的老舍发表遗作。粉碎"四人帮"后，老舍遗孀胡絜青又开始了四处奔走，托多人辗转写信给中央，邓颖超、茅盾均为其出过力，终于在1977年8月得到邓小平的批示："对老舍这样有影响有代表性的人，应当珍视。由统战部或北京市委作出结论均可，不可拖延。建议请吴德同志处理。"①据吴泰昌回忆，"1977年9月，有天上午他突然叫我去他家，布置我马上去老舍家，请老舍夫人胡絜青提供一篇老舍生前未发表的短文，体裁不限，散文、随笔、诗歌、快板都可以。下午我去东城丰富胡同老舍家，胡絜青和老舍长女舒济在四处摊满的被抄家退回的书稿中寻找，第二天才找出老舍1965年写的两首短诗的手稿，一首题为《昔年》，一首题为《今日》。光年同志决定以题《诗二首——老舍遗作》在第10期发表，并决定用手迹刊出。在刊物付印时，光年同志亲自看了编辑部加的说明，在老舍名字后面加了'同志'两字……"②胡絜青为了老舍平反的事奔走多年，圈内人应该多少都有耳闻，但在邓小平批示不到一个月的时间里，即便有平反的风声传出，张光年就做出如此大胆的举动，不能不让人感佩，也可见此时的张光年比之前更为自信沉稳。③或许也是这份自信沉稳，使得身为主编

---

① 1977年8月13日，邓小平在《胡絜青请求尽快给老舍作出结论》来信摘报上的批示。

② 吴泰昌：《亲历文坛五十年》，南京：江苏凤凰文艺出版社，2017年版，第229页。

③ 张光年是否看到邓小平的批示无法考证，但赵家璧在1977年11月20日给胡絜青的信件中说先看到《参考消息》上出现老舍名字，并特意括号标注国内的重要新闻经常先见之于国外报刊，然后才看到《人民文学》发表了老舍遗作二首；曾在老舍故居工作的郝贝贝也在回忆文章中指出老友们先后看到《参考消息》和《人民文学》后致信询问老舍平反事，似乎是《参考消息》发表老舍消息早于《人民文学》，那张光年的大胆就不足为奇，但笔者查阅了1977年的《参考消息》，发现1963年后首次出现老舍的名字是在1977年11月9日第四版的《美报评论〈中国文艺正在挣脱枷锁〉》，内容写道："被'四人帮'打入冷宫的许多作品近来重新出现了。一些作家、作曲家在多年销声匿迹后又重新露面了。除去鲁迅、郭沫若的作品外，重新出现的作品中有茅盾、巴金、老舍和剧作家曹禺的中国现代文学作品。"也就是说，《人民文学》发表老舍遗作早于《参考消息》至少一个月，赵家璧等人的回忆或许根据自己阅读先后，并不符合实际时间顺序。

的他在之后几个月先后决定了《班主任》《哥德巴赫猜想》等重要作品的发表，在实质上推动了文艺界的拨乱反正。当《人民文学》评论组编辑提出召开一个小型座谈会的想法时，张光年也给予了支持。

"评论组在9月20日研究第11期选题时，提出希望召开一次关于短篇小说的小型座谈会"，"9月27日，在编辑部各组组长参加的碰头会上，主持工作的副主编刘剑青肯定了召开一次短篇小说座谈会的设想"①，张光年在9月30日的日记中写道，"下午刘剑青来谈短篇小说座谈会计划，并携来短篇小说《班主任》备阅"②，到了10月11日，日记内容是"刘剑青、刘锡诚、许以、涂光群来汇报短篇小说座谈会筹备情况，已定在北京召开"③，到了19日，会议便在远东饭店正式开幕。从设想、筹备到正式开会，前后不到一个月，效率惊人。与会者虽然只有20多人，但覆盖了老中青三代作家和评论家，张光年主持会议并做了总结发言。会议主要探讨短篇小说的创作问题，但组织者和与会者更想讨论的显然都是对当下形势的看法，即如何更好地揭批"四人帮"的错误路线，回到正确的道路上来，重新繁荣文学创作等，不少人也提出了希望恢复文联、作协等文艺团体的愿望。作协主席茅盾也出席了会议并发表讲话，这也是茅盾"文革"后第一次在文学会议中露面。这般配置的"盛

---

① 刘锡诚：《在文坛边缘上——编辑手记》，开封：河南大学出版社，2004年版，第24页。

② 张光年：《文坛回春纪事》，深圳：海天出版社，1998年版，第38页。

③ 同上，第39页。

会"对当时的文艺界来说无疑是重要且鼓舞人心的，人们似乎看到文艺界恢复正常活动的切实可能。

当然，一切也并不完全遂愿。在会议的宣传报道上，分歧和矛盾也得以显现，张光年也在此间体现出了老文艺家的素质。会议结束后，按照最初的安排，是希望新华社发通稿，张光年日记记录在会议结束后的10月27日修改给新华社草拟的通稿到凌晨一点半，第二天早上起来继续修改完成，之后到出版局参加会议，向出版局领导汇报短篇小说座谈会的情况。正常的流程是，出版局领导听完汇报并过目通稿，没问题便会交由新华社发表，然而，出版局局长王匡有不同意见。张光年在日记中简单记录为"王匡同志不赞成见报（怕给出版局招惹麻烦），但主张通过内参反映几个问题。我不同意发内参。报上不发消息，解除了我的精神负担"①。刘锡诚在当时的工作日记中详细记录了王匡的态度：

> 这次短篇小说座谈会开得是好的。但文艺创作还有许多问题没有解决。收获是主要的。调动了大家创作的积极性。但对这次会怎么报道，要考虑一下。对于新华社发消息，我持保守思想，不赞成。在自己的刊物上发表一下就可以了。登在报上就变成宣传了。这要考虑后果。后果很清楚，各地积极性很高，北京开了这样的会，报上一宣传，势必各省也

---

① 张光年：《文坛回春纪事》，深圳：海天出版社，1998年版，第43页。

都要开起来，结果变成几套锣鼓一齐打，实际上给中央施加压力，也给宣传口施加压力。各地开这样的会，势必不谈短篇小说，而要求成立文联、作协，这就成了"无底洞"，给中央施加了压力。……我主张发内参，不扩大宣传。主要是我们没有能力解决文艺战线的问题，不能唯恐天下不乱。文学工作在出版局占什么位置？我们只是组织稿件，出版刊物和书籍，至于文学的方针问题，我们连想都不敢想。文学存在的问题很多，有些是方向性的问题，出版局解决不了。我本人既无能力，又无实践。文联、作协是否成立，我们解决不了，也不能代替文联、作协。[1]

即便锐意进取如王匡，在文艺界的出版和宣传工作方面也依然顾虑重重，不愿抛头露面，更不愿意承担文联、作协的责任，这自然有其作为出版局领导的难言苦衷。事实上，在会议结束前一天，张光年便有所准备：

他在23日晚召集的一个小范围的包括出版局王子野、总政刘白羽、作家周立波参加的工作会上，就他本人将在明天（24日）举行的闭幕会议的发言内容谈了几点构想：一、不要造成中央不管文艺的印象，实际上中央在管。针对着会上有

---

① 刘锡诚:《在文坛边缘上——编辑手记》，开封：河南大学出版社，2004年版，第36页。

同志提出恢复文联、作协和《文艺报》的要求，他说他本人不赞成搞什么文联、作协和《文艺报》。这个问题由中央去考虑。不要造成这样一种印象，好像中央忽视了文艺。这不符合事实。只要中宣部一恢复，这些问题自然会得到解决。(周立波插话：现在的确没人管。)现在恢复《文艺报》的条件还不成熟。整个文艺队伍还没有组织起来。(刘白羽插话:《人民文学》要把《文艺报》的部分任务承担起来。)二、17年黑线问题不要提，已经解决了。毛主席的革命文艺路线始终居于领导地位，不成问题。三、《林彪委托江青召开的部队文艺工作座谈会纪要》不要提，权当没有那么回事吧。[①]

可见张光年未雨绸缪，已经先一步料到了上级领导的态度，在文联、作协等文学团体恢复的问题上，他也和王匡意见一致，认为兹事体大，不该轻举妄动，不能让中央觉得文艺界心怀不满，试图施压。在会议结束当天的日记中，张光年简单写道，"我不同意就会上马烽提出的恢复文学团体、《文艺报》等要求提供内参稿"[②]，和王匡相比，连内参都不同意发的张光年显然更为谨慎。[③]

---

① 刘锡诚:《饯腊催耕——大地回春前后的张光年》,《张光年文学研究集》,武汉:华中师范大学出版社，2017年版，第606—607页。

② 张光年:《文坛回春纪事》,深圳:海天出版社，1998年版，第42页。

③ 尽管自己也很谨慎，但张光年还是对王匡的态度多有不满，刘锡诚回忆说三天后去他家，张光年便表示对王匡在党组会上的话有不同意见，他自己在11月1日的日记中也记录"晚王匡邀谈，这次谈了心，一些意见取得一致"。可见即使在某些问题上立场一致，内部仍有复杂的矛盾裂隙。

这似乎又和大胆为老舍发表遗作、果断发表《班主任》《哥德巴赫猜想》的张光年形成了鲜明对比，张光年的复杂多变与胆大心细也由此可见。

然而，这毕竟已经是1977年，历史的潮流不可阻挡，复出的邓小平在科教界的大胆举措实在让人难以忽视，"教育界否定了'两个估计'（即'文革'前十七年教育路线是资产阶级专了无产阶级的政，知识分子大多数是资产阶级知识分子），确实给我们以很大的鼓舞，也从中得到了启悟。我们请示了文化部党组分管的贺敬之、冯牧同志，决定着手批判'文艺黑线专政'论"，"就在这个月，我们在东四礼士胡同北院会议室，以文化部理论组的名义，召开批判'黑线专政论'的文艺界人士座谈会"[1]。顾骧作为文艺理论方面的专家，敏锐发现了此时解放思想的突破口所在，即试图推翻"两个凡是"是天方夜谭，但在理论上揭批"四人帮"的荒谬言行显然是群众喜闻乐见的，"这是文艺界最早的批判'文艺黑线专政'论的行动，拉开了战斗的序幕"[2]。也是借助这种思路，作为各类批判活动的组织者和主体，文艺界人士成群结队，重新走上历史舞台。

---

　　[1]　徐庆全：《知情者眼中的周扬·与顾骧谈周扬》，北京：经济日报出版社，2003年版，第80页。

　　[2]　同上，第81页。

时间 （1977年）	主办方	主题	出席人士	影响
10月22日	文化部理论组	批判"文艺黑线专政"论	顾骧、张光年、茅盾、贺敬之、李季、刘白羽等	与会者60余人；（与《人民文学》的短篇小说座谈会同时举办）①
11月21日	《人民日报》	批判《纪要》	茅盾、刘白羽、张光年、贺敬之、谢冰心、李季、冯牧等	报刊编者按仍然保留"刘少奇的反革命修正主义文艺路线"，但各地均开始有会议和文章
12月21—26日	中宣部	文艺界座谈会，主要讨论揭批"四人帮"错误路线等问题	张平化、黄镇、郭沫若、茅盾、曹禺、刘白羽、周立波等	300余人大会，包括社会科学、文学、艺术、新闻出版各方人士
12月28—31日	《人民文学》	向"文艺黑线专政"论开火大会	张平化、黄镇、王匡、张光年、周扬、林默涵、茅盾、夏衍、冯牧、韦君宜等	与会者百余人；周扬"文革"后首次露面

通过上表这几个月连续相同主题的大型会议，以及与会人员的高度重复，可见从中宣部、文化部到重要期刊，都在挑战桎梏、

---

① 顾骧回忆说座谈会于10月在礼士胡同召开，徐庆全同时引用张光年10月22日日记表示张参加这次座谈会，但张光年日记中原话是"下午2时开座谈会，会址改在礼士胡同原于会泳的放映间"，因为当时正是《人民文学》短篇小说座谈会时间，且用了"会址改在"字眼，让读者觉得他参加的是短篇小说座谈会。但短篇小说会议没有理由在文化部的办公场所礼士胡同举行，且短篇小说会议与会者只有二十几人，但当天与会者有60多人，由此推断张光年当天确实参加的是顾骧组织的座谈会，但因为参与者多是文艺界人士，应该和短篇小说座谈会与会人员大概率重合，使得张光年产生了回忆偏差。

改变文艺界风气方面从蠢蠢欲动到开始付诸行动。当然，这一过程也并非一帆风顺。据徐庆全回忆，11月21日《人民日报》召开的批判座谈会因为对"两个凡是"的挑战，"收到了来自中央主管意识形态的副主席的指责"①，这也直接导致了之后《人民日报》《光明日报》的"编者按"还是保留着"存在刘少奇的反革命修正主义文艺路线"这一结论。"回春"时节的乍暖还寒与时而倒退本无可厚非，但张光年于此时再次表现出惊人的勇气。在12月份中宣部牵头召开文艺界座谈会时，张光年在发言中直接批评《光明日报》"编者按"的做法。②也是在这次座谈会上，"李準、骆宾基、徐迟、阮章竞发言，几乎都提到恢复作协"③。张光年也在这次会议上顺利邀请到张平化、黄镇等领导参加年底《人民文学》的开火大会，以便增加会议的官方色彩。

也是在这次开火大会上，周扬在"文革"后首次露面。作为作协主席出席并发言的茅盾在讲话中说："现在文联同各个协会是不是应该恢复了？各个省的做法不同，有的省已经恢复了，有的省没有。……上一次我们应张部长邀请在宣传部座谈了一次，已经讲到了这一点。张部长表示应该恢复。现在这个会上，我想发言的人也有提到要恢复文联各协会的。今天叫我——作家协会的主席来讲话，听说其他各协会负责人都来了，也要讲话。看起来

---

① 徐庆全：《文坛拨乱反正实录》，杭州：浙江人民出版社，2004年版，第70页。基本可以肯定，这里说的副主席是汪东兴。
② 张光年：《文坛回春纪事》，深圳：海天出版社，1998年版，第50页。
③ 同上，第51页。

到了这个时期。中央已经准备恢复了。这是我的猜想，也是许多人的盼望，热烈的盼望。"①而在31日会议结束当天，张平化带来了华国锋为《人民文学》的题词，并在发言中表示："昨天在中央宣传部听汇报以后，我们研究了，要迅速恢复。为了迅速恢复这个组织，要成立一个筹备机构。这个筹备机构一方面进行现在的工作，恢复文联，恢复各个协会，首先是作家协会，把这些组织恢复起来，把当前的工作抓起来。……同时，这个机构还有个任务，要筹备第四次文代会。"②

张平化所说的"昨天在中央宣传部听汇报"是指会议结束前一天，张光年"偕李季、冯牧、贺敬之、林默涵到钓鱼台中宣部向张、黄、朱、廖部长汇报"③并听候中宣部领导指示，帮忙起草领导第二天的发言稿。从中宣部的座谈会到这次《人民文学》的开火大会，文艺界的批判和活跃有主动自发的意思，但更重要的原因显然是国家意识形态层面对"两个凡是"和"文艺黑线专政"论的有意反拨，换句话说，当中央高层意识到激浊扬清、整肃思想文艺界的时候到了，作为机关单位的文联、作协的恢复便也需要提上日程，同时需要一次大型的传达中央最新指示、重新团结起来的大会。而在这一从寂静到喧闹的过程中，张光年始终在场，并且很明显地表现出了与中央整体方向政策一致的意志和行动。

---

① 刘锡诚：《在文坛边缘上——编辑手记》，开封：河南大学出版社，2004年版，第52页。
② 同上，第58页。
③ 张光年：《文坛回春纪事》，深圳：海天出版社，1998年版，第52页。

1月29日

上午……刘白羽来谈。冯牧来，同吃炒面，谈到筹备恢复作协及《文艺报》问题。中宣部关于恢复文联、作协的报告，中央已批示同意。①

同年3月，恢复文联各协会筹备组成立，林默涵任组长，张光年和冯牧等人任副组长，张光年同时兼任作协和《文艺报》筹备组组长。到当年6月文联三届三次全委会召开后，张光年又担任作协书记处常务书记。直到1979年2月因为结肠癌紧急入院，这大半年时间里，他实际主管两机构恢复的各项事务，尤其是在这样百废待兴的时刻，自然关涉众多人事调动与安排，"张光年在文坛的权力，就是在此过程中培育起来的"②应当也是合理的判断。这也就不难理解，为何他因住院未能参加第四次文代会的实际筹备和矛盾协调，依然被选为作协书记处第一书记。"多个事件显示，张光年等人在担任作协党组领导后，在拨乱反正时期的许多文艺问题上积极响应民间的呼声，也与党中央息息相通，存在较多共识。因此，在第四次文代会上把他们列出来参选作协书记处书记，应该没有什么'旁落他人'的风险。而从选举结果来看，张光年、陈荒煤、冯牧、刘宾雁等多数'惜春派'人士的当选，无疑符合当时党中央与文艺界对

---

① 张光年：《文坛回春纪事》，深圳：海天出版社，1998年版，第54—58页。
② 李洁非：《典型文坛》，武汉：湖北人民出版社，2008年版，第682页。

作协书记处领导班子的预想。"[1]

事实上，1978年年底胡耀邦主政中宣部后，文艺界开展了一系列包括平反冤假错案、为知识分子正名的重要活动，筹备第四次全国文代会也成为工作重心。关于第四次文代会的准备与主题报告的起草、修改等问题，学界已有翔实的研究[2]，这里不再赘述，但值得注意的是，胡耀邦极为重视这次大会，他在筹备过程中为"阎王殿"做了平反，并在整个思想文艺界亟须统一的思想指引之际果断推迟会期并起用周扬负责主题报告，也是立场鲜明的表态。周扬临危受命，不负众望，也由此实现了在文艺界真正意义上的"王者归来"。

四、结语

从出版局中的委曲求全，到与周扬的同沉浮，张光年即使算不上忍辱负重，也可以说是沧桑渡尽。在出版局中他位置尴尬并无实权，对《人民文学》的恢复并无任何作用。张光年逐渐"活跃"起来是在打倒"四人帮"并接管《人民文学》之后，他大胆又谨慎的多次行动在客观上推动了文艺环境的复苏与活跃，将文联、作协的恢复问题摆上台面。到了1977年年底，周扬终于得以抛头露面担任虚职，而邓小平逐渐成为中央领导核心，文联、作

---

[1]　斯炎伟：《全国第四次文代会的大会选举》，《扬子江评论》2017年第5期。

[2]　可参见学者斯炎伟关于第四次文代会的相关研究，以及黎之《文坛风云续录》，北京：人民文学出版社，2010年版；徐庆全：《风雨送春归——新时期文坛思想解放运动记事》，开封：河南大学出版社，2005年版等。

协的恢复才有了实质性进展，也就是说，文联、作协的恢复说到底是大势所趋，是开明改革派主政后的必然动作。但不可否认的是，在周扬依然受困的1977—1978年间，张光年的敏感、开明与胆大心细确是极大地推动了两机构的恢复进程与步入正轨。以《人民文学》为阵地，张光年把握住了时代的风向，并在几次重要的会议中为周扬提供了舞台，也为文艺界的舆论提供了导向。换句话说，张光年依然是以往的角色：非关键性决策者，却是一流的推动者、执行者。以往一些材料文章提到的乌兰夫给中央打报告推动两机构恢复①，张光年利用刊物冲出牢笼②，张光年是文坛秩序

---

① 张僖回忆说："那时候，恢复文联和作协的工作已经提到日程上来了。当时分管意识形态的乌兰夫同志给中央主席和副主席打了报告，要求恢复文联各协会，首先要恢复作协和《文艺报》。"后来徐庆全在书中也引用了张僖的回忆，即由乌兰夫上报中央，中央批示同意。这一说法应该是靠不住的，因为1977—1978年间主管意识形态的国家副主席是汪东兴。而《乌兰夫年谱》记载，乌兰夫于1975年恢复工作后担任人大常委会副委员长、政协副主席等职，1977年2月被任命为统战部部长，1983年才当选国家副主席，其间一直主管外事接待和访问、政协、统战以及少数民族事务，从未分管意识形态，与文艺界也接触甚少，不大可能由他从中出力。那么乌兰夫为何会凭空进入张僖的回忆？根据现有材料，乌兰夫和文艺界最亲密的一次互动就在文联三届三次全委会后，"（1978年6月）5日下午3时半至5时半举行大会闭幕式，这次会由我主持，先念了郭老托周扬同志转达全体代表致意的记录，接着请张平化同志讲话，平化同志因病住院，从医院来讲了半小时，接着请茅盾同志讲了三刻钟。这时乌兰夫同志代表中央来看望大家，请他讲了十几分钟，乌兰夫、张平化同志对这次会议都评价很好，认为开得非常成功。随后通过了大会决议，宣布了文联秘书长、副秘书长名单。最后请巴金同志致闭幕式词。十天的会议，在此圆满结束。大家都高兴。会后到前院摄影留念。本来平化同志建议华主席、几位副主席接见，因事未能来，亏得乌兰夫同志来了，否则大家会失望的"。（《文坛回春纪事》）或许是乌兰夫的这次"代表中央"看望大家让张僖对乌兰夫的职责和作用产生了误解，或许因为别的原因，但现有材料无法支持张僖的回忆，也无法认定乌兰夫是文联、作协恢复中得到批示的重要人物。
② 类似说法可在周明、李洁非等人的回忆文章中见到。

重建的支点，是新文坛的掌门人[①]等说法多是一些历史的误会。张光年只是恰好在历史的顺风车上，得到了摇旗呐喊的资质与机遇，他迎接的，正是实现王者归来的周扬。至于之后围绕第四次文代会报告产生的分歧以及周扬团体的分裂与式微，又是另一个故事了。

---

① 李洁非：《典型文坛》，武汉：湖北人民出版社，2008年版，第681页。

第二章　迟到者的心灵解放史

　　称"70后"作家为"迟到者"或许并不十分准确，"60后"一代也曾被众多学者称为"晚生代"，不过，比较"60后""70后"谁更"遗憾"并没有太大意义，重要的是考察他们在作品中呈现出的经验与观念差异。如前所述，书写日常生活成为不言自明的主题是自"70后"作家始，然而，他们在这样的转变中亦不曾真正放弃历史，他们始终有错过历史的遗憾，对参与宏大历史蠢蠢欲动，而计划体制的解体与市场经济的兴起让他们成为真正完全离开集体的第一代，他们又不得不面对生活给予的考验与创伤。于是，他们只好在觊觎宏大历史与保存日常个体的矛盾中艰难前行，只能在文学的领域深耕，寻找解放被囚禁的内心的方法。严格地说，他们更像是"中间物"，是代际之间的，也是历史、现实与文学之间的。

第一节

生命灵识的捕捉者：鲁敏小说论兼及一代作家的精神探求

作为有20多年创作经历的作家，鲁敏显然不可单一论之，学界对其早年的"东坝系列""暗疾系列"都有较为充分的讨论，这些知名度较高的作品奠定了鲁敏在文坛的地位，却也多少限制了人们对鲁敏近作的关注。事实上，鲁敏早年作品中潜藏的未被挖掘的特质在近年的写作中愈发鲜明，也逐渐区别于一代作家的共同症候。不管是对独个作家的专门讨论还是以代际之名进行整体论述，都存在方法论上的可商榷之处，细致的研读和辨析工作依然要从文本着手，更需要以辩证的视角观察其创作变化。本文着重关注鲁敏近年创作，讨论其在熟稔的日常叙事之后对个人精神内面的把握，对困境出路的探寻①。鲁敏自有风格和棱角，却也共享了一代人的优势和局限，对鲁敏的细察恰恰可以更好地把握当

① 关于鲁敏对于日常生活书写的讨论可参见拙文：《在烟火尽头书写寓言——鲁敏小说论》，《中国现代文学研究丛刊》2019年第4期。

下的文学创作生态，窥伺时代的精神风貌。

一、天地之间的"鲁敏时刻"

不管是"东坝"时期，还是"暗疾"时代，鲁敏始终未曾改变的，是其对于笔下人物的深切的同情，或者说，鲁敏给予他们的是同时代人的包容和悲悯。鲁敏超强的共情能力使得她的作品总是充满悲凉的底色，具有乌托邦色彩的东坝故事满是死亡与别离，紧张无趣的城市故事里也多寂寥与绝望，创作多年，她以极具个人特色的笔触建构了自己的悲情世界。然而，悲情作为一种美学风格显然并非鲁敏的旨趣所在，或者说，鲁敏的野心并不止于一些感伤的个人观察，而是试图在苍凉悲情的外表下酝酿另一层次的剧烈波澜。

在宋师傅的悲剧、兰小的惨死以及大元小元的出走之外，东坝故事里也有《第十一年》这样的孩童视角。小甜儿"流落"东坝，面对两个家庭的一地鸡毛，这个11岁的孩子看似单纯，其实什么都看在眼里，也有着自己的价值判断。值得注意的是这样一个段落：

……她便穿过彭家的小院子，走到黑乎乎的后门外，一直磨蹭在那里，站在星空的眼皮下，站在星空的怀里，站那么一会儿……慢慢地，便会升腾起一种奇异的感受——她觉得自己不再是自己了，她不是爸妈的孩子，也不是彭家的寄居者，她不是在这么一个具体的人世间，而是在一个抽象的

看不到的地球上，在空气里，在宇宙间……①

在东坝寄人篱下的小女孩，在仰望星空的那一刻，希望忘掉家庭，忘掉一切，与宇宙和自然融为一体。这是11岁的小甜儿真正告别童年的时刻，却也是鲁敏有意识的哲思性表达。无独有偶，"90后"青年作家陈春成在小说中曾有这样一段描写：

> 我想象在黄昏和黑夜的边界，有一条极窄的缝隙，另一个世界的阴风从那里刮过来。坐了几个黄昏，我似乎有点明白了。有一种消沉的力量，一种广大的消沉，在黄昏时来。在那个时刻，事物的意义在飘散。在一点一点黑下来的天空中，什么都显得无关紧要。你先是有点慌，然后释然，然后你就不存在了。②

这种类似的描写是不同年龄、不同生活经历的作家的共同感悟，即便写得玄妙，也并不让读者觉得荒谬或难以理解，曾在黄昏时刻独坐沉思的人或曾凝望过水面和星空的人大都可以共鸣，这是意料之外、无法计划的灵魂的栖息时刻。如果悠长、惆怅的乡村生活是鲁敏认可的人类的美好童年，那么此时此刻，便是人

① 鲁敏：《第十一年》，《花城》2009年第3期。
② 陈春成：《竹峰寺》，收入《夜晚的潜水艇》，上海：上海三联书店，2020年版，第45页。

之灵对自然起源的真实回看，是回归母体、隐藏肉身的本能渴望，或许也是梅特林克所说的相知未深之人不曾同处的"寂静之中"。王德威曾引用《文心雕龙》中"隐秀"二字概括陈春成的美学特征①，委实精准。"文之英蕤，有秀有隐。隐也者，文外之重旨者也；秀也者，篇中之独拔者也。隐以复意为工，秀以卓绝为巧。斯乃旧章之懿绩，才情之嘉会也。夫隐之为体，义生文外，秘响旁通，伏采潜发"②，这本是指写文章的要义，生动说明了"隐"之妙处。相对于"卓绝"的"秀"，"隐"的"复意"更为艰深，也只有"隐"才能达到蕴藉深邃、意在言外之妙用，而借助天地自然之"隐"才能达成肉身片刻的安宁，实现与精神的相通与共振，发掘潜藏的契机与动力。

近年方兴未艾的"生态文学"似乎又进一步为这种时刻提供了理论依据，虽然这一文学类型兴起主要是基于对现代文明异化发展的批判，但其更丰富的拓路依然立足于对身处现代文明之中的"人"的关切，关切人的身体与精神双重状态，"是对人类如何与同类、与万物共生共存的秩序的探索，它指向这样一种目的——重构人的精神，重构不同于现代人主体的其他主体形式"③，这是在人依靠主体理性创造现代文明之后的自省与反拨，也是"基于这一理由，泰勒提出了他的挽救计划：他从挽救的角度出发试图重新

---

① 参见王德威：《隐秀与潜藏——陈春成〈夜晚的潜水艇〉》，系王德威教授为陈春成《夜晚的潜水艇》繁体字版所作序言，见微信公众号"同代人"2021年9月23日推送。
② 刘勰著、杨明照校注：《文心雕龙》，中华书局上海编辑所，1959年版，第259页。
③ 季亚娅：《写在"生态文学"周边》，《长江文艺》2021年第11期。

激发'本真性命题'的建设意义"①，所谓"本真性"，就是"对自己真实"，是回到最初的起点，聆听自然与生命最根本的欲望。年少的小甜儿正是在这样的时刻于无意识中寻回了"本真性"，"觉得自己不再是自己了"，而是在抽象的宇宙间，在可获取治愈的时空里。或许对于鲁敏及这一代作家来说，生长于物质与精神文明高速坍塌与重构的时代，能于茫茫万劫中收获片刻真纯已是万幸。更确切地说，对于历经多次价值观念崩塌与重建的这一代知识分子来说，如何于纷乱世事中找寻到这由自然赋予、由人类之外的生灵启迪的时刻本身就是一道精神难题。

发表于2010年的短篇《铁血信鸽》是对这一难题的重要讨论。在这篇小说中，鲁敏关注了更容易被社会忽略的老年人群体。一对退休的夫妻日日相对，妻子化身养生达人，而丈夫穆先生则进入另一个冥想世界。偶然的机会，穆先生看到邻居在驯养信鸽，便被鸽子自由飞翔的身影深深吸引，也想起年轻时的轻狂自在。穆先生质疑妻子："你真觉得，这样围绕着身体忙乎……是件头等重要的事？"得到肯定的回答后更觉惨淡。穆先生对鸽子格外关注，却又从不表现得过分热情，其实心中已是汹涌壮阔：

正是黄昏时分，暮色灿烂而消极，那群鸽子就在对面的屋顶上。玲珑的身姿，纤巧的不停转动着的脑袋，饱满弧线

---

① 徐勇：《含混地带的生态文学和并不含混的"人学命题"》，《长江文艺》2021年第11期。

的腹部，何其优雅而异样的美！它们起飞，它们落下，它们梳理羽毛，它们斜着身子在空中交错，它们突然从视线中飞走。

这骄傲而不规则的飞翔、失控般的消失——他妒忌！

直到凌晨，他依然枯坐，两只手对捏着，捏出了红印子。他感到他正置身于茫茫夜行船，苦渡着这具被阉割了的多余肉身，送其至沉沦的彼岸。"吾所以有大患者，为吾有身，及吾无身，吾有何患？"这是水中浮现的古句，拍打着船舷发出宁静的节奏。

他想变成另一只鸽子，亲口蘸着唾液替它梳洗羽毛！他要对它泣心滴血地诉说对肉体的蔑视、对理想的追悼、对悬崖峭壁般精神生活的渴求！对，他会说的，不着一词地"咕咕、咕咕"地通通说出来。[1]

散落于小说中的这些段落和前述小甜儿的发愣瞬间遥相呼应。鲁敏的其他作品中也出现了很多这种隐而不发却又意味深长的寂静描写，我愿将之称为"鲁敏时刻"，一个让灵魂与自然对话，让精神得以休憩的瞬间。裹挟着厚重的人间烟火的人类个体在此刻想要藏匿于天地之间，这是一种基于现实考量的逃避，却也是一

---

① 鲁敏：《铁血信鸽》，《人民文学》2010年第1期。

种精神层次的对超脱与自由的瞭望。不管是西方文化中的象征和平友爱还是东方文化中的代表信义忠贞，鸽子自古以来便是充满灵性的生物，只可惜养鸽人和妻子一样，也是具只知道谈论吃喝的皮囊，他们饲养的只是鸽子的肉体，而真正与鸽子的灵魂产生共振的只有穆先生，穆先生看到了鸽尾上的特殊标记，建构了与鸽子的独特缘分，同时建构的是个人的精神空间，那是个不足为外人道，只能与这聪颖的生灵共处的世界。当养鸽人真的看到鸽尾上的叉形标志时，一切都已是"错、错、错"，错的是谁？是养鸽人，是妻子，还是不愿臣服于年龄和肉身的穆先生本人？穆先生在"鲁敏时刻"的纵身一跃在此时并不具有传统意义上的哀伤气氛，而是有着古典意义上的"崇高"（sublime）意味，"微微发红的晨光中，一只尾部带有叉形黑色花纹的巨大的鸽子正忽近忽远地盘旋着，徘徊复徘徊，像要在最后的道别之前，唤醒这仍在沉睡的红尘，并致以苍凉的祷祝"。这无疑是有宗教意味的神性场景，穆先生跳跃的瞬间便并非只是生命的终结，更是对沉重肉身的抗争，是对灵魂困境的超脱。鲁敏其实是在代表一代甚至几代人追问我们熟悉的二元难题，被现代文明包裹压迫的我们的精神世界能否摆脱肉身的束缚？或者说，我们在肉身的束缚下能否通过存在主义式的抉择获得精神的自由？鲁敏在帮助她的人物一次次创造可以回答这些问题的"鲁敏时刻"。

《不食》是鲁敏为讨论这一现代二元难题做的又一次探索。奔忙在各种饭局中满嘴流油、在商场上左右逢源的商人秦邑，突然有一天在一个饭局间隙对着自己的排泄物陷入恍惚，而在仰望星空之际发现了人生的转机：

> 正是夏末初秋，略有凉气，四顾苍茫，黑沉沉了无烟火，这单调的、也是罕见的黑，给人以奇特的逸世之感，让秦邑的醉眼一时看得呆了，物我两忘，似乎自己的躯体与欲念皆远去了；抬头，又见满天硕大、夺目的星星，悬在钻蓝的夜幕上，严厉、拒绝，如同密布的延伸，于无声处惊雷，把湮没、昏迷的心事都一一唤醒了，让秦邑想到眼下这所谓的生活，这灿烂到糜烂，糜烂到烂疮般的生活……①

这一典型的"鲁敏时刻"塑造了另一个秦邑。这个新秦邑远离了酒桌和商场，曾经烈火烹油的生活转眼间变得萧条冷落，新秦邑甚至开始吃一些让人匪夷所思的东西，草根、菜叶、生米还情有可原，他也开始吃木屑、竹篾、棉球、真丝围巾，吃一切天然无害的东西，这不是简单的异食癖，也称不上暗疾，鲁敏呈现给读者的是一个愈发清晰的返祖式的人物形象，这也是鲁敏对"本真性自我"的反复触碰。与之相对应的是一群面目可憎的世俗中人，当看似合理的逼迫获得成功后，秦邑做出了决绝的反抗：舍身饲虎。舍身饲虎本是经典的佛教故事，讲述的是作为释迦牟尼

---

① 鲁敏：《不食》，《收获》2011年第5期。

前身的小王子为救助饥饿的母虎将自己作为食物献祭出去，这是一个和《铁血信鸽》中的凌晨跳跃一样充满拯救意味的宗教表达，鲁敏以这样一个鲜明的隐喻设计秦邑的结局，显然别有深意。

在秦邑死后，当大家讨论他为什么跳老虎笼时，鲁敏用了一段作者旁白："没有人能够回答。我们这里没有任何人明白秦邑，包括他自己的女人。大致可以确定的只是，他用自己喂老虎，肯定与吃肉或做爱都没有关系；或者，他只是想尝试一种更为奇妙、更为谦逊的方式，开辟一个新的背世之所，把所有的人都甩得更远，远得永远不可能理解他……"刘念恐怕永远无法理解秦邑，但秦邑得知自己体味不同之后的喜悦十分真实，而对于老虎对他的青睐更觉是有缘甚至是荣耀，那么秦邑的以身饲虎就不只是一种背世的探索，而是带着释迦牟尼式的"牺牲"意味，觉得自己的"不食"产生的特殊气味能够成全老虎的"食"不失为一种有用的贡献。半推半就啃下肉骨头并和女友做爱后，他就选择了跳入虎笼，似乎是在完成俗世的最后一点挂念后向老虎赎罪，也正式地与自己的俗世生活和被污染的生命作别。秦邑或许没有救苦救难的佛陀心肠，但在以身饲虎的瞬间，他想必确有牺牲自我成全他（它）者的欲念，这是新秦邑的"鲁敏时刻"，是他为自己的信仰理念寻找到的一条不那么寻常的路径。正如秦邑自己所说，"吃什么或不吃什么，又没有规定的"。那么，是做一个名副其实的"自然之子"还是选择以身饲虎也是没有规定的，不过都是试图在对肉身进行抛弃的同时实现精神的超脱。

《火烧云》则进一步推进了这种精神性的超脱可能。这部作品再现了鲁敏优异的想象和表达能力，也集之前几个创作系列优势之大成。当女居士以戏谑轻松的语调陈述过往的惨痛经历时，男居士的瘙痒症也一阵一阵发作。小说没有交代男居士上山的原因，却将他的修行生活描写得世俗而具体，比如多久下一次山，比如访客到来问的问题，比如吃什么盖什么，本可以进行一番超脱性书写的线索就这样落地生根。这也使得女居士的到来引发的冲突更为鲜明和棘手，毕竟男居士是个吃五谷杂粮受暗疾困扰的普通男人，不是一个可以看空一切的武艺高绝的扫地僧。上山做居士可能是无法完全下定决心出家却又希望获得一点清净的现代都市人能想到的最为隐逸的生活方式，但鲁敏就是致力于把这样的幻象也打破。冲突的发生和解决都具有戏剧化色彩，即这是一个只能容纳一个居士的修行场所，女居士鸠占鹊巢的后果便是男居士的"下山还俗"。也就是说，具有佛家色彩的"云门"能且只能隐匿一个人间的灵魂。

夜里起了大风，院子里的木门响了整个后半夜。本想去关紧，后来又算了，朦胧中听着也好。木门互叩，一会儿密，一会儿疏，如同问答对话，自有一种长吁短叹的节律，听得都入了迷。①

---

① 鲁敏:《火烧云》,《上海文学》2017年第1期。

这是又一个"鲁敏时刻"，然而，仍然向俗的男居士经受不住女居士的侵扰自行下山，获得胜利的女居士却选择自绝。或许女居士上云门本就是最后一次主动寻求俗世的帮助，而这次以命相搏的求救也终于归于无效，云门的大火烧毁的，是女居士的肉身，也是这俗世人间通往隐匿救赎之境的唯一道路。始终没有讲述自己故事的男居士和详细讲了个人经历的女居士最终都得不到安宁，都无法再听到让人入迷的"木门互叩"的节律，肉身与自然和灵魂的共振美妙而短暂。然而，我们却不能责备任何人，不能责备女居士荒唐胡闹，因为这可能是她人生的最后一次努力；也不能责备男居士怯懦无担当，因为他若不是走投无路想必也不会蜗居这一方清净之所。从世俗的标准来看，这两个寻求安宁的生命都不得善终，"鲁敏时刻"也成为一次作为过程而非结果的精神叩问，不能也不必达成看似圆满的结局，《火烧云》也因此在热闹中有清冷，在悲痛中有漠然。

从《铁血信鸽》到《不食》，再到《火烧云》，在熟悉的悲凉底色中，被建构的"鲁敏时刻"逐渐获得了自己的价值意义，鲁敏如此擅长将日常烟火的失望与希望寄托于某种悠远的超越。然而，死亡、失败、消失，作家也在用结果一遍遍向我们说明，"鲁敏时刻"在天地自然之间指向个体精神的隐匿和超脱，却并不承诺任何人间美满的有效性。那么，治愈的意义何在？治愈在死亡之外如何长久普适？这正是鲁敏及其代际在精神探索层面必须直面的重要难题。

二、精神内面的"历史应激"

所谓"鲁敏时刻"当然是一种批评视野上的命名，旨在梳理鲁敏对精神问题的深层思考，也指向一代作家在创作思想上的路径探索，但鲁敏开启的难题也日益明显，最终落实于日常极致的，是长篇小说《奔月》。主人公小六终于难以压抑体内逃逸的欲望而选择付诸行动，只是这逃逸后的世界并非可以隐匿或超脱的乌托邦，而只是另一个俗世人间。这里的一切不过是低配版的都市生活，小六甚至因为拥有来自大城市的"先进经验"而成为当地少女的范导者，将自己厌恶和逃避的价值观念灌输给了她，一场为了解脱和治愈的出格之旅异化为一次见证发达的现代文明力量的清醒行程。

> 小六五脏六腑一阵灼痛，从聚香宣布怀孕以来，所有的负疚、罪过夹杂着酸涩的记忆，汇流为深渊般的旋涡。她头一次这么厌恶自己。她照着洗脸镜，毫不犹豫地对准自己举起右手，耳光响亮，腮上五只粉红色的巴掌印如胎记般触目，久未响起的婴儿啼哭声又来了，由远及近，亲昵无忌地撒着娇，像要扑到她的怀里，像要诉说对她的依恋与向往。镜子里的小六泪崩如泉。[1]

---

[1] 鲁敏:《奔月》,《作品》2017年第4期。

也是在这一刻，小六终于意识到不管换到哪里，一切终究都是虚妄。鲁敏显然深谙其中的艰难，和前辈作家大历史之下的大叙事不同，鲁敏这一代注定深陷日常生活的泥潭，要始终在与自我和他人的纠缠中寻求摆脱痛苦与焦灼的路径，这可能是自20世纪80年代中期文学"向内转"①之后中国几代作家的共同使命。但在短暂的文学思潮之后，首先真正将这一使命付诸创作实践的无疑是"70后"一代，因为他们是真正意义上的逃脱了历史浩劫而直面时代物质与精神速变的一代，他们的创作也就必然与这速变时代的世俗日常同起伏，这是他们的历史和正义。而当这些日常也被写尽、写透甚至成为逃离也无法摆脱的囚笼后，作家不得不一步步深入生命的肌理，一步步走入精神的荒野，去贴近内心，去抚慰日常生活之中个体受伤与不安的灵魂，这也成为一代作家沉重而必要的精神枷锁。比如同为"70后"重要作家的徐则臣，也是在对故乡花街和都市普通人的极尽描摹中深入个体的精神世界，摆脱了既往底层写作的刻板标签，并身体力行地为个体困境的超脱尝试了多重路径；"70后"作家张忌则在质朴纯真的日常描摹中将人物的精神孤独置于茫茫尘世，甚至在困境出路的寻找中引入了宗教与神启元素……对鲁敏来说，这一探求路径自有个体的特殊性，却也并未摆脱历史旋涡的裹挟。

鲁敏生于苏北农村，父母都是知识分子。父亲是当地少有的

---

① 关于文学"向内转"的论述参见鲁枢元：《论新时期文学的"向内转"》，《文艺报》1986年10月18日。

大学生，在大城市南京工作，母亲则是当地小学的老师，本是令人羡慕的和美之家，父亲却因为"生活作风问题"两次劳改，之后又在壮年突然病故。彼时鲁敏正处于少女最为敏感的十五六岁，对父亲的复杂情感、对母亲情绪的感知以及对城市生活的初体验使得走上作家之路的她在精神世界的跋涉首先要面对的便是与个体切肤相关的性与爱的话题。

早期的《白围脖》带着较为浓厚的个人经历色彩，出轨、劳改、突然去世的父亲和含辛茹苦、忍辱负重的母亲，这其实是个俗套的前现代的家庭故事，但成年后历经婚姻、职场的忆宁，却走上了父亲的"老路"，也逐渐理解了父亲性丑闻中的悲与苦，于是小说出现了现代与前现代的激烈碰撞，出现了母亲与女儿之间不可调和的矛盾。这当然不是说现代和前现代之间的区别是是否遵守公序良俗，而是说，现代观念的侵入使得曾经被遮蔽的人和事有了被重新看待和理解的机会，忆宁正是承担了这一"中间物"的角色，见证着母亲由正义走向可恶，见证着父亲从劳改犯变成知音。鲁敏其实是在《白围脖》中为曾经作为禁忌话题的"性"祛魅，甚至正名。所以也就不难理解，到了《正午的美德》中鲁敏对"性"再度升格。此时的"性"已经在大学校园登堂入室，甚至成为某种先锋潮流，圈圈带着负气性质的大胆主动，以及联防队员幸灾乐祸式的突击检查都在指向一种极为普通却也猥琐的现实："性"成为一种被玩笑、被利用、被观看的非稀缺资源。然而，鲁敏对"性"祛魅并非为了将其降格到被观赏与滥用的位置，而恰恰是要呈现其自然、美好，鲁敏借程先生之口向读者如是说：

> 他仍然抱着少女，他慢慢地抚过她的背，仔细地体味那光滑中的生涩。他决定，他拿定主意，他也有把握：接下来的时间，直到两小时结束，他就要一直这样抱着圈圈。他愿意通过耳语告诉圈圈：这也是性，这就是性。最美妙的，最新鲜的。

而到了结尾处：

> 床上像石雕一样偎着的一男一女，身子光光的、白白的，就那么毫无遮拦、无动于衷地映入了他们的眼帘。①

这段文字再次有了神性的光临。出租钟点房的老板凤珍突然产生了"拯救失足少女"的责任感，联防队的小金在最后时刻也良心发现，"他凭什么站在这里呢？老钱凭什么那样理直气壮呀？"然而，他们闯进门后看到的场景或许就是对他们各自心思最好的反驳，你们想象的下流、卑鄙以及邪恶都是小人之心，你们都该接受这样的纯净洗礼。换句话说，鲁敏为"性"祛魅之后也重新赋

---

① 鲁敏：《正午的美德》，《青年文学》2006年第8期。

魅，只是祛除的和重新赋予的已是云泥之别。于是，有了《盘尼西林》中烟花女子与军属母亲的诡异友谊，烟花女子的讲述满足了母亲的性饥渴，也实现了自我对羞耻的抵抗。鲁敏借这个故事在说明，不管是伟光正的军属，还是被万人唾骂的风尘女子，都拥有谈论性、享受性的自由，换句话说，鲁敏只是试图为每个人的"性"事提供正当合理的空间，这是最基本的人性诉求，也只有理解了这种"基本"，才可以祛除"性"事的耻感，友情、真心、亲密才能在此后产生，就像《逝者的恩泽》里，极为私密的"喜欢用脚"四个字便联结了两对受苦的母子。

到了收录2012—2016年间作品的小说集《荷尔蒙夜谈》，鲁敏对这类话题的讨论颇有四两拨千斤之感，沉着自信，游刃有余。在小说集同名短篇《荷尔蒙夜谈》中，可见作家的真正用心。小说的形式很容易让人想起雷蒙德·卡佛的《当我们谈论爱情时我们在谈论什么》，只是这篇里几个中年老友深夜的掏心掏肺，关注的是在世俗标准中看似比"爱情"要浅显许多的"荷尔蒙"，鲁敏也在这里赋予"荷尔蒙"别样的内涵：

　　　　盯着那仿佛不存在的小飞机，想着万米以下的黑色波浪，我突然激动起来，意识到，在此一瞬间，我与太平洋之间的最大可能。我盯着屏幕，清清楚楚地看到小飞机改变了它原来的方向，转而往下缓慢地坠落，像蒲公英一样，浪漫地左右飘动，带着秋天的成熟弧线，往太平洋坠落而去。我兴奋得抓紧座位扶手，强烈的幸福中热泪盈眶。与此同时，我发现，我勃起了。[1]

这是高空版的"鲁敏时刻"，与性相关的勃起被特别的"坠落美学"悄然纯洁化，成为一种与生命至真至纯的理想相绑定的生理反应，此刻的肉体与精神在自然的召唤之下实现了真正的"同一"。正如杨庆祥所说，"它暗示了一种'飞翔'的美学，也就是说，每个人在贪恋这种本能欲望的同时也试图挣脱'欲望'的罗网，完成一次绝地反击"[2]。那些带来冲突、友谊、关怀乃至死亡的"性"在这里褪去了烟火的颜色，变成黑暗中关于荷尔蒙的言语往来，于是这场即便是被策划的夜谈也显得格外真挚动人。褚红对于年龄的不甘，周师对于青涩的找寻，都在何东城的自然生命面前黯然失色，甚至"爱"也呈现为一种缥缈而多余的说辞。有什么可以和太平洋的浩瀚相提并论？又有什么可以和万米高空的天人合一相媲美？鲁敏在这里终于摆脱"白围脖"的束缚，不再执念于寄生于爱的性，或割裂于性的爱，将所有的痛与怕都交付于肉体的自然抵抗，那些世俗的猜忌与流言，那些艺术的灵感与蹉跎，不过都是自然与生命本身的外溢，不足道也。

从《白围脖》到《荷尔蒙夜谈》，鲁敏一步步从对欲望的认知

---

① 鲁敏：《荷尔蒙夜谈》，《收获》2013年第4期。
② 杨庆祥：《最大的变革和最小的反应——由鲁敏〈奔月〉兼及其他》，《当代作家评论》2018年第6期。

走向对欲望的贪恋、反抗，也由此完成个人心灵的坦率剖白，回归"本真性自我"意义上的自由意志。鲁敏的精神探求也以此为切口，进入更为关乎个人主体性的旷野之地，无限贴近柄谷行人所说的文学现代的"内面"。[①] 由此，鲁敏对"性"的认知变化便不只是对个人心结的纾解，更是现代价值观念指导下对"人"的重新审视，对于"性"的祛魅、赋魅以及抵抗、消解，是真正的"人"在社会变迁之中精神内面的"历史应激"。[②]

可与之形成对读的，是此前"生理应激"意义上的"暗疾系列"，姨婆的大便焦虑、父亲的神经性呕吐、母亲的算账强迫、"我"的退货惯性，其实都不过是成年人生活的日常，倒是在平日生活中完美得没有一丝缺陷的"黑桃九"是个真正厌恶人类的"反社会者"，鲁敏的讽刺不言而喻。作为"身份共同体"[③] 的鲁敏正是要为她的同时代人代言，那些被歧视的身份标签不过是社会飞速发展下个人的正常反应，是和社会无关的个人隐私。小说《死迷

---

① 关于文学的"内面""自由意志""主体性"等概念与"现代"的关系可参见柄谷行人：《日本现代文学的起源》，赵京华译，北京：生活·读书·新知三联书店，2003年版；[英]以赛亚·伯林：《浪漫主义的根源》，吕梁等译，南京：译林出版社，2008年版；刘再复：《论文学的主体性》，《文学评论》1985年第6期等。
② "应激"本指面对危险和刺激时表现出的生理、心理层面的紧张状态，本文生造"历史应激"的概念指代鲁敏在"时势"变动之中赋予其人物的与自然本真呼应的自我调节，更指代鲁敏不屈于世俗标准的、敝帚自珍式的超越性尝试。
③ 在"70后作家大系"这套书的总序中，孟繁华和张清华直接指出"70后"作家的文学处境，即与"50后""60后"的"历史共同体"和"80后"的"情感共同体"相比，"70后"只是单纯的"身份共同体"，他们是没有集体记忆的一代。详见孟繁华、张清华：《"70后"的身份之"迷"与文学处境》，《70后作家大系·总序》，济南：山东文艺出版社，2014年版。

藏》便将"历史"和"生理"两种应激的结合推向了极致,小说中的父亲对生活中一切危险防范到了不可理喻的程度,也是这种类似"暗疾"的防范导致了其家破人亡,鲁敏显然对此寄寓了深切同情,也借老雷的行为反思自己的生活哲学:

> ……跟左右咱的怪兽一模一样,那也是死亡!所有的人,都在悬疑的、迷雾般的人生中被死亡所牵制,以各种途径寻求对抗的平衡点,像赌徒一般竭尽全力,求得利益最大化、享乐最大化、占有最大化、情爱最大化、影响最大化。[1]

当"我"以为这样可以规劝老雷时,老雷一句"那大家不都一样吗?他们追求他们的最大化,我追求我的'生命'最大化,又不矛盾的"如醍醐灌顶,我们总是以自身的标准看待他人,殊不知他人亦如是。儿子的叛逆和对冒险活动的热爱让他恐慌,他能做的便是杀死儿子,以此实现自己多年孜孜以求的理想:将一切不确定性排除,而他维护自己这份价值观的最后的尊严便是拒绝接受精神病检查。老雷的行为看似诡异、夸张,其实却实现了太多人日思夜想却始终没有实现的理想,即与生活的虚妄性对抗。以老雷为代表,鲁敏笔下的人物"看似无情,却又有情;看似有情,却又无情。彼此关心着,却又如利刃一般相互伤害着"[2]。

---

① 鲁敏:《死迷藏》,《钟山》2011年第3期。
② 梁鸿:《鲁敏之痛》,《扬子江评论》2015年第5期。

和老雷的故事类似，同类关涉剧烈生死的"应激故事"还有《荷尔蒙夜谈》中的几篇。《徐记鸭往事》的叙事颇有莫言的风采，圆融、恣肆又有几分浑不吝，只是"性"在这里再度蒙尘，成为报复的工具，小说整体显然有意超越"性"本身，有几分难得的向古典野性与自然正义的回归，快意恩仇也就不过是应有之义；《三人二足》则是一场以爱之名的掠夺，看似新鲜暧昧的恋足癖实则是一场虚伪的阴谋，但其中一方却早已深陷欲望陷阱，并最终将掠夺和阴谋转变为同归于尽的爱的献祭；《坠落美学》则是暗潮汹涌，建立在不平等社会地位与金钱之上的性交易居然在强势方这里发生了质变，富太太对网球教练产生了不该有的"爱"，正是这种超越"性"的爱使得牛先生出手杀人，也最终导致了女主人公的自我了结。此时的鲁敏似乎是在着重强调"应激"的本质："今日忌有情"。性与爱的割裂，甚至是爱之不存才是这个时代的特征，否则导向的可能就是无法回头的万丈深渊，这是个不相信爱的时代，这是个不应有爱的时代。

　　鲁敏的"历史应激"呈现了"鲁敏时刻"后多重意义上的生存与治愈可能，却也在昭示时代浪潮下个体的绝望处境。这是否意味着鲁敏这一代作家只能囿于带给他们光荣与梦想的日常生活，只能被动接受时代观念的变迁而无法真正从自己的小历史中突围？对鲁敏和她的同代人来说，生于70年代是否就是一种原罪？在灰蒙蒙的烟火气息之上，鲁敏是否可以找寻到精神救赎的希望？

三、生命灵识的"还原"与捕捉

2020年出版的《梦境收割者》中的几篇新作显示了鲁敏突破困境的决心和勇气。此时的鲁敏已经算得上功成名就，这倒使她的创作进入一种恣肆状态，不再拘泥于某某系列，也不再执着于为谁发声，甚至探索创新之意也淡薄下来，倒是无拘无碍。"鲁敏时刻"面对的人间无效与精神内面"历史应激"后的苍凉悲壮可能都呈现了鲁敏对死亡叙事的偏爱，但这些鲜活的生命在她笔下是否还拥有获得解救的机会与路径？

《绕着仙人掌跳舞》值得着重讨论。小说初读来略给人哗众取宠之感，一个开出租车的半老男人，离异，家中还有一个又聋又傻的老爹需要侍奉，本是一个典型的都市底层人形象，却做出了骇人听闻的"大事"：聚众淫乱。小说安排一个"电影策划人"上门采访，试图对这桩影响恶劣的社会事件刨根究底，找出诸如老男人心理变态、婚姻不幸、报复社会、绝望抑郁等缘由，但终究是没有答案，甚至在采访中了解了更多无缘由、无所求而沉溺其中的人。到小说结尾，这个"电影策划人"自陈自己也不过是一个好奇的"骗子"，而真正和《死迷藏》中的老雷共情的，是小说中这群即将被判刑走进监狱的人，但他们所做的，也只不过是在你情我愿的基础上践行了个人的"爱好"：

> 什么叫理解？为什么要理解？这么着说吧。有人爱打牌，

打得手都抽筋屁股都坐扁了，费钱费脑子的，这算什么？有
人爱出门旅游，爬上下高，起早贪黑的，那又图个啥呢。包
括你讲的那些什么专家，看啊看啊看许多我们从来没听过的
书，然后写啊写啊写许多我们也从来不要看的书，不滑稽吗。
可你看，他们并不要我们来"理解"，反过来，我们也不求别
人来"理解"。我们理解自己就成——这就跟鱼友一起钓鱼、
跑友一起跑步啥的一样，一块玩儿嘛。我，要是说我们，这
算是"志同道合"，你不会发笑吧。①

    这看似令人发笑的"志同道合"却是最真挚的话语，也是这
桩违法犯罪事件的所谓"真相"。然而，又有多少人真的在乎和理
解这样的"真相"？这样的社会和世界又如何可能允许这样的"真
相"存在？

    与之类似，《或有故事曾经发生》以一种引人入胜的侦探小说
的视角试图探究都市青年米米的死因，但即使通过层层努力，仍
找不到一个具体的因由，小说如此安排显然并非为了将案情设置
得扑朔迷离，而是指向另一更为紧要的事实，即不存在恋爱、婚
姻、生育以及与父母关系等各种问题的现代都市青年米米还是选
择了自杀。究竟是什么原因导致的？米米的死到底是个人还是社
会该承担责任？鲁敏故意让这些问题得不到回答，恰恰是在提醒

---

① 鲁敏：《绕着仙人掌跳舞》，《大家》2018年第1期。

我们，这个世界上可不可以有一些不合常理却真实发生的事？我们的理性认知是否就一定能解释所有的可能？没有人问你为什么打牌、旅游，为什么谈稳定的恋爱，为什么不自杀，是不是也可以允许一群人不打牌、不旅游，自由交换性伴侣，甚至自杀呢？即便可能有违公序良俗，即便可能被看成是做傻事？这里当然没有强词夺理的意思，而是再次重申，鲁敏在为并不曾伤害他人权益、只是活在自己世界的少数族群的生存开拓空间，在试图建构一个至少观念上多元、宽容的"纸上乌托邦"。

两篇小说的标题，一篇是"或有故事曾经发生"，实则是以模棱两可的语气告知读者，"或许没有故事发生"；而另一篇"绕着仙人掌跳舞"，没有提到仙人掌，也没有提到跳舞，却精准描述了这群人的状态，没有鲜花簇拥，没有温暖湿润，只有干燥和随时可能发生的疼痛，却依然要起舞。鲁敏对这些人物付出真情真心，将他们骄傲地呈现在读者面前，那些暗夜中的、无处可逃的，却在坚守着自我的真实的生命和他们的故事。历经人情、人性于时代中的成功与挫折，历经城市、乡村于变革中的光明与黑暗，鲁敏来到了一个更为宽广的领域，她想要拒绝所有对"为什么"的回答，想要维护一种"不为什么"的正义。在这个时代，既然怎么选都是虚妄，那可不可以至少在某时某地跟随本心，信马由缰？

在这样的逻辑下再看《球与枪》，或许可以更好地理解穆良荒谬的抉择。

最滑稽的是快要下班，眼看着太阳在外头要没了、天要黑下来的那半个钟点。"穆良脱口讲出他的黄昏恐慌症，这是他心里的胡乱命名。每至一日将尽，就有种被压榨过的恓惶感。瞧着吧，又过去了，他正在变淡变薄，无色无味，像一张甚至都没有写字的旧纸，一天下来，连道折痕都没有增加，就要被翻过去了。这一辈子都会这样的，然后就没有了。"我经常靠在椅子上，看着光一毫米一毫米从我办公桌上移走，一秒钟一秒钟看着天黑。①

这样的黄昏恐慌症和前述陈春成小说中的黄昏感如此类似，也再次回到我们主人公重要的"鲁敏时刻"，然而，这一时刻却也促使主人公做出了最终抉择。和老雷的绝望杀子不同，AB讲述的喧闹市井的"太阳快要落山"成功抵抗了穆良的虚无与恓惶，穆良在决定和AB交换人生的时候，悄然以为"时间倒是管够的。反正随便待在哪里，与坐办公室，去菜场，或待在妻子身边，并没有多大的分别"。穆良似乎遵循了日落时分的某种神启，如此荒诞，如此真实，如此绝望。

鲁敏好像由此打开了某种开关，捕捉到了未经人间烟火晕染过的原始性力量，一种海德格尔意义上的"回到事物本身"，回到"存在者"去体会"存在"，于是聚众淫乱者、无缘由自杀者，以

---

① 鲁敏：《球与枪》，《上海文学》2018年第10期。

及心甘情愿交换人生者，不过都是遵循某种"此在"的启示。《有梦乃肥》终于诉诸意蕴更为丰富的梦境，虽然小说仍然居于现实的模板和套路中，所谓的"梦想成真"也可以在科学上解释为"闪回现象"（Deja Vu），但鲁敏显然关切更为东方化的"灵识"，甜晓是"黄袍加身"的现代职场的"通灵人"，实则是在被迫"还原"（reduction）一个个灵识指示的"现象"，是现象学（phenomenology）意义上的回到事物显现的原始意识活动中去，回到起点，回到质朴的生命之灵。虽然闺蜜已经清晰指出"不论你说的是什么大头梦，哪怕完全扯蛋完全鬼画符，哪怕都没有人能听得懂，也绝不会不灵的。他们一定会听到他们要听到的，并且去按照那个办，并且一准办成事儿"，对甜晓来说，成为一个应付朋友、同事的工具人并不难，也无意间实现了对想象力的考验与拓展，然而，这依然是一次次对"灵识"恩赐的背叛，这是有亏欠和原罪的"人"的谵妄。于是，当赎罪的时刻来临，甜晓义无反顾：

重新躺下来，甜晓心里跳得更快了。突然有点恍悟。莫非这一切从来都没有发生，只是一场长梦？她是刚刚才拿到的书，后来根本没跟同事成为地铁蜜，没有谁相送演唱会门票，更没有遇到望远镜……甜晓感到一股软绵绵的麻酥，如同攀走在一个无穷尽的山丘之中，反方向地向前不断回溯……她听到亲切的叩门，浓雾像夜归人的怀抱，露水打湿她的床单，白霜如蕾丝花边装点，流星滴落跳跃，水母通体发光，鲸鱼歌声明媚。

甜晓弹荡着一跌到底、回到贫瘠原点，看看呐，唯其如此，才能找到梦的入口，重回她久违的、深不可测的孤独领土。是的，海水正在快速上升，她和流星和水母和鲸鱼则反方向下沉，海洋倒转。甜晓放松地往最深处滑翔，像在子宫里那样乖顺，她感觉到肺里最后一口氧气的消散，成群结队的鱼虾扑入她的身体，她的肚子和手脚像气球那样膨大，她试着呻吟，却发不出声音，更没有了呼吸。这么说，是死了吗？她看看自己的身子，完全没个人样，可不就是死了吗。瞧，我竟死了！她轻抚那又长又肿的自己……①

"如果要捍卫她的梦之功能，那她就得，在明天死去"，甜晓亲自解除了此间的悖论，选择遵循梦之本意，而那个死去的场景中，"流星滴落跳跃，水母通体发光，鲸鱼歌声明媚"，是那么纯真自然的美好，甜晓在死亡的瞬间以一个"鲁敏时刻"完成了向生命与自然起源的回归。这里人心随意，这里万物有情。鲁敏当然知道如此虚构空间的理想化，和《坠落美学》的结尾一样，她为主人公设计了充满仪式感的死亡方式，柳云在香甜的蛋糕中为爱献身，所谓"坠落美学"；甜晓在七色的安眠药中跌入梦境，所谓"有梦乃肥"。坠落的美学世界和多彩的梦境里没有那么多启蒙理性时代的"为什么"，鲁敏由此以单纯的生命"灵识"解构一切

---

① 鲁敏：《有梦乃肥》，《作家》2018年第1期。

的复杂纠缠，同处"源初共同体"①的甜晓们共享的正是被"还原"的生命"现象"本身的尊严与力量，精神世界在经历"鲁敏时刻"和"历史应激"的多番劫难后终于得以拥抱永恒的安宁幻梦。

日常生活中的每个人当然都可以是自己的"梦境收割者"，只是更多的人放任灵识成长、成熟乃至凋落，但也有人不是，她们信任生命本身，在寻求对"我"与"人"的谵妄的抵抗，更试图将它们真的应用于对生活问题的解答，至少，写成故事。或许"灵识捕捉者"是更合适的描述，甜晓是，鲁敏也是。"70后"一代作家的精神探求，有效与否另论，却由此别开生面。

四、结语

鲁敏是丰富的，是"什么都想写，什么都敢写"的"胃口很好的作家"②，但鲁敏绝不是驳杂无序的，她自有内在的倔强和坚持。从最初进入文坛时对不合时宜者的捕捉便可见其愿景，而在美学特质上，鲁敏的叙述自然和缓，隐忍克制中铺就悲凉的底色，这种悲凉建构于对人间现实和人类秉性的清醒认知，也建构于对主流的、边缘的各色人群的平等悲悯，鲁敏愿意为他们的孤独、脆弱与无靠无依提供一方精神栖息的空间。也是在这样的过程中，鲁敏创造了独具特色的"鲁敏时刻"，让她的人物得以向自然和

---

① "源初共同体"的概念可参见海德格尔《存在与时间》中的论述。
② 程德培：《距离与欲望的"关系学"——鲁敏小说的叙事支柱》，《上海文学》2008年第10期。

生命本身溯源，得以寻求精神与灵魂的超脱对话。多年创作之后，鲁敏也在对烟火与人情故事的剖析之中呈现出个体精神内面的"历史应激"，试图在社会历史的时势变化中寻求困境的纾解。在一切被证明不过都是虚妄后，聪慧敏锐如鲁敏，逐渐返璞归真，"还原"到"生命现象"本身，成长为"灵识"的捕捉者与阐释者，再次叩问"人"的本真意义。鲁敏的尝试或许还不足以傲视历史长河，她却至少是文学世界里真正的夜行人。

　　作为擅长且受惠于日常烟火书写的"70后"作家之一，鲁敏的作品多少给人消磨蹉跎之感，也始终没有真正切近大历史的宽广视野，这似乎也成为学界对鲁敏这一代作家最大的质疑与诟病。她新近出版的长篇小说《金色河流》似乎有意对此进行修正，开始触碰改革开放40多年来的恢宏历史，也试图融入当下众多新鲜敏感的社会话题，这当然是值得鼓励的勇敢尝试，但皇皇500多页的小说并没有多少真实可感的历史细节或正道沧桑，倒是作家一贯擅长的对人物代际情感与精神空间的处理更为动人。或许这也是再一次的提醒，鲁敏及其同时代作家已经或者应该已经深谙自身的处境，他们有自己的时代使命，他们无法成为历史的囚鸟，而必须开辟属于自己的精神世界。鲁敏一代不是，也不可能是历史和时代的局外人，但他们必须以"我"与"人"而非"历史"与"时代"的经验深凿精神的隧道，拓展文学与生命的全新场域。即便仍要陷入个人化与有效性的质疑，也别无选择。这是他们的幸运与不幸，这是他们的天命。

第二节
回应世界与困境的召唤：徐则臣小说论

2019年，徐则臣的长篇小说《北上》荣获第十届茅盾文学奖，徐则臣也成为第一个"70后"茅奖得主。纵观徐则臣的创作历程，从家乡到城市、从现实到历史的道路其实并不独特，除了成熟自然的写作技艺，究竟是什么使得他能够脱颖而出？本文在文本细读的基础上细察徐则臣技艺背后的问题视野与时代互动，同时关注其创作中始终涌动着的不安和躁动。作家总是通过创作表达自我与世界的关系，表达对生命困境的认知与困惑，徐则臣并不例外，但他的观念意识、实践路径乃至局限不足都具有学术研究意义上的典范价值。

一、"到世界去"作为问题与方法

如果一定要找一个徐则臣在创作中自始至终坚持的观念，恐怕只能是"到世界去"四个字。在《耶路撒冷》中，他也把这四个字作为专栏"我们这一代"第一篇文章的名字。在这篇文章中，徐则臣解释了"世界"这一概念的变迁，从儿时的"运河上下五百里"到全球化今日的"从一个名词和形容词变成了一个动词"。即便故乡的祖辈父辈难以想象"世界"的翻天覆地，客观的现实依然是年轻人对"世界"的前赴后继。上至见多识广的大和堂主人，"咱们一把年纪，黄土埋半截了，放到哪儿也不过是个活着，年轻人的路如果帮不上忙去开辟，咱们不能挡着道儿。让他们闯去，天下好地方多得是"①，下到已经"傻"了的铜钱，也嚷嚷着说要"到世界的世界去"②。"世界"究竟是什么样子似乎并不重要，重要的是它承载的未知对生于70年代末可以自由流动的少年们的致命诱惑。

故乡系列的《石码头》《夜火车》都讲述了少年的成长故事。《石码头》中的男孩生活在原生家庭的压抑苦闷中，偶尔爬上树，鸟瞰整个码头，获得难得清净时光的同时也看到了人间的丑恶。水边的生活充斥着父权的压迫和同龄人的误解，码头带来的是归家的堂哥，也是堂哥曾过的另一种生活。在这样的意义上，码头通往"世界"，也通往一个自由而充满无限可能的未来。相对于《石码头》里少年的被迫出走，《夜火车》里的少年已经成长为需要为自己的前途未来担忧的大学生。一次小玩笑演变成长达四年的囿于困境，而真相大白之际，却要面对真正的人性与伦理的危机。

---

① 徐则臣:《耶路撒冷》，北京：北京十月文艺出版社，2014年版，第18页。
② 同上，第23页。

玩笑终于以荒诞残忍的方式成真，黑夜中呼啸的火车带着年轻人去往真正的"世界"。以《石码头》和《夜火车》为代表，徐则臣书写了很多与"交通"相关的成长故事，河流、铁路、公路、桥梁，它们尽职尽责地充当着"此地"与"世界"的媒介，成为徐则臣笔下人物蠢蠢欲动的根本来源，"到世界去"成为少年的心事与抉择，也由于"交通"本身带来的便利和不确定性成为一种危险却散发无限魅力的召唤。

这种抉择与召唤在2014年出版的《耶路撒冷》中达到高潮。堪比世外桃源的运河边的"大和堂"要被变卖，以支持"我"去往域外"世界"耶路撒冷的梦想。"仅仅因为一个地名发出的美妙的汉语声音和秦环女士皈宗的神秘性，就能让你如此神往耶路撒冷?"①事实上，在小说中，"到世界去"的真相是作为小说结构中心的"天赐"，不管是"我"还是杨杰、易长安、福小，大家的"原罪"都是"天赐之死"，"到世界去"不只是他们对内心症结问题的认知，某种意义上也是对创伤进行疗愈的方法。更为吊诡的是，因为天赐而选择"到世界去"的众人在作为某种象征的"大和堂"要被变卖时纷纷"回归"，争抢房屋的所有权，却又都是为了对天赐做出补偿，等到尘埃落定，他们必然又都做鸟兽散。运河边的故乡是"世界"的对面，是暂时的栖息处，注定永远被逃离，"到世界去"也由此成为辩证的"问题与方法"。这不禁让我们想起文

---

① 徐则臣:《耶路撒冷》，北京：北京十月文艺出版社，2014年版，第239页。

学中并不陌生的"外省人"（provincial）概念，这一概念最早出现于曾是欧洲中心的法国巴黎。恩格斯曾直接指出巴黎人只对巴黎的事物感兴趣，认为巴黎是世界的中心。占法国国土面积2%，人口却占总人口20%的巴黎将巴黎之外所有地方称为"外省"，"傲慢与偏见"从未停止，"外省来的年轻人"也由此成为文学中的经典形象。徐则臣笔下的这些需要"到世界去"的主人公，其实也是这一脉络的中国具象。他们翻山越岭，跨越江河，带着外省人的自卑和梦想，也带着与年龄一同累积的忧愁与向往。只是今天的中国都市和当年的巴黎有着本质不同，徐则臣笔下的早已不是于连式的人物，在中国特殊的现代性进程中，"故乡"与"世界"的关系也有了"外省"之外的更为复杂的内涵，需要和古老的批判资本主义社会制度截然不同的观察视角。

"文学地理学"或许是一个可以尝试的角度。曾大兴曾给这一概念定义，"（关注）文学与地理环境的关系、文学家的地理分布、文学作品的地理空间及其空间要素、结构与功能，文学接受与文学传播的地域差异及其效果，文学景观的分布、内涵和价值，文学区的分异、特点和意义等"。①在这种学理性的抽象表达之外，是众多作家以故乡为题材的具体实践，写"邮票大小的故乡"几乎是所有作家的第一副笔墨，这副笔墨中往往饱含着作家最稚嫩也

---

① 曾大兴：《建设与文学史学科双峰并峙的文学地理学科——文学地理学的昨天、今天和明天》，载《江西社会科学》2012年第1期，转引自樊迎春、陈晓明：《"荒凉"的情感记忆与美学表达——素素地域文化散文论》，《当代作家评论》2019年第1期。

最复杂的情感。这些作家对故乡的书写不只是地理环境差异塑造和滋养的多元的文学表达，更有一种共通的欲罢不能、欲拒还迎。几乎每一个有"外省"成长经验的作家都天然具有一种"原乡焦虑"，这种焦虑有着"文化遗失"和"发展恐慌"的双重内涵，进而也转化为一种文人知识分子的"责任焦虑"，即为故乡正名、为文化遗产代言，同时也要为其发展助力的使命感和矛盾感。我们尽可以在贾平凹乃至一众地域色彩浓厚的作家作品中有深切体会，也可以在近几年方兴未艾的"东北文学""东北作家群"的讨论中窥见"地理""文学""历史""发展""情感"的相互缠绕之一斑。[①]来自有运河文化标签的外省城市的徐则臣也不例外，书写故乡的"花街"系列与书写底层人的"京漂"系列中酝酿的充沛情感在《耶路撒冷》和《北上》中喷薄而出，"到世界去"在回应远方的呼唤的同时也被原乡的焦虑死死拉扯，徐则臣也难免在"同质"的发展与"个性"的落后之间摇摆，在文化保存的主观意识和时代浪潮的不可阻挡中徘徊。回到故乡的小伙伴们追忆童年的悲伤往事时却也不得不面对故乡的变迁，穿越百年历史的几家人依然要不断追溯祖辈走过的轨迹，记忆深处的故事与当下的社会现实相裹挟，是诉说历史，何尝不是回应当下。"大和堂"的变卖、离开运河转

---

① 由哈佛大学王德威（David Der-wei Wang）教授发起的"东北文学与文化国际研讨会"于2019年11月在大连召开，王德威在会议主题报告"文学东北与中国现代性"中指出"东北学"对当代中国研究的重要意义，同时指出"文学"是进入东北经验的开端。来自国内外的多位著名学者与会并参与后续讨论，包括东北的特殊地理位置、历史经验以及与满洲等概念的纠缠等，影响较大。

业都和贾平凹笔下的"秦腔"的命运一样，是某种文化与传统的日暮西山，而它们的复活便只能寄托于现代视野下的"文化搭台，经济唱戏"，比如拆迁，比如"运河风光带管理委员会"，比如建莫须有的翠宝宝纪念馆，比如《大河谭》影视文化项目……作为政绩出现的对传统文化的复活显然已经丧失了其原有的本质，焦虑由此升级，"世界"除了成为一种治愈与逃离的出口，更成为作家关切的"文学地理学"上的悲情远方。只是已经抵达"世界"的少年们却再无岁月可回头，"我们在北京的天桥上打着被污染了的喷嚏，然后集体怀念运河上无以计数的负氧离子，怀念空气的清新甘冽如同夏天里冰镇过的王子啤酒，但是怀念完了就完了，我们继续待在星星稀少的北京"①。生活要带着可供反刍的记忆在"世界"中继续。

在2018年出版的最新长篇小说《北上》中，徐则臣在道出"河流"的秘密的同时再次指涉"世界"的含义：

> 只有我们这样每天睁开眼就看见河流的人，才会心心念念地要找它的源头和终点。对你伯伯来说，运河不只是条路，可以上下千百公里地跑；它还是个指南针，指示出世界的方向。②

生长在运河边的作家徐则臣，是每天"睁开眼就看见河流的

---

① 徐则臣：《耶路撒冷》，北京：北京十月文艺出版社，2014年版，第30页。
② 徐则臣：《北上》，北京：北京十月文艺出版社，2018年版，第175页。

人"，是学校停水"端着牙缸、脸盆往校门口跑"的人，所以何为"世界"，何为"世界的方向"，其实也是河流本身具有的"源头和终点"的地理特性赋予人们的主观性想象，"指南针"指出的也只是当下"此在"之外的广阔空间，一切无非地理空间之上的精神建构。从作为埋藏在"外省"人心中的充满诱惑的问题与治愈创伤的方法，再到成为新的焦虑起源与继续当下生活的精神支撑，"到世界去"在徐则臣笔下历经多部作品的延展，已然摆脱少年诱惑的单一向度，蓬勃为丰富多褶皱的复调。那么"到世界去"的道路究竟是怎样的？徐则臣又如何在历史和现实的裹挟之中寻找到自己的涉渡之舟？

二、通往"世界"的日与夜

回应世界的召唤是浪漫的，"到世界去"的旅程却是艰难的。《石码头》里的少年历经《紫米》《午夜之门》《水边书》还是要回到出发的地方，而《夜火车》里的少年则前途未卜，即使逍遥法外，也始终命案在身。来自"外省"向往"世界"的徐则臣或许深知吾道唯艰，依然步履坚定地前往。他前往的"世界"是接受了完整现代教育的作家构建的理想未来，是关乎个人的精神与自由的全新生活。用《耶路撒冷》中的话来说，他是要寻求"精神突围和漫游"，而这"突围和漫游"的终点便是抽象而具体的徐氏"世界"。

在"世界"的构建过程中，"京漂"系列分量沉重。这当然和作者此时已经较为成熟的创作技艺有关，但更重要的是作者关切到了现代性进程下的中国城乡剧变中极为复杂和重要的议题。孟繁华和张清华在为"70后"作家丛书作序时便指出，与"50后""60后"的"历史共同体"和"80后"的"情感共同体"相比，"70后"只是单纯的"身份共同体"，他们是没有集体记忆的一代。①但每一代人其实都有自己的历史宿命，也都因应时代变迁探索了自己书写"社会记忆"的方式。徐则臣关切着那些孤独漂泊的灵魂，那些来自外省渴望看清起源与终点的生命，都在国际大都市的洪流中微缩，个体的伟大与渺小以虚构而现实的方式吞噬着所谓的光荣和梦想。徐则臣的这种关切不同于我们传统意义上的"现实主义"、"问题小说"或"底层写作"，而是带着个人独特的追求和旨趣，不只关乎社会制度与现实生活，更在形而上的层面实现了对精神难题的思考与推进。徐则臣以滚滚红尘中诸多鲜明与幽微的故事和情感建立了历史与当下的互动，正是通过这种自然而深刻的"当代性"，②徐则臣为我们展示了通往"世界"的旅程中的白天和黑夜。

徐则臣是擅长书写日常生活的。在《跑步穿过中关村》《啊，北京》《天上人间》几部经典的"京漂"小说以及后来的《王城如海》《北京西郊故事集》中，我们发现一个另类世界的同时也可以

① 孟繁华、张清华：《"70后"的身份之"迷"与文学处境》，《70后作家大系·总序》，济南：山东文艺出版社，2014年版。
② 关于文学的"当代性"问题可参见陈晓明：《论文学的"当代性"》，《中国现代文学研究丛刊》2017年第6期。

感受到徐则臣的问题指向。办假证的社会青年、名校毕业的研究生以及落魄无着的诗人同居一室，一起在路边摊吃水煮鱼，一起历经日常琐碎的悲欢，三种截然不同的人却共享了同一种生活。而在《逆时针》中，后"京漂"人士的父母遭遇正在"京漂"的小夫妻，不同背景和立场的两代人却认可相似的生活伦理。那些我们可能难以想象的艰难困苦常常在多年后被当作宝藏一样回忆，或在经济学者和社会学者口中被严肃认真地讨论，但当下更为重要的其实是作家如何在偶然和枝末中发现不同观念的碰撞与融合以期突围，如何找到可以应付无法摆脱的苟且生活的生存法则。

　　我们到屋里坐下来。他开始安慰我，问题不大，首都的医生我们还是应该充分信任的。我跟老庞交换过意见，她认为没问题，小米这么年轻，该有的孩子一个都不会少，放心。来，再抽一根，抽我的。我觉得老段突然不啰唆了。过一会儿老庞拿着空盆进来，说，衣服已经晾了。让我很过意不去，竟然让她帮我洗衣服。

　　"洗件衣服有什么，这孩子，"老庞说，"我给儿子儿媳妇天天洗呢。"

　　可我不是她儿子。只好说谢谢。继续说手术。他们提出明天陪我一起去，我说不用，忙得过来。

　　"想忙也没得忙，医生在张罗。"老庞说，"你们都大了，再大也是孩子，这种事头一回碰上，父母又不在身边。信姨一句话，多个人多分精神，陪你们说说话也好。"①

虽然将"京漂"底层生活描摹得淋漓尽致，徐则臣也非常谨慎地并没有给予他们廉价的同情，他更擅长的，是对绵密日常生活中投进的细碎光线的捕捉，历史背景和当下处境天差地别的两代人的相处却如此温情，如此动人。另一个典型故事当数广受好评的《如果大雪封门》。来自外省的林慧聪在大都市中"放鸽子"，看似高雅的工作却潜藏着不为人知的辛酸苦楚，象征和平和自由的鸽群也不断消磨着他的梦想。他的梦想是什么呢？看一场真正的大雪。如此简单也如此艰难，简单在于这似乎是个孩童的幼稚心愿，艰难在于生活实苦，底层的他竟有如此浪漫的愿景。徐则臣将这个外省青年的简单需求上升至文学层面，带领我们认知了一个隐秘模糊的精神地带。《如果大雪封门》也正是在这样的意义上超越了徐则臣之前诸多的"京漂"作品，林慧聪代表了一群或许从来不曾思考过艺术与形而上问题的底层人，但他们却在通往个人精神乌托邦的道路上留下了明媚而独特的注脚。徐则臣正是在这样的被别人的父母真诚关爱的"京漂"夫妻、有着超越自己阶层与处境的另类愿望的底层青年的生活中投注了自己关于"世界"的美的勾画与想象。

与这样的对明媚光线的捕捉形成对照的作品是《天上人间》。

① 徐则臣：《逆时针》，《当代》2009年第4期。

名叫正午的表弟单纯开朗，作为一个再普通不过的底层"京漂"却得到了北京姑娘的爱情，本是可喜可贺，"正午"的阳光却被黑暗淹没，他在领证的当天死于非命。徐则臣对正午的感情是复杂的，既有最基本的对生命的敬畏，也有对其丧失"盗亦有道"精神的责难。正午表面上死于暴力，其实是死于自己内心的邪念与贪欲，那是和"愿望是看一场大雪"完全不能相提并论的猥琐羞耻的低级欲望。也正是这种欲望使得正午在徐则臣的"京漂"人物系列中显得突兀，正午显然不具备这群人具有的坚韧、善良乃至为他人牺牲的品质，他也是在做出龌龊决定的时刻告别"正午"阳光，进入徐则臣的黑暗序列。

徐则臣的黑暗笔墨首先体现在对死亡书写的偏爱。《逃跑的鞋子》《大雷雨》《最后一个猎人》《镜子与刀》《夜火车》《露天电影》《我们的老海》《午夜之门》等，从花街到北京，从少年到成人，从女人到男人，从天灾人祸到复仇杀人，作者乐此不疲。深谙中国当下社会现实又接受了完整现代教育的徐则臣却对简单粗暴的杀人与血腥残忍的死亡如此执迷。正如本雅明所说，经典的故事讲述总是围绕着死亡展开。《水边书》中的陈小多是个痴迷于武侠世界中的"江湖"的少年，这种沉迷也是一代人乃至几代人共享的记忆，徐则臣正是将这种记忆之下的江湖气，或者说将江湖中快意恩仇代表的坦荡侠义精神同化进了自己的作品。滥杀无辜为江湖人所不耻，但有怨报怨有仇报仇却被悄然默许，这种默许既是对人性本能的肯定，也是对前现代社会公共权力无法为个人伸张正义的修正，更是对一种洒脱不羁的个人精神的认可。在法制完备的现代社会，这种默许已然不合时宜，但徐则臣承继的，是其中的坦荡、公正乃至无可奈何。于是有《最后一个猎人》《镜子与刀》的隐忍悲剧，有《夜火车》《午夜之门》的深沉压抑，有《我们的老海》的愧疚挣扎。当然，"江湖"之外也有《耶路撒冷》中的"现代"死亡。这种"现代"不只是指天赐死亡的科学解释，更是其背后一群人的创伤造就。天赐被雷击是因为易长安怂恿他和别人比赛游泳，天赐自杀的手术刀是杨杰给的，初平阳看到天赐自杀没有及时呼救导致天赐失血过多，福小则亲眼看着弟弟倒在血泊中却无动于衷。这一极具弗洛伊德色彩的事件就这样成为四个人一生的牵绊，成为西方宗教意义上的"原罪"，遥远的带着宗教色彩的"耶路撒冷"也因此具有了"探索救赎之路"的功能。这一部分的徐则臣在黑暗之中苦苦摸索，艰难前行。

通往"世界"的道路上，死亡作为终极的黑暗竟也成为某种终极的出路，了结一段冤仇或发泄一种愤怒，逃离一种生活或摆脱一种困境。曾经的诱惑、焦虑、希望、记忆也都和诸如"看一场大雪"般温暖祥和的悠长日光、残酷暴力的死亡化成的漫漫黑夜，共同搭建了徐则臣通往"世界"的道路。然而，这条道路通向的"世界"里究竟有怎样的解药？又如何疗愈这些不断出逃、灵魂漂泊的人？

三、"世界"里的拯救与逍遥

《耶路撒冷》中，除了"到世界去"，"我们这一代"专栏还有另外九篇文章，都在描写"30岁到40岁"的一代人的生活处境，小说中也多次出现了诸如汶川地震、奥运会等可以成为时代坐标的事件，更是直言"到了70年代，气壮山河、山崩地裂、乾坤颠倒的岁月都过去了，我们听见了历史结束的袅袅余音。如果听不见就算了，可以像'80后''90后'那样心无挂碍，在无历史的历史中自由地昂首阔步"①，作家为"70后"一代的成长和成熟立言的决心可见一斑，但不用讨论这段话中被歧视和误读的"80后""90后"，单单是对"70后"的定义便有片面以及夸张之嫌。在书写中有意强调差异的代际自恋是偏狭的，小说中对隐含的"文革"叙事、城乡结构、青年知识分子困境等问题的讨论都模糊而空泛，所谓"70后"一代被赋予的包袱也沉重而拖沓。在回应了"世界"的诱惑并描画了通往"世界"之路的日与夜之后，徐则臣又该如何与自身的意志对话，如何在更普遍和更重要的精神问题中回应一代乃至几代人共有的精神困境？这一难题在时隔四年的《北上》中有了回响。

《北上》对运河沿岸风土人情、草木蔬食的详细考证和细致描摹得到一致好评，但比这类技法更高明更重要的，是《耶路撒冷》后饱受期待的青年作家徐则臣终于离开现世代的目光，回望运河的古老面孔，审视祖辈的旦夕祸福。作为青年"世界"的"耶路撒冷"从代际的局限中解脱，化身厚重悠长的运河历史，似乎也

---

① 　徐则臣：《耶路撒冷》，北京：北京十月文艺出版社，2014年版，第109页。

是在回应前述孟繁华、张清华的论断。褪去代际狭隘的徐则臣的野心丝毫不减。从20世纪80年代的《河殇》到21世纪的《大国崛起》，海洋文明和大河文明的矛盾冲突一直是国人心中的隐痛，徐则臣以来自海洋文明的人为主角，讲述的却是大河边的百年历史，而这条河却不是母亲河长江或黄河，而是人工开凿于两千多年前的京杭大运河，这使得故事的讲述在自然地理之外更多了几分人文与社会的纠缠。出版社以"一条河流与一个民族的秘史"作为宣传语，显然有意将其关联至更为宏大的民族与国家问题，"史诗"二字呼之欲出。徐则臣或许也有意如此，但他如何一步步用自己的历史与文学观念形塑这部"史诗"的样貌才考验作家的核心技能。

　　意大利人保罗·迪马克有"小波罗"的外号，带着一群"三教九流"开启一趟自由不羁的旅程，对落魄文人谢平遥、"改邪归正"的保镖以及质朴纯真的挑夫兼厨师来说，这是一趟各怀心思的，去往陌生"世界"的旅程。然而，这场最终证实为一场温情的寻亲之旅的黑夜大于白昼，小波罗意外惨死，孙过路无私牺牲，秦老夫妇葬身火海，而更宏观的层面，是维新运动失败、英雄末路，是战场和前线尸横遍野，是不论民间还是庙堂，都一片残局……历史的荒诞与波折在运河两岸以残酷而罪恶的方式完成了对这一渺小团体的洗礼。百年以后，这个团体的后人组建了包括摄影师兼画家、精通意大利语的民宿创始人、考古学家、节目制作人在内的"超级文艺工作者联盟"，以完全现代化的方式替他们的祖辈表达未竟的对运河的眷恋与爱。这是一个悠长的叙事弧（narrative arc），一百年前落入运河中的手杖终于有了当下的回响。徐则臣此前铺垫多年的对"世界"召唤的回应，对通往"世界"的日与夜的描摹在这里都得到了饱满丰盛的释放，实现了一场跨越时空的心灵与情感救赎（redemption）。

> 他会产生一个错觉，觉得孙过程他们抬着小波罗，正朝低矮的天上走。[①]

"救赎"与"天上"，是保罗·迪马克的故乡的宗教概念，来自遥远的海洋文明，而小波罗将人生的最后时光献给了古老的东方大河，他的灵魂最终何去何从？这趟让他献出生命的旅行背后，是他的弟弟马德福被隐藏的与大河共处的一生。他们共同见证乃至参与了东西文明的冲突，也亲自承受了帝国末期的伤痛。小波罗无辜惨死，马福德演绎了前现代版本的更为残酷的《永别了，武器》。对河流的执迷与历经战争的创伤因为一个姑娘的温柔得到了长达30年的安放。他和他的哥哥一样，在以个人的力量对抗运河两岸的罪恶和困难的同时，也将脆弱的肉身献祭，成全了几个家族的传承，更以微薄之力演绎了中西文明相遇相知的温度。

然而，不论中西，百年之后的运河都如徐则臣笔下的"外省"，同样面临着经济发展与文化遗存的激烈冲突。这几个家族也终于

---

① 徐则臣：《北上》，北京：北京十月文艺出版社，2018年版，第322页。

迎来了坚守运河的"最后的人",邵星池去而复返,但显然也不会久留,只剩下邵秉义和谢望和的伯伯一样信念坚定,成为水上鸬鹚的真人版:

> 吃睡、睡吃,抓两条鱼,喝二两酒。生在这条河上,活在这条河上,死也得在这条河上。[①]

邵秉义和谢伯伯都已进入人生的暮年,和当年的"大和堂"一样,他们坚守的运河也终究要面对没落的命运。值得庆幸的是,此时的徐则臣已然抛弃了"外省"青年的忧郁感伤,意识到了"运河运河,有'运'才有河。不'运'它就是条死水"[②]。此时此刻,"世界"俨然不再是多年前的对少年的召唤,而是真正成为解决"问题"的具体"方法",所谓的悠长的历史和祖辈的荣光并不是一成不变的坚守。运河是慈母也是严父,更是声声催促的内心欲望的野兽。不"运"的大运河会是死水,但"运"的方式却可多变。"大运河"入选了世界遗产名录,《大河谭》项目正在市场的逻辑下冉冉升起。或许在此时此刻,"运"本身便代表了一种灵动和变化,对文明与进步的接纳,对现实状况的认知,对欲望野兽的诚实,对即刻选择的全力以赴。老子云"上善若水",在欣赏水的不争与包容的同时,何尝不是提醒我们对自身活力与摆脱桎梏的珍视?

---

① 徐则臣:《北上》,北京:北京十月文艺出版社,2018年版,第109页。
② 同上,第106页。

百年沧桑之后，运河与她所养育的人们之间的关系以辩证的姿态迈入新的阶段。

　　面对"民族秘史"一般的河流，离开了故乡"花街"又离开了漂泊的大都市，一头扎进历史长河的作家似乎终于找到了言说自己的方式。20世纪80年代，刘小枫曾以"拯救"和"逍遥"区分中西文化传统的区别，他认为在中国传统文化中，"逍遥"是最终极的精神追求，知识分子更倾向于通过个人的修身养性抵达这种境界，而在西方文化传统中，人们总是在尘世之中历经磨难之后等待基督的拯救。①《北上》对这一经典论述恰好有了微妙的回应，即中国知识分子并非只顾逍遥，面对危机，他们有着更为隐忍的对精神困境的认知和脱离的探索。只是这种探索时常被裹挟在时代、历史、文化、民族这样的宏大命题中，在没有宗教传统约束的情况下，他们的执着追问显得更有担当和勇气。徐则臣跨时空的戏剧化搭建方式与某些行文风格仍有待商榷，使用的"外来者"视角也多有不伦不类之嫌，但他确是巧妙地借运河文明以祖辈和今人的群像表现了中国百年历史中人们众多观念与信仰的形塑与变迁，向呈现"历史共同体"迈出了坚实的一步。作为人工开凿的运输通道，大运河时刻在创造也时刻在摧毁她的儿女们的肉身与精神，那些被湮没的和被铭记的，共同构成了运河人民的物质与精神状况，那些光明和黑暗，那些幸福和灾难，都如被意外发

---

　　① 刘小枫：《拯救与逍遥》，上海：华东师范大学出版社，2011年版，第30页。

现的沉船，难以准确地把握却又散发着惊人的魅力。唯有透过对运河的重访，透过运河儿女的眼睛，重新审视既有的历史结论，重新找寻普遍的价值与意义，才是摆脱今日困境与实现精神救赎的有效途径。也只有实现了这种形而上的超越性的拯救，今天所有有关运河与自身生活的选择才有进入怡然自乐的逍遥的可能性；只有有了逍遥的可能性，那些在梦中向我们走来的祖辈和在俗世中向我们侵袭的重压与枝节才有可依附的与被纾解的时间与空间。在这样的意义上，徐则臣从刘小枫的中西比较走向了个人特色的自我辩难。

四年前的"耶路撒冷"终于以运河的具象再次呈现，那遥远的"世界"的召唤得到了充分的回应，虽然前往的道路是日与夜的纠缠和挣扎，年轻的作家终于还是在大水汤汤之中看见了历史与现实、自我与他人的真实困境，并对脱离困境的道路做了有力的探索。历史的真相与精神救赎的境界或许永远难以抵达，但对历史相对真实的理解和对人类普遍价值的认可，对精神难题超越性可能的笃信仍然是"运河之子"的"拯救与逍遥"。

四、结语

从早期的"花街"故事到影响较大的"京漂"系列，徐则臣一直在感知内心的蠢动。那些年在运河和码头上来来往往的男女将花街的故事传播到"世界"，也将"世界"的诱惑带进花街。"世界"与"故乡"的矛盾也由此牵绊着身为知识分子的作家本人，使他在回应内心召唤的同时也焦虑着文化与记忆的遗失。历史的潮流不可阻挡，"到世界去"仍然是最终的"问题与方法"，徐则臣也在不断地描摹通往"世界"的道路的白天与黑夜。他相信背负历史与现实的重担，经过日与夜的跋涉，终究会抵达他建构的"世界"，他精神的"耶路撒冷"。荷尔德林曾指出，"人想要把国家变成天堂时，总是把其变成了地狱"①，徐则臣却执迷不悔，相信在文学的世界里另有一番关于人性与理想的乌托邦。

在有所执有所信的指引下，徐则臣也逐渐走出代际的困惑焦虑，飞身拥抱了更为广阔的历史和明天。日渐成熟的徐则臣对小人物与大历史的欢欣和苦难都有了更为深刻的认知和处理，他始终汲汲求索的"世界"也有了更为复杂的面目，从个人到社会、时代，从今天到历史、未来，这"世界"借助运河的历史由小及大，由实到虚，完成了从物质到精神的多次飞跃。徐则臣借助对运河的书写提示着大河流域的子民对历史的重访和对超越性价值的反思。当然，徐则臣也依然面对着自身创作的难题，从《耶路撒冷》中的代际设限到《王城如海》中的冲突设置，再到《北上》中的刻意精巧，如何脱离结构性的迷思和精英写作的局限依然是正值创作旺盛期的作家要谨慎思考的问题。从在故乡中寻找出路，到在城市中寻求认知，及至到历史中辨认道路，徐则臣一以贯之地寻求着最简单也最艰深的答案，回应着"世界"与"困境"的召唤。

---

① ［德］荷尔德林:《荷尔德林文集》，戴晖译，北京：商务印书馆，2003年版，第29页。

第三节

食色动粤港：葛亮《燕食记》的历史、现实与社会互动

在相继推出《朱雀》《北鸢》等长篇小说并获得不少好评之后，葛亮常被与20世纪前半叶的老故事相关联，拥有了"文化想象的代表作"[①]，开创了全新的"想象文化中国的方法"[②]，并以优美典雅的语言风格和复杂纯熟的叙事技巧收获了"新古典主义"的赞誉。[③]然而，这些盛赞也多少成为认识和理解葛亮的标签化束缚。[④]因此，

[①] 参见陈思和为《北鸢》所作序言《此情可待成追忆——葛亮的〈北鸢〉》，北京：人民文学出版社，2016年版。

[②] 参见张莉：《〈北鸢〉与想象文化中国的方法》，《文艺争鸣》2017年第3期。

[③] 有不少学者关注到葛亮创作与中国古典文学传统的关系，也有学者将其划归为"新古典主义"，参见王宏图：《古典摹写、文化认同与创造性转化——〈朱雀〉〈北鸢〉与〈江南三部曲〉的不同书写策略》，《学术月刊》2017年第7期；陈思和：《此情可待成追忆——葛亮的〈北鸢〉》，《北鸢·序》，北京：人民文学出版社，2016年版。

[④] 《燕食记》封底满是褒奖之词，"《燕食记》里，时间流逝、人世翻新、众人熙来攘往，如梦华录、如上河图"（李敬泽语），"其间涉及多重掌故，在在可见作家的考证与想象功夫。出虚入实，叹为观止"（王德威语），"字里行间，如文火慢煮。落笔包容温暖，又深沉有力"（陈晓卿语），这些赞誉当然切中肯綮，却也是对葛亮既往的风格特点的再次强调。

对新作《燕食记》的阅读便尤为重要，这是既往葛亮的再一次亮相还是有了突破的葛亮的全新出场？

事实上，《燕食记》采用的写作手法并不新鲜，是葛亮一贯擅长的历史与现实的双线交织，且照例带有一定程度的传奇色彩。从广州到香港，葛亮用充满象征意义的历史节点串联起粤港地区的百年历史，这历史里有家国、革命，有望族的兴衰、存亡，有平民的苦乐、日常，皇皇大作，称得上"结构宏大，气象万千"[1]。单从外部结构上看，这依然是我们熟悉的葛亮，但进入文本内部，我们或可发现隐藏其中的不一样的作者与更为细致有趣的问题。

一、"我城"与"我人"：历史纠缠与现实回应

《燕食记》中，葛亮没有书写自己的"家城"南京，而将目光流连在与"我城"香港关系更为密切的广州。对于20世纪的中国来说，广州当之无愧是民主革命的策源地。从孙中山的兴中会广州分会、黄花岗起义到广州国民政府、北伐战争，再到中共领导的1927年广州起义，这是个充满英雄色彩的城市，却也是个伤痕累累的城市。在小说中，广州的故事集中于般若庵和太史第，一个是清修之所，一个是簪缨世家。然而，清修之所里是上不得台面的低俗交易，簪缨世家里是钟鸣鼎食的日渐衰弱，阿响的身世

---

① 吴组缃评论茅盾《子夜》语，见季羡林：《悼组缃》，《吴组缃纪念文集》，北京：北京大学出版社，1995年版，第13页。

之谜勾连起风马牛不相及的两地，孕育了悠长的时代故事。葛亮借两个场所的人和事串联了一系列广州革命事件，或者说，他以"革命广州"书写了"革命中国"，在多个巧合设置中展现出为广州的英雄形象添砖加瓦的拳拳之心，更展现出对岭南乃至整个中国革命历史的认知。

另一边是与广州一衣带水的香港，两地共享同一份历史与文化，香港却因为处于港英政府的统治之下，一直有着"飞地"①的性质，也成为重要的中转场所，不只是小说中提到的陈炯明等下野政要避居香港，后来不少中共革命者也都曾将香港作为缓冲之所：

　　毛泽东于1938年11月6日在中共六届六中全会上指出："革命的失败，得了惨痛的教训，于是有了南昌起义、秋收起义和广州起义，进入了创造红军的时期。"毛泽东这里讲的三大起义中的南昌起义和广州起义的参加者，特别是起义的组织者和领导者们，大部分在起义失败后陆续逃到了香港，或在香港暂时潜伏起来，等待时机，东山再起；或经香港秘密向内地转移，有的又回到了广州，有的去了上海。……逃往香港的有周恩来、张国焘、李立三、叶挺、贺龙、叶剑英、

---

　　① "飞地"的概念来源于人文地理学，原意指隶属于某一行政区管辖但不与本区毗连的土地。香港是中国的领土，彼时又是英国殖民地，类似中国大陆政权管辖层面的"飞地"。

聂荣臻、刘伯承、周逸群、陈赓、吴玉章、谭平山、林伯渠、彭湃、张太雷、恽代英等……[1]

从旧民主主义到新民主主义，对20世纪的中国革命者来说，香港特殊的地理与政治位置使得其成为一个危难时可逃生、困窘时可栖息的地方，更承载了他们下一次潮涨时再出发的希望。到了风平浪静的50年代，香港依然不失其魅力，小说中轻轻一笔"一九五〇年代，内地移民涌港，人口膨胀"[2]就将一段具有悲情色彩的往事悄然引出。[3]这是一段自50年代始、持续30多年并掀起多次高潮的群体性移民历史，这段历史也形成了与共和国发展中的多次重要事件相关联的时代记忆。香港作为触手可及的避难所和乌托邦，成为一代乃至几代人眼中的救赎之所，是现实与精神双重意义上的"彼岸"，"香港是一个移民都市，绝大多数香港人不是移民就是移民的后裔。在香港人口中，大约一半的人并非在香港出生"[4]。然而，葛亮对此的处理却举重若轻，他并没有直面宏大事件，只是将移民浪潮与香港街市中茶楼、酒楼的经营方式变化相联结，不着痕迹却引人回味。而作为避居与移民之所，香港也并非世外桃源，身在现代香港多年的葛亮也书写了香港自身历史

①　节延华：《红色大逃港（上）》，《党史博览》1997年第7期。
②　葛亮：《燕食记》，北京：人民文学出版社，2022年版，第13页。
③　关于"逃港潮"的相关资料，可参见陈秉安：《大逃港》，广州：广东人民出版社，2010年版；李若建：《中国大陆迁入香港的人口研究》，《人口与经济》1997年第2期；王硕：《逃港潮与相关政策变迁》，《炎黄春秋》2011年第1期等。
④　李若建：《中国大陆迁入香港的人口研究》，《人口与经济》1997年第2期。

中的诸多重要事件，"天星小轮加价"、经济起飞、填海计划、左派与港英政府斗争等等，笔调却意外平和冲淡。葛亮以绵密的针脚将百年粤港的大历史缝合进普通市民的"三茶两饭"，"看似升平的市景下，仍有一些暗潮，与升斗小民，且近且远，你不关心，它似乎便不存在，至多影影绰绰"[①]。这似乎是葛亮的书写策略，不放过大历史的恢宏与严肃，却并不甘心只做正面记录者，而是追求其"影影绰绰"的文学效果，并通过这种"影影绰绰"向读者缓缓展示自己的美学企图。

粤港之间百年来的人口流动，使得离散与返归、在地与外来成为学界关注的论说话语，也呼应着此前几年关于"华语语系"（sinophone）[②]的热议。所谓"华语语系"更多是一种批评层面的命名策略，即寻求对（泛）华语地区文学创作中少数、边缘、陌生、异质等文学要素存在性与丰富性的承认，而这之间纠缠的政治中国、文化中国、语音方言乃至后殖民等问题其实都是这一核心问题的衍生，即我们该如何看待这些以往不被认可的文学要素，如何为它们在华语文学的场域中寻找安放的位置。在这样的意义上，葛亮的愿景显然不是"华语语系"所追求的为被忽视和埋没的"少数"正名，他身在其中多年，览尽两地风华，更愿意为之搭建桥梁，愿意将其全部为己所用。敏感的读者尽可以从《燕食记》中体会到

---

① 葛亮：《燕食记》，北京：人民文学出版社，2022年版，第457页。
② 关于"华语语系"概念与论争的讨论可参见刘大先：《华语语系文学：理论生产及其诞妄》，《世界华文文学论坛》2018年第1期。

粤港之间千丝万缕的纠缠,这纠缠里有家国革命、豪言壮语,更有乡情缱绻、遗恨悠悠。这是葛亮,一个当代的香港移民献给"故土"大陆与"我城"香港的一份隐秘的史书,也是一份公开的情书。

然而,细读史书与情书,会发现丰富的褶皱之下,最重要的仍是"食色"二字。在"食"的层面,可能影响历史的沙场将领贪恋着尼姑庵里的一碗白粥,人声鼎沸的太史第因金秋蛇宴和素斋让权贵、市井皆表艳羡,荣贻生以制作莲蓉月饼的手艺享誉粤港两地,五举、风行则靠外来本帮菜的技能在香港安身立命;在"色"的层面,妙尼月傅为了情人与孩子舍弃自身,太史第里温娴的少奶奶为了爱情迈出了打破伦理的一步,荣贻生沉稳半生终究不顾世俗与司徒云重偷偷相守,五举则为了爱人不惜背叛师门,终生负疚。小说里几乎每个重要人物命运的转变都与食、色相关,他们因厨艺获得爱与罪,因为爱而对厨艺执着或舍弃,而每一次的舍与得,又悄然对应着大时代的格局变动——慧生带着阿响隐姓埋名时,国民革命正走向落潮;太史第里众人零落由盛而衰时,抗日战争愈演愈烈;荣贻生在香港收徒兴业时,粤港两地正在频繁互动;五举帮助戴家艰难求存时,香港正历经社会改造与经济起飞。从另一个视角来看,国民革命的失败逼迫慧生与阿响自食其力,太史第里走出的英雄儿女推动了抗日战争走向胜利,荣贻生、五举这样兢兢业业的师徒造就了香港的繁华市井。葛亮的结构设置精巧细致,多条故事线索铺陈"我城"的波澜壮阔,终究是为了"我人"的朝朝暮暮。黎民百姓总以"食色"为性,看似无关国家大事，却是这"食色"二字推进了技艺与情爱的生发，这技艺里是与过往相关的情感与恩怨，这情爱里是与身体关联的味道与欲望，这种与生命相联结的生发推动了风云年代的"情动"（affect）①。"'启蒙'无论如何诉诸理性，需要想象力的无中生有；'革命'如果没有撼人心弦的诗情，无以让千万人生死相与。"②换句话说，"食色"二字借着千千万万的"人"的味蕾与情欲，掀起了惊涛骇浪，丰盈了百年香江。

> 响哥，我们说好了。等我们都出了师，你做的点心，都要用我阿云画的彩瓷来装。③

这是真正的"食""色"相依。即便"少年子弟江湖老"，青梅竹马的誓言依然发挥着余力，牵扯起一对中年男女，共享一间小屋里的一小锅杨枝甘露。此间的温情具有的内在力量超越时空，超越一切宏大题旨，默默诉说着可以让所有人心有戚戚的岁月留痕。2022年恰逢香港回归25周年，25年风雨同舟，迎来了粤港澳大湾区的全新时代，葛亮在此时以"食色"联动粤港，或许也在寄托一种轻盈的期许，"水千条山万座我们曾走过"，那些时间给予的眼泪终会干涸，而牵连起市井民间的食与色，一粥一饭与一颦

---

① 德勒兹将因为情景不同而带出的情感流变现象称为"情动"（affect），并认为这不是一个固定的概念或对象，而是一个不断变化、正在"生成"（becoming）的过程。
② 王德威：《史诗时代的抒情声音》，台北：麦田出版社，2017年版，第586页。
③ 葛亮：《燕食记》，北京：人民文学出版社，2022年版，第222页。

一笑，才是香江两岸共享的不落的太阳。

二、"社会格致学"：物我映照与社会互动

葛亮对"食"的特别关注其实并非始于《燕食记》，在《朱雀》《北鸢》中，他便已经显示出对食物的钟情。"'饮食'自然是众多的'小历史'之一，且无可替代，是为数不多的不书写的，永久的历史记忆。"[①]于是，《朱雀》中，一碗鸭血粉丝汤勾起的是许廷迈的南京记忆，一道腌西瓜皮则展现出物资短缺年代的巧妇之思；《北鸢》中，卢家睦以"炉面"赈灾饱含着对苦难流民的同乡之谊，苏舍里融合的菜系更是彼时时世的象征。在大历史的恢宏脉络之下，葛亮以对诸多细节的把握来建构自己的"小历史"。更重要的是，葛亮以细节建构"小历史"的动作不只停留于"食"，《燕食记》除了贯穿全篇的对菜肴、点心的描摹，还展现出对瓷器、粤剧的熟稔。在小说集《瓦猫》中，葛亮显示出对器物、匠人、技艺的关切，如此宽广的知识面以及事无巨细的呈现行业细节的写法，显然并非朝夕之功，用他自己的话说，"我对案头工作乃至田野考察仍然重视，多体现在'格物'的部分，我要求自己在写作《北鸢》时，是一个时代的在场者，将对历史的呈现具体至细节的部分，一时一事皆具精神"[②]。

[①]　葛亮：《由"饮食"而"历史"——从〈北鸢〉谈起》，《暨南学报（哲学社会科学版）》2019年第1期。

[②]　葛亮、徐诗颖：《〈北鸢〉的历史书写与叙事营造——葛亮、徐诗颖文学访谈录》，《暨南学报（哲学社会科学版）》2019年第1期。

葛亮所说的"格物"概念出自《礼记·大学》:"致知在格物,物格而后知至。"这是现代汉语成语"格物致知"的来源,而在中国近代思想界,曾使用"格致"来翻译science。汪晖曾著长文详细梳理"格致"与"科学"两个概念复杂的历史变迁。汪晖指出,"致知在格物"最初与"明明德"有直接关系,"'物'即伦理道德行为,'知'即伦理道德知识",因而"格物致知"是和"修身""明德"相并列的,旨归"齐家治国平天下",这显然和我们今天在通俗意义上将"格物致知"理解为"探究事物的规律原理从而获得知识"有一定的差异。《大学》作为儒家经典,经由程朱理学、陆王心学、王夫之实学等长期发展,"格物致知"的内涵与实现方式发生了较大的变化,之后与"科学"相联结也是其内容与形式不断走向客观化的结果,"物"与"知"逐渐向更广大的自然万物扩展,"格""致"也开始有了推理归纳等现代色彩,但这一概念无论怎么变迁,始终带着源初的底色,即强调主体的作用,强调人心、意志、伦理,"'格物致知'是由动宾结构组成的短语,含有一种动态的主客关系。而'格致'是由'格物致知'缩略而成的名词,可被视为一个gerund,即动名词。与此后通行的'科学'概念相比,这一概念特别注重主体的认知、观察、体验的过程"①。因此,将来自西方的science对译为"格致",也反映了彼时知识分子看待"科学"的方式。虽然之后这一译法渐废,"格致"依然记录了中国知

---

　　① 汪晖:《科学的观念与中国的现代认同》,《汪晖自选集》,桂林:广西师范大学出版社,1997年版,第211页。

识分子走进"现代"的步履痕迹，即以带有中国传统文化色彩的方式认知世界、获取真理，这种色彩里包含着对个体的伦理与修养要求，也包含着个体与外在世界的交流与互洽。换句话说，"格物致知"是中国知识分子为自我、为自我与外界关系设定的行动准则。

不知道葛亮是在何种意义上使用"格物"的概念，但他要求自己"是一个时代的在场者"，要求"将对历史的呈现具体至细节的部分"以便"一时一事皆具精神"，可见至少在他的观念中，"人"需要"在场"，"物"要至"细节"，"知"要具"精神"。在《燕食记》中，有这样的句式：

> 荣师傅笑一笑，问，毛毛你倒说说，要打好莲蓉，至重要是哪一步？
>
> 我自以为做足功课，便说，挑出莲心？挑走了才没有苦味。
>
> 荣师傅叹口气，说，至重要的，其实是个"熬"字。
>
> ……
>
> 我当年一个年轻人，生生地，把股东们都熬走了。这七十年，同庆楼风里浪里，里头的，外头的，多少次要关门的传闻。我呢，都当它是雨打窗，只管在后厨打我的老莲蓉。去了莲衣，少了苦头，深锅滚煮，低糖慢火。这再硬皮的湘莲子，火候到了，时辰到了，就是要熬它一个稔软没脾气。①

---

① 葛亮：《燕食记》，北京：人民文学出版社，2022年版，第4—5页。

……我看，这好的叉烧包，是好在一个"爆"字。

五举也想一想，问，叉烧包个个爆开了口，不是个个都是好的？

阿爷说，是个个都爆开了口。可是爆得好不好，全看一个分寸。你瞧这叉烧包，像不像一尊弥勒佛。为什么人人都喜欢弥勒，是因为他爱笑。可是呢，这笑要连牙齿都不露出点，总让人觉得不实诚，收收埋埋。但要笑得太张扬，让人舌头根儿都看见，那又太狂妄无顾忌了。所以啊，好的叉烧包，就是要"爆"开了口，恰到好处。这香味出来了，可又没全出来。让人入口前，还有个想头，这才是真的好。

五举说，爆不爆得好，得面发得好，还得"蒸"得好。

阿爷哈哈一笑，对喽。发面是包子自己的事，"蒸"是别人的事。这蒸还更重要些。不然怎么说，"三分做，七分蒸"呢。所以啊，人一辈子，自己好还不够，还得环境时机好，才能成事。古语说，"时势造英雄"，就是这个道理。①

此类句式出现多次，除了"熬""爆""蒸"，还有"煮""炸""滑""慢""快"等，看似都与食物烹饪相关，实则都在借食物讲述做人的道理，有关个人的修养品格，有关个人存活

---

① 葛亮：《燕食记》，北京：人民文学出版社，2022年版，第27—28页。

于世的智慧。葛亮以"物"观"人",更是以"物"观"社会"。"物""我"从不是孤立存在,虽然在某种程度上,"物"的一切意义都是"人"建构并赋予的,但"物"在宏大的历史逻辑中,也悄然具有了自己的社会结构与历史流变。太史第里的珍馐不下庶人,荣师傅制作的糕点却是所有民众争相购买,到了戴家的本帮菜馆,已然开发出专供底层工人快捷食用的碟头饭,"物"与"人"共担风霜雨雪,"物"也与"人"共同见证了社会生态的多重嬗变。葛亮对食物、瓷器、粤剧以及书籍修缮、理发等技艺的广泛关切与细致打磨成就了独属于他个人的"社会格致学":立足香港,眺望两地,"格致"的是革命、死亡、新生,却也是柴米油盐、诗词曲赋、痴情儿女。唯有这样辐射广阔的"社会格致"才显现出个人的起落与沉浮,显现出历史的残酷与温情。

在格致社会的同时,葛亮的创作本身也被置入了社会思潮之中。近年有学者提出"新南方写作"的概念,首先在地理空间上给予了定义,"我们探讨的'新南方写作',在文学地理上是向岭南,向南海,向天涯海角,向粤港澳大湾,乃至东南亚华文文学"[①],"将新南方写作的地理范围界定为中国的广东、广西、海南、福建、香港、澳门、台湾等地区以及马来西亚、新加坡、泰国等东南亚国家"[②]。葛亮对岭南的书写无疑扎扎实实落在"新南方写

---

① 《南方文坛》于2021年第3期开设的"新南方写作"专题中张燕玲的"主持人语"。
② 杨庆祥:《新南方写作:主体、版图与汉语书写的主权》,《南方文坛》2021年第3期。

作"的地理范围之内，他自己也曾发表对"文学中的南方"的见解。他在和苏童的一次对谈中表示，"北方是一种'土'的文化，而南方是一种'水'的文化"，"（南方）它实际上也有别于北方的中原文化一脉相承的士人传统，因为在南方，表现出的更多的是一种经世致用的作风，或者表现出相对世俗的作风"①。在那次对谈中，葛亮表现出明显的对于南方相对于北方处于"弱势"地位的焦虑，然而，按照杨庆祥等学者的定义，"新南方写作"之"新"正在于突破既往的对于"南方"的刻板印象，而在"地理性"之外更着眼于"海洋性""临界性""经典性"，脱离陆地写作的限制，以文化、语言、美学的杂糅性重塑经典，寻求"现代汉语写作版图的扩大""超越单一性民族国家的限制"。由此，我们似乎很难将葛亮的风格与"新南方"连接起来，不管是"南方"具有的潮湿、躁动的氛围，还是"在世界文学的历史中，'南方'的文学又近乎巧合的，往往是阴郁和悲剧性的"②，葛亮多少都是游离的。《燕食记》以岭南的食物、风情囊括了社会的三教九流，呈现了从贵胄到平民的人间百态，但行文更多精致典雅，情绪也更为内敛幽深，少有南方的热烈、躁郁。即便因为粤语方言的加入而具有一定程度上的"杂糅"，文字整体上显然更多继承了中国古典美文的传统，主题意旨也承载着文人知识分子"海道"的重任。甚至可以说，葛亮是以

---

① 葛亮、苏童：《文学中的南方——苏童、葛亮对谈》，《浣熊》，南京：南京大学出版社，2013年版，第250页。

② 赵天成：《革命，海洋与热带的忧郁——"新南方人物"论纲》，《广州文艺》2022年第7期。

"反南方"的症候在"新南方"写作，身处鲜活的时代地理空间中，保持着主动后撤的姿态，以中正的"社会格致"坚守着自己的诗学堡垒。葛亮对人物的塑造以及对整个小说的架构，有着康德所说的"先天综合判断"的味道，既带着普世性的对"物"的描摹，又有着对"人"的感觉经验的历史书写。"新南方"的葛亮并非先锋激越的代表，倒是有着传统人文主义者的坚持。这是葛亮以个人之"物"（作品）对时代的直接回应，他在优美、细腻的物哀美学之中融入了他个人所认知的伦理、道德、规范，并将它们与历史赋予的革命之义、夫妻之爱、兄弟之情、师徒之恩融为一炉，通过"食色"传达，也通过"社会"散发。

我们不妨经由葛亮的创作追求回到小说开篇，回到荣师傅收五举为徒的契机。那时少年五举还在茶楼里当企堂，因对鸟雀间的打斗发表看法而引起荣师傅的注意：

中年人放下了报纸，饶有兴趣地笑了，道，细路，那你说说，这斗雀，你喜欢"文的"还是"武的"？

五举这回想也不想，说，文斗。

中年人正色，问他，嗯，为什么呢？

五举回头望一眼，答他，文斗的鸟，多半是自己要唱，是天性，是自愿，输了也心服口服。武斗，不是鸟自己要拼要打。是捻雀的按照他们的品种和脾性，硬要激将他们。画眉呢，就争女。隔篱笼摆只雌，咁佢就打。吱喳呢，就争地

盘。说到底，这番打斗，都是人设计好了的。全是人自己要
争，要看他们打。[①]

荣师傅因为五举"要做自己的主张"而心动，决定收他为徒，
但多年以后，五举也因为"要做自己的主张"而"背叛师门"，使
得荣师傅半生心血白费。我们也由此终于可以重新回到"格物致
知"与"科学"的对译，回到"格致"的"注重主体的认知、观察、
体验的过程"。荣师傅、五举以及《燕食记》中的那些从历史中走
来的人，那些活在当下社会的人，包括葛亮本人，其实都是在这
样的意义上发挥着个体的能动性，献身爱人，献身革命，也献身
厨房的案板、瓷场的园炉，献身诗情曲苑、工匠技艺，人生的际
遇或悲或喜，但都从无犹疑，从无悔意。葛亮的"社会格致学"跨
越历史时空，回应着"格致"最初的内涵，由己及人，由物及人，
以"物我"的映照窥探历史浪潮中个人的生存以及个人与社会的
互动。

三、黏稠的"现实感"：小说家的执念与得失

从历史写到现实，从物写到我，葛亮穿越时空的跋涉终究旨
归何处？让葛亮最初获得声誉的，是短篇小说《谜鸦》《无岸之河》
《私人岛屿》等，在这些作品中，葛亮展现出先锋的探索，"有谜样

---

① 　葛亮：《燕食记》，北京：人民文学出版社，2022年版，第19页。

的宿命作祟，也有来自都会精神症候群的虚耗，颇能让我们想起20世纪30年代上海新感觉派作家如施蛰存的《梅雨之夕》《魔道》一类作品"①。但同时，葛亮并未只在这一条道路上开掘，紧随的作品如《阿霞》《老陶》等，已经表现出向厚重深邃行走的人文主义关怀。在之后的创作历程中，葛亮从未局限于某种单一路径，而他的长远抱负终究还是要在体量更大的长篇小说中实现。

葛亮将此前饱受好评的《朱雀》（2009）、《北鸢》（2015）与这部《燕食记》合称为"中国三部曲"，光从名字便可见其创作雄心。细读这三部作品，也不难发现，葛亮确实在书写"中国"，而且是在反复书写20世纪前半叶的革命中国。需要特别注意的是，在这三部小说中，葛亮的故事设定大多是要和历史上的重要人物、重要事件发生关联，也大多采用双线或多线结构，这就使得小说情节的推进常常建立于各式各样的偶然和巧合。这些偶然和巧合当然都有历史史实作为依据，但它们多次出现在同一文本中，到底是又一次的巧合还是葛亮本人在表达对历史进程的一种认识？《朱雀》写了三代人的故事，时间跨越百年，人物事件众多，全凭一只小小的朱雀相关联，与第三代女孩产生恋爱故事的华裔青年在异国他乡竟碰见了女孩养母（第二代）于战争中救过的士兵，而他正是朱雀最初的主人；另一个与第三代女孩产生关系的外国人雅可的艺术老师是日本人，却正是女孩外婆（第一代）当年日本情

① 王德威：《归去未见朱雀航——葛亮的〈朱雀〉》，《文艺争鸣》2009年第8期。

人的儿子……文学的虚构本就是凌空高蹈，但过多刻意的设置使得小说内在的逻辑显得孱弱，看似精巧的故事结构也有了雕琢的匠气。也有学者注意到了此种叙事的迷阵，并认为"葛亮对故事情节刻意求工，加倍坐实了在神秘的历史律动前，个人意志的微不足道"①。这种解释或许可以对应一次的文本设计，但这种设计显然已经成为葛亮本人的执念，《北鸢》《燕食记》同样是多线索并进，充满诸多巧合、意外，在此基础上又加入了更多有分量的"个人意志"。《北鸢》中，卢文笙自出生便脱俗，开口第一句话竟是"一叶知秋"，成长过程中也屡遇奇人，对其尽是帮助指点；孟昭如是孟子后裔，腹有诗书，秉性纯良，温娴雅致，近乎完人；《燕食记》中的广州部分，尼姑月傅色艺双绝，伺候她的慧生也是做素斋的一把好手；太史第里更是个个不凡，上可结交孙文、汪蒋，下可直接开办新式家族农场，连看似纨绔的七少爷也成了粤剧名家，年纪轻轻过来"守清口"的儿媳更是聪明绝顶，持家有道，人人交口称赞。到了香港部分，五举与荣师傅偶然相遇相知，最终被证明是个厨艺天才；戴家从上海漂泊至香港，消防员出身的戴明义凭借做红烧肉的手艺便获得了位高权重者的青睐，之后女儿难掩才华，不仅振兴家业，还找到了甘愿为其放弃一切的如意郎君，到了店面艰难之际，一个偶遇的风尘女子又成了家庭拯救者……葛亮笔下似乎没有真正意义上的"普通人"，或容色倾城，或天赋

---

① 王德威：《归去未见朱雀航——葛亮的〈朱雀〉》，《文艺争鸣》2009年第8期。

异禀，或身怀绝技，或谋略过人，他们也没有所谓的"成长"期，都如下凡的天使，甫一出场便是德艺双馨。这样的"完美"似乎还不足以满足葛亮的雄心壮志，《朱雀》中有的还只是借助历史事件登台的虚构人物，《北鸢》中人物身上已投射了陈独秀的影子，《燕食记》里更是有陈炯明、杜月笙等人的踪迹。在他们的浸染之下，所有对食物、器物、技艺的描写在"物我"映照之外有了一层难以消散的光晕，这光晕使得葛亮多少脱离了他声称的赖以生存的民间。如果"美是人的本质力量的对象化"①，那么对葛亮来说，对食物、器物以及一切"物"的深入考察都是自身审美对象化的表现，这层光晕也是他的审美立场的直接表达。

葛亮自陈，《北鸢》是献给祖父的，小说中归隐的毛克俞正是以祖父为原型，但小说中着重描写的角色是以外祖父为原型的卢文笙。葛亮推崇祖父的归隐，赞赏其"以书画乐吾生"，但在书写中，对卢文笙显然有更多亲近和悲悯。尤其是在对卢家睦、孟昭如日常生活的描绘中，那种优雅的、传统的"闲适美学"在逐渐消亡②，笔端可见葛亮的款款深情。但葛亮显然没有将这种情感倾向作为自己创作的唯一愿景，而是从别的视角全面呈现了时代的

---

① "美是人本质力量的对象化"通常被认为是我国学者由马克思《1844年经济学—哲学手稿》推导出来的美学命题，这一命题在我国不同时期的美学热中也是学者们讨论的重要话题。

② "闲适美学"是笔者对《北鸢》美学风格的概括，参见拙文：《闲适美学消亡史——读葛亮〈北鸢〉》，《南腔北调》2017年第6期。

样貌，"他将'出世'的一面，抛进'入世'的旋涡，横加历练"①，于是我们也看到了《北鸢》中的革命喧嚣与时代波折。这部分的书写可能不是葛亮最擅长的，但这部分恰恰是革命中国不可忽视的重要组成，葛亮是不是也因为意识到了这种书写的必要，同时意识到了自己书写此类主题能力的欠缺，所以才一次又一次地求诸名人、能人与巧合，以便在坚守自己的"光晕"的同时不至于忽略掉时代的风霜雨雪？或者说，这是葛亮在以自己的方式与熟悉的和不熟悉的多重现实对话？

以赛亚·伯林在讨论俄国思想家时多次强调"现实感"的问题，在伯林看来，我们太容易陷入对往昔某段岁月的迷信，总是试图重返荣光，但真正"复活一段过去的岁月"需要的并不仅是历史学家和传记家的细致考证，更需要"以相当丰富和一致的细节对某种生活方式、某个社会的解释，与我们自己所理解的人类生活、社会或人们的彼此交往足够相像，这时我们才能接下来靠自己，也为了自己去理解——推断——历史上这个人为什么这么做、那个国家为什么那么做"②，对伯林来说，这种"现实感"是我们通常所说的现实逻辑、历史进程或理性、规律等无法完全做到的，别林斯基、托尔斯泰、陀思妥耶夫斯基等人也正是在这样的意义上比其他人更深地与自己的时代同呼吸、共命运。"每个人和每个

①　葛亮：《时间煮海——〈北鸢〉自序》，《北鸢》，北京：人民文学出版社，2016年版，第3页。
②　［英］以赛亚·伯林：《现实感：观念及其历史研究》，潘荣荣、林茂译，南京：译林出版社，2004年版，第27页。

时代都可以说至少有两个层次：一个是在上面的、公开的、得到说明的、容易被注意的、能够清楚描述的表层，可以从中卓有成效地抽象出共同点并浓缩为规律；在此之下的一条道路则是通向越来越不明显却更为本质和普遍深入的，与情感和行动水乳交融、彼此难以区分的种种特性。以巨大的耐心、勤奋和刻苦，我们能潜入表层以下——这点小说家比受过训练的'社会科学家'做得好——但那里的构成却是黏稠的物质：我们没有碰到石墙，没有不可逾越的障碍，但每一步都更加艰难，每一次前进的努力都夺去我们继续下去的愿望或能力。"①伯林在小说家身上寄予厚望，因为他们可以更好地窥探人和时代的第二层次，他们拥有的"现实感"使得读者得以穿过"黏稠的物质"而获取历史与生活的真相。作为小说家的葛亮并不一定熟知伯林的理论，但他的"社会格致"确如伯林所说窥探了"表层以下"的生活，读者由此知晓在战场中风云猎猎的将军偏爱尼姑庵里的一碗粥，知晓杀人不眨眼的日本军官也有着风雅的趣味，也知晓了一块莲蓉月饼背后的心酸往事，知晓了家国革命话语之下具体的爱恨情仇。真实可感的食物与活生生的生命相联结，构筑了葛亮的"现实感"，由此"复活一段过去的岁月"，理解"历史上这个人为什么这么做、那个国家为什么那么做"。然而，理解历史与历史上的人并非"现实感"的最终指向，"现实感"理应面向真正的"现实"，重返历史终究是为了

---

① ［英］以赛亚·伯林：《现实感：观念及其历史研究》，潘荣荣、林茂译，南京：译林出版社，2004年版，第22页。

指向当下，复活过去的岁月终究是为了激活眼下的时光。

在小说扉页，葛亮引用了郑玄注《周礼》中的话："燕食，谓日中与夕食。"孙诒让在《周礼正义》中进一步解释道："王日三食，朝食最盛，其宥乐既大司乐令奏；日中、夕食礼稍杀，或大师令奏与？"[①]由此可见，"燕食"其实是相对简化不那么被重视的餐食代名词，而《燕食记》封面上则印着英文翻译"*Food is heaven*"，似乎可以理解为"民以食为天"，直译则为"食物即天堂"，也就是说，在葛亮这里，"燕食"绝非无关紧要，整部小说记录的，不管是显贵还是庶民，皆以"燕食"为重，"燕食"成为葛亮"现实感"的直接来源，他以此带领读者"潜入表层以下"。然而，在触碰到"黏稠的物质"之后，葛亮似乎又走入另一片沼泽。善解风情的战场将领悄然失踪，形象复杂的日本军官瞬间被杀，太史第里的年青一辈纷纷以各种形式参与抗战和革命，荣师傅意外遇到的授业恩师是抗日组织的首领。葛亮太执着于对"大历史"的正面参与，执着于名人、天才的光晕，这使得通过"燕食"获取的"现实感"反倒陷入某种虚无：人物的丰功与伟绩有历史和天赋加持的理所应当，人物遭遇的挫折和痛苦也有可以尽情谴责的对象。在不可更改的历史大逻辑之下，"现实感"所抵达的表层以下的生活具体而细腻，却都成为历史的另一种注解，成为要为某个传奇事件时刻准备着的前奏，"燕食"也成为名副其实的"王食"。"三餐惹味

---

① 孙诒让：《周礼正义》，王文锦、陈玉霞点校，北京：中华书局，1987年版，第245页。

处，半部岭南史"，触及了贵胄与庶民的"燕食"似乎从未走入真正的岭南"民间"。读者看到了优雅华贵、天纵奇才，感受到了历史偶然、岁月惊变，却无法在其中与真正的人间烟火亲近。葛亮的"现实感"仍然构筑于他熟悉且信赖的领域，那是《朱雀》和《北鸢》里传承而来的典雅偏好，是他心中所想所念且从未真正放弃过的"闲适美学"，即便一次次深入人群，游走俗世，他所触及的也是与真实的普通人若即若离的意境化"燕食"。葛亮念兹在兹的，是黏稠的"现实感"，但这"现实感"似乎也局限在了漂浮于百姓炊烟之上的繁华与落拓。葛亮执念于此，自然成就了自己的美学风范，却也因此在真正的"现实"层面悬浮游离。此间龃龉，小说家或许得失自知。

四、结语

葛亮"是个实实在在的后之来者"[1]，错过了20世纪前半叶的辉煌与堕落，但他生于南京、长于南京，求学于香港多年，书香世家的环境中又有陈独秀这样的先辈亲缘，不管对南京还是香港，都有着在"外围雾里看花"与深陷"内核里难以自拔"[2]的不安与不甘。这或许也是为什么他在书写悠远的老故事时，总有一种得心应手的潇洒，且不管书写多少民间技艺与平民故事，也始终带有遗世独立的优雅气质。然而，历史人物虽然风流，却也在革命

---

① 王德威：《归去未见朱雀航——葛亮的〈朱雀〉》，《文艺争鸣》2009年第8期。
② 同上。

与战争的洗礼中携带了相当程度的悲剧色彩，葛亮的作品总能恰如其分地捕捉英雄迟暮的悲壮与凄凉，"容纳华美而落拓的碎裂"①。

《燕食记》以"食色"为翼，讲述的仍然是葛亮最为熟悉的20世纪的风起云涌，只是此番设置了粤港两地的疏离与互动，回应了"华语语系"的核心难题，也悄然指向了当下的社会生活。葛亮以修炼多年的"社会格致学"向读者呈现"人"与自然万"物"的互动，也在"新南方"的场域中坚守自我，彰显古老的人文主义的传统与价值。小说以食色联动粤港，展现出更宽广的视野与更博大的胸怀，以小说笔法抵达了"现实感"，带领读者领略了另一种真相与历史。葛亮突破了自我。然而，葛亮却太过依赖历史结论与天才传奇，以至于他获取的黏稠的"现实感"渐入虚无，即便浸淫于市井风情之中，也始终带着不食人间烟火的古典风度与历史偶然，他抵达了生活表面之下的"黏稠"，却陷入个人审美对象化与真实的现实相疏离的风险。葛亮在历史、现实的双重层面实现了与社会的互动，这一突破本身或许也可以赋予某些局限以豁免，又或者说，胸中自有丘壑的小说家在权衡得失后做出了自己的抉择。

---

① 葛亮：《时间煮海——〈北鸢〉自序》，《北鸢》，北京：人民文学出版社，2016年版，第6页。

第四节

前度刘郎今又来：李宏伟《引路人》中"科幻"的效用、限度与可能性

相比同代作家，李宏伟并不高产，且不惮于对他所关心的话题反复挖掘，如长篇小说《布衣简史》便是对此前《欲望说明书》的扩充和改写，2021年出版的长篇小说《引路人》中的三个章节实则是他围绕同一世界设定、于不同时间写出的三个中篇小说。最早的一篇《来自月球的黏稠雨液》写于2013年，最后一篇《月球隐士》在此书出版前刚刚发表。时隔多年，这部小说中的人物与主题始终萦绕在李宏伟的心中笔端，可见其关切之深。那涉及社会历史中个人的欲望、挣扎与难以摆脱的困境，更在宏观意义上关怀着整个人类的命运与未来，就此而言，李宏伟实在是一个人文主义者，一个严肃的"纯文学"作家。但是在写作技艺的层面，他却有意挑战纯文学古老的界限，更青睐于采纳类型文学的手法，如《并蒂爱情》《欲望说明书》《冰激凌皇帝》等作品中类似童话与

寓言的纯粹幻想，或是如《现实顾问》《国王与抒情诗》中的科幻表达。《引路人》显然属于后者。尽管小说并没有足够的自然科学原理作为叙事支撑，只在有限想象的基础上设计了超现实的社会结构，算不上传统意义上的科幻写作，但正如有学者讨论科幻文学时指出的，"'科学'当然不应仅仅包括自然科学，也应该包括社会科学与人文科学"，"那些未必涉及自然科学，而在人类政治经济组织方式层面展开批判式想象的作品……也应被视为科幻小说之一种"①。本文正是在这样的意义上关注《引路人》中的"科幻"因素，探讨科幻写法的效用与限度，也由此观察当代科幻书写的可能性。

一、"科幻"的效用：总体性的诱惑

之所以借鉴"科幻"，在相当程度上恰恰是因为李宏伟对传统"纯文学"的不满："我们所谓的纯文学，关注的东西有时候并没有类型文学或流行文学更本质。作为个体的人，作为相对小范围的集体，作为整体的人类，在面临抉择时，所体现出来的人的脆弱与尊严，这些脆弱与尊严对人性的激荡，这是文学的本质命题之一，但是现在的纯文学很少处理或者说基本上不处理这样的问题。"②对"纯文学"的这一判断可能未必准确，但李宏伟的确指出了"纯文学"的问题所在，在"告别革命"多年后，时下流行的

---

① 丛治辰：《科幻文学的批判力和想象力》，《文艺报》2015年9月30日。
② 刘大先、李宏伟：《我对现实有迟疑》，《创作与评论》2010年第20期。

书写已多少丧失了为"整体"代言的诉求与能力。而在《引路人》中，李宏伟关注的恰恰是"作为整体的人类"，他野心勃勃，试图重启尘封多年的伟大传统。

在构成《引路人》的三个中篇《月相沉积》《来自月球的黏稠雨液》《月球隐士》中，完成最早的《来自月球的黏稠雨液》显然是整部小说的枢纽，也是李宏伟"丰裕—匮乏"社会结构的最初呈现。在这一结构中，由于人类过度开发自然以及滥用核电带来污染，年满35周岁还未得到女性青睐完成婚配的男子要移居到环境恶劣的"匮乏"地带，以便节约资源维持"丰裕"社会的运转，延续人类文明的火种。这一未来世界的灾难图景中，流露出李宏伟深深的忧虑和批判意识，事实上，社会文明批判与人类灾难书写从来都是科幻文学源远流长的传统。不管是追溯至中国现代科幻起源的晚清梁启超等人的作品，还是21世纪以来出现的被学者称为"新浪潮"①的科幻热，不同代际作家的创作都在兢兢业业地为人类未来"把脉"和"开方"，"丰裕—匮乏"社会结构正是李宏伟以人文社会科学视角对人类社会既有危机的整体认知和因应。

在小说中，来自丰裕社会的22岁青年实习生在监控匮乏社会精神领袖的过程中首先发现了这一社会结构存在的问题，初次具有了主体性的反思，并最终实现了精神和行动的双重背叛，完成了谏言性质的实习报告。这是一个可以在此结束的故事，来自丰

---

① 关于新世纪以来文学"新浪潮"的论述可参见宋明炜：《科幻文学新浪潮：历史、诗学、文本》，上海：上海文艺出版社，2020年版。

裕社会的批复基本解决了单一文本中的所有疑问；这也可以是一个未竟的故事，"丰裕—匮乏"社会结构是如何形成的？青年实习生的未来又会如何？李宏伟经受不住前因后果完整性的诱惑，于是有了《月球隐士》，这是《来自月球的黏稠雨液》的人物前传，也是故事与矛盾的前情提要；也有了后传《月相沉积》，有了一甲子之后矛盾与问题的进一步推进。和其他科幻作家对"幻想"部分的大力开凿不同，李宏伟更着重于"（人文社会）科学"部分的铺垫，于是我们看到李宏伟对人类未来资源稀缺的忧虑，对性别比例失衡的痛心，对核电发展与环境污染的反思，对文明乃至人类可能灭绝的焦灼。

对今天的我们来说，这些危机并不陌生，但若要讨论李宏伟所关心的"本质命题"，显然需要将其推进至"生存还是灭亡"的极端时刻，这便需要借助科幻手法，也唯有借助科幻手法，李宏伟需要的抉择时刻的整体性结构才得以完整呈现：政治组织方面表现为人类舍弃国家概念，真正成为应对危机的命运共同体，组建"文明延续协会"；经济上对应的是强迫部分人放弃生存资源保证另一部分人的幸存，同时建立起严格的等级分配制度，尽可能实现资源利用最大化；文化上推行全方位的极端管理机制，要求绝大部分人放弃思考，彻底禁绝艺术和煽情，从而造成个人主体性的全面溃散。借由这样的科幻呈现，我们跟随杀手司徒绿和青年实习生赵一看见了超乎想象的不公乃至民不聊生——某种程度而言，李宏伟是在和《1984》对话。对人文主义者李宏伟来说，这不合乎人道，并终将导致种族的灭亡，是绝对不可接受、必须批判的。于是，他以繁复精巧的小说结构和真实绵密的细节全方位地勾勒了"丰裕—匮乏"社会的图景，这让《引路人》成为一部《子夜》式的"社会剖析派"小说——作家以"社会科学家气质""用科学态度去分析、解剖社会"[1]，从而指向宏大整体的"结构性难题"本身。

这一"结构性难题"，成为赵一不可逃脱的命运。22岁的赵一或许已经忘记12岁那年目送叔叔远去时的困惑和沮丧，但从此让他对个人和群体始终面临的处境保持着敏锐的体察，在73岁[2]的高龄召唤出杀手司徒绿，为其提供了"行者计划"与"使者计划"。事实上，这也是李宏伟在试图解决自己亲手创造出的问题，这个看似荒谬的死循环，恰恰是李宏伟的执念所在。哲学系出身的李宏伟自陈深受加缪影响，有"个人面对世界那无法治愈的疏离感，但是同时一定要对世界进行积极回应（我称之为有所作为）的人道主义热情"[3]，因此即便是借用类型文学去触碰文学的本质命题，最终也落脚于存在主义式的现实选择："行者计划"是在科学的计算模型下，以绝大多数人的死亡换取文明残存的火种，是"行动起

---

① 严家炎：《中国现代小说流派史》，北京：高等教育出版社，2014年版，第154页。
② 关于《月相沉积》中赵一的年龄，李宏伟在创作谈中表示是73岁（《炙饼·月光·行脚僧》，《文艺报》2021年11月1日），但根据《引路人》中线索，赵一应该是35岁时来到匮乏社会，见到司徒绿时他表示"四十年前来到匮乏社会"（《引路人》第187页），因此推测此时赵一应该是75岁。此处尊重作家本人表达——或许赵一是未满35岁时便来到匮乏社会，但小说未说明——采用73岁的说法。
③ 刘大先、李宏伟：《我对现实有迟疑》，《创作与评论》2010年第20期。

来，拯救人类"；"行者计划"的对立面是人类整体共同面对厄运，坦然接受自然的安排，集体退出地球舞台。这是会长赵一为人类寻找到的"救赎之路"，也是站在"作为整体的人类"立场的李宏伟在有限的科幻设定里所能提出的最有效的解决之道，是对未来人类世界往何处去的总体性判断。

写作《引路人》的李宏伟积极操演了如此宏大的整体性关切，如果和他的早期习作《平行蚀》相比，读者一定会惊讶于他的变化之巨大。但是在这一个人写作风格的转变中，却暗藏着近几十年来中国当代文学发展的脉络、危机与渴求。在早期的《平行蚀》中，李宏伟还是个忧郁青年，因为错过了时代的盛宴而耿耿于怀，研究生毕业后又执拗于个人与社会的精神龃龉，在写作上醉心于描摹一代人的精神贫瘠，这其实是李宏伟这代作家典型的创作起点。自20世纪80年代各类文学思潮风起云涌之后，文学的"向内转"成为时代大势，"作者都在试图转变自己的艺术视角，从人物的内部感觉和体验来看外部世界，并以此构筑起作品的心理学意义的时间和空间"①，这被视为多年来奉现实主义为圭臬的中国当代文学真正"现代化"的关键时期。顺势而动的"50后""60后"作家掀起了诸多重要的文学思潮，也哺育了缺少历史共同感的"70后"一代。对后者来说，写作的道路从一开始就是从精神和内心开始的。虽然20世纪90年代以后新写实主义潮流来袭，但这一思

---

① 鲁枢元：《论新时期文学的"向内转"》，《文艺报》1986年10月18日。

潮关注的"现实"是小人物的家长里短，和关切宏大事物的"现实主义"已不可同日而语。书写那样的内心和现实，当然都不需要什么"科幻"的辅助。但进入创作旺盛期的"70后"写作者李宏伟似乎已厌倦了成长道路上的内心苦闷与精神孤寂，更为关注外在的社会与历史，但卢卡奇早就指出，"小说形式的中心难题就是从艺术上弄清深深扎根于自身的存在总体的完美形式，弄清一切自身内在完美的形式世界。而这不是出于艺术的理由而是出于历史哲学的理由：'现在已没有自发的存在总体了'"[①]，在"存在总体"已然坍塌的时代，接受总体性的诱惑便意味着要寻找到新的建构方式，"珍惜重大的任务，并努力学会与重大事物交往"[②]。"科幻"正是在这样的意义上发挥了自身的效用，依靠科学与想象力帮助李宏伟回归了全面呈现、认知和解决社会问题的总体性视野。

然而，李宏伟对"科幻"的借用真是其来有自吗？借用了"科幻"的效用之一种，是否就意味着全面掌握了"科幻"的独特价值？李宏伟又是否对科幻写法做出了独具特色的贡献呢？

二、操练"科幻"的限度：想象力的边界

李宏伟公开发表的第一部小说是《哈瓦那超级市场》，尽管创作时间可能不如《平行蚀》早。在这部小说里李宏伟最早显示出

---

① ［匈］卢卡奇：《小说理论：试从历史哲学论伟大史诗的诸形式》，燕宏远、李怀涛译，北京：商务印书馆，2018年版，第8页。
② 里尔克诗句。

了非现实的路数与追求。在A类叙事中出现了三种科幻性质的"哈瓦那超级市场"：一个按需分配的共产主义乌托邦，一个提供情感定制服务的科技公司，以及一个摆满可以存放记忆的摊位的市场。但不管哪个，都是李宏伟在借以探索可以于何处容纳受伤与挫败的灵魂，而这处所又该是何种模样。此时的李宏伟显然更贴近《平行蚀》中的自己，更多关切着大时代之中的个体与精神。小说穿插的私家侦探故事便是这种关切的人间呈现，正是侦探们接触的人和事在一遍遍证实"哈瓦那超级市场"存在之必要。科幻手法也由此提供了超越于当下生活世界的乌托邦的建构可能，更重要的是，这个乌托邦里的生存与价值观念与当下世界截然不同。李宏伟初次尝试"科幻"，表现不俗。

在这部小说里极为精彩的"简达的故事"中，李宏伟首先使用了"监视者也是被监视者"的叙事模式，正是《来自月球的黏稠雨液》的前文本。虽然简达追求的是个人的安定感，江教授需要的是对社会问题的直接反馈，但两篇小说经过漫长的铺垫和迂回，最终都呈现了"一切都是套路"的叙事结构，李宏伟的万能"金手指"开始发挥作用。这一类似结构在之后的长篇小说《国王与抒情诗》中再次得到强化。

《国王与抒情诗》发表于2016年，斩获不少奖项，备受好评，这也是李宏伟自然科学幻想元素较为充足的作品。小说以2050年诺贝尔文学奖得主宇文往户的离奇死亡展开故事，生动呈现了人类在2050年信息技术极致发展时代的生存状态。"意识共同体""意识晶体""移动灵魂"等名词概念成为现实，即便只是顾名思义，读者也大致可以根据今天的技术状态推测它们的所指，而一个名叫"帝国"的巨大企业对所有人生活的介入和影响成为不需要正面解释的隐喻。李宏伟显然是对当下信息技术的宰制存有高度忧虑，在努力以文学的方式做些什么。"科幻"当然是最合适的手法，因为此时唯有"科幻"可以提供技术在未来控制人类的想象图景，也唯有"科幻"可以生成超越技术控制论的可能。可惜的是，这是又一个"金手指"操控下的"一切都是套路"的故事，在整个事件中穿针引线揭示真相的黎普雷最终被证实是一个"天选之子"，是一个凭借年轻时的一份意见纲领便获得"国王"赏识的幸运儿，是下一个掌控"帝国"之人，之前近似探案悬疑情节的一切不过是"能力测试"和"岗前培训"。即便颇为自重地铺陈了种种前提，黎普雷显然还是决定接受这一"天选"。也就是说，在科幻广阔无垠的世界中，我们的主人公终究决定臣服于现有"体制"。老国王和宇文往户的肉体都消亡了，但他们意识永存，"帝国"精神万岁。

同样的逻辑也被应用于《引路人》。"帝国"正是"丰裕—匮乏"社会结构的另一重镜像，带着极端化的困境标志，也带着困境理应被打破和超越的潜在需求。来自团契的杀手司徒绿，和黎普雷一样历经多重磨难后，终于抵达真相，最终发现自己不过是早已设计好的程序中的一步，不过是庞大机器中的一颗螺丝钉。作为曾经传递过消息的"使者"，73岁的赵一决定放弃选择权，以自身的死亡消息召唤世界的偶然性，而新一代的"使者"司徒绿却以自己即是偶然性的说法消解了赵一的计划。这本该是小说最为关键之处，因为之前的漫长铺垫和详细描摹都是为了此刻的答案。然而，面对赵一心思繁复的一番宏论，司徒绿的回答却只是："有一个女人……生活在桥洞里……她维护着自己的尊严……但她过着她力所能及的生活，不需要改变……"①于是，一切回到最初的起点，杀手司徒绿没有履行杀手的责任，只是成为和22岁的赵一一样的见证者，却又没有赵一的反叛行动；贵为会长的赵一经过22岁至73岁间50余年的思虑，一朝抉择，却无法实现左手、右手或者交付偶然性中的任何一种计划。最重要的人物兜兜转转，却都只能原地徘徊，和简达、黎普雷一样，他们都只能对既有的社会结构缴械投降。

　　小说由此呈现了李宏伟操练科幻手法的限度，"科幻"的想象力成为情节结构的重要辅助，但由想象力建构起的文学世界却没有得到有效的逻辑支撑，且不说极端控制政治、经济、文化各方面的"协会"为何不能直接进行人口管控或优生优育计划而非要流放青壮年劳动力，也不细究为何女性在如此重要的社会结构中依然会有"团契"的诞生，最明显的逻辑问题便是花费重要篇幅渲染和罗织的巨大谜面和最终揭露的轻薄谜底并不相称。作为幕后大Boss的赵一历经半个世纪的推敲琢磨，本应该对整个社会结构有通明晓畅的盘点，对困境出路有详细周密的部署，但最后却

---

① 李宏伟：《引路人》，北京：北京十月文艺出版社，2021年版，第199页。

需要全部依赖没有什么可控性的年轻"使者"。科幻手法在此惊险时刻也没有发挥任何有别于传统写法的作用，全无想象力意义上的认知反转或逻辑飞跃，只能眼见先前设置的庞大叙事网收束于绵软无力的落脚点。李宏伟以科幻的想象力将人类置于一个危险的十字路口，承诺一个熟知交通规则的"引路人"，最终提供的却是一个极不科幻的、茫然无知的过路者。小说根基摇晃，如大厦将倾。

　　和《哈瓦那超级市场》中带有先锋精神的乌托邦构想相比，《国王与抒情诗》中关于技术、文学与人的关系的想象虽然准确却缺乏创新性，最终也需要寄托于现有结构来实现"最后的抒情"。而到了《引路人》中，想象力在帮助小说详细呈现了人类未来的灾难图景后便止步不前。想象力提供了危机结构，提供了危机结构中的人和人性，提供了李宏伟渴望的"面对抉择"的时刻，触碰到他所关心的"文学的本质命题"，但或许也正是这种创作初心的实现，扼杀了想象力生长的空间。作家"知足常乐"，甚至忽视了需要提供让结构和人性得以正常发展的完整逻辑，遑论在此基础之上的认知危机的新视角。"我说的也不是一个女人，而是……像她那样的生活，她对尊严的理解和自持……"；"不，我说的就是一个女人，一个具体的活生生的女人……"①那个关切整体人类命运、接受了总体性诱惑的作家再次回到了具体的个人。回归并非问题

---

　　①　李宏伟：《引路人》，北京：北京十月文艺出版社，2021年版，第200页。

本身，不管是对总体性还是对具体的人的体察都是重要的；问题在于，不管是哪一种路径都没有带来科幻意义上的新思考，始终在传统纯文学的范围中踟蹰，想象力在急切需要它的地方触碰到了坚硬的边界。

三、"科幻"的可能性：可不可以告别"最后的人"？

虽然想象力触碰了边界，李宏伟的科幻操练还是完成了人文科幻的基本职责，即对人类未来极端状况的预测和忧虑。在《引路人》的第三个小说《月球隐士》中，李宏伟以奇幻故事的方式讲述了人类种族灭亡的前夜，末兽横行，人类朝不保夕，来自月球的隐士前来拯救：

> "末兽的搜寻、屠杀下，没人能熬得下来，不是说人的寿命短暂，而是没有那么一群人熬得过来。如果不能成群，人会完全灭绝。"
>
> "真的不行吗？一个人都不行吗？"①

李宏伟也终于必须面对"最后的人"。自从弗朗西斯·福山（Francis Fukuyama）《历史的终结和最后的人》(*The End of History and the Last Man*) 出版②，"最后的人"的概念在当代学界便流传开

---

① 李宏伟：《引路人》，北京：北京十月文艺出版社，2021年版，第403页。
② 福山原著发表于1992年，该书于2003年出版中译本。

来，伴随科幻小说再度迎来热潮，这一概念俨然有了被滥用之势，虽早已偏离福山的本意，但也丝毫不影响该词的象征价值。在科幻叙事中，"与'最后的人'相关的有两个基本问题，一个是'死亡'的问题。因为'最后的人'是最后的，所以这个人的死亡就会牵涉到更大的问题，比如人类文明的存续。……这种'最后的人'的形象，在《三体》里有罗辑、程心和云天明；在飞氘的《去死的漫漫旅途》中有阿木法长老，还有一个没有名字的上校……与'最后的人'相关的第二个问题……就是'人性'的问题……也就是当人类面临被取代的可能性的时候，在一种极端的条件下，更能显现出来的人性。究竟是什么东西让人和机器或其他生物相区别？"①《国王与抒情诗》中黎普雷、宇文往户是在第二种意义上希望可以保存"最后的人"；而在《月球隐士》中，李宏伟面对的是第一种意义上的"最后的人"，事关"人类"这一种族的存续。为了拯救人类及其文明，李宏伟设计出一个不破不立的方案，必须等到末兽和人类全部灭亡，"月球隐士"才能凭借曾经搜集的资料和记忆重返地球，重建人类社会。"月球"因而并非一个可以开疆拓土供人类生存的新世界，仅仅是"人类基因冷冻库"和"人类文明记忆库"，"月球隐士"也就只是一个过渡性的为人类服务的"职业"。

　　李宏伟如此不遗余力地践行着"人类中心主义"，即便是在想

---

① 　杨庆祥等：《从"最后的人"开始——关于科幻文学的讨论（上）》，引文为会议中赵天成发言部分，《西湖》2018年第2期。

象力触碰边界的时刻，在对结构进行妥协的时刻，也依然不忘为自己故事中"最后的人"留有"光明的尾巴"。就像《国王与抒情诗》中黎普雷即将接掌帝国时发表过一番关于"抒情"的宏论，李宏伟也让司徒绿在决定放弃抉择时进行了一番内心自白：

> 个人也好，整体人类也罢，意识到结局的存在而不恐惧不退缩，不回避任何的可能性，洞察在那之后的糟糕局面，却丝毫不减损对那之前的丰富性尝试，不管是洞察还是尝试，都诚恳以待，绝不假想观众，肆意表演，更不以侥幸心理，懈怠怠堕。这种对待世界，对待自己的方式，不就是抒情吗？①

> 司徒绿恍然想到，如果赵一连她的放弃都预料到了呢？那是不是意味着，他接受任何结果，但……不能也不应该主动选择？她不是要否定自己刚才的话，她只是不确定，如果连偶然性本身都纳入了偶然呢？更坚决一点，偶然性当然是偶然的。想到这里，她似乎更理解了赵一，又似乎更不能理解他。

> 恍惚中，司徒绿总算笃定了一点：这些现在已经与她无关。于是，她鞠躬致敬，将匕首插回鞘中。②

---

① 李宏伟：《国王与抒情诗》，北京：中信出版社，2017年版，第232页。
② 李宏伟：《引路人》，北京：北京十月文艺出版社，2021年版，第202页。

黎普雷愿意接管"帝国"的原因在于相信在科技反噬人类的时代，依然有"帝国"无法触及的意识盲区，"人"依然保有其勇气和尊严，既然丧失语言、意识融合的未来已经不可阻挡，他执掌"帝国"后便要致力延缓既定结局的到来，致力在结局到来之前进行各种尝试；而对司徒绿来说，放弃刺杀计划是对"行者计划"完全丧失"人"性的计算模式的抵制，她对自身偶然性的使用本身就是对"人"的意志的认可。李宏伟自己在访谈中也曾坦诚："整个宇宙都是要毁灭、人类也必然会灭亡的，早一点晚一点并不重要。何况，一起面对，未必没有时间里的变数，新的希望。"[1]李宏伟如此相信"人"本身，他于此间再次呈现其传统的一面，回到了人文主义的起点，回到"人是万物的尺度"。

　　赵一的"行者计划"，是通过精密模型计算后的结果，是经济学视角下的资源利用最大化，通俗地说，就是牺牲绝大多数人以保存极少部分人。值得注意的是，这恰恰是我们所熟悉的牺牲小我成全大我、放弃个人利益保全集体利益的革命逻辑的延续，"丰裕—匮乏"社会结构也是在这样的意义上具有了某种"革命"精神。那种伟大和残酷的双重性既是"人"的恩赐，也是"人"的傲慢。倒是"行者计划"的对立面似乎才具有福山意义上的"真正的人"的内涵，每个人都得到了社会的平等承认，继而每个人也都丧失了争斗的欲望，历史进入"终结"状态，只是在这里，"最后的人"

---

　　① 　罗昕：《专访李宏伟：照亮指引他人，通向"人的存在"》，澎湃新闻2021年9月16日。

是其字面意义的（literal）真实呈现。也恰是因为这种意义，这一计划被厌弃，因为"它是讥讽，是嘲笑，是对人类孜孜求发展的否定，是对人类本身的否定"[①]，"人"这一物种似乎在任何情况下都无法允许自己放弃挣扎，无法允许一种静默的生活。

但是挣扎是有效的吗？回到《引路人》的标题，"前传"中的赵一平是童年赵一的引路人，赵匀由此成了赵一；中心故事中的江教授是赵一的引路人，赵一由此成长为具有主体性的会长；"后传"中的赵一是司徒绿的引路人，司徒绿由此窥见了社会的秘密，走向个体觉醒。这些"引路人"的角色简直像是革命历史小说中的革命前辈形象，但是与革命历史小说大相径庭的是，这里的"引路人"并不能提供光明的远景，最终只不过是要"人"以残酷牺牲的方式苟延残喘，或以人人平等式的坐以待毙等待整体灭绝。作为科幻文学最关切的"最后的人"，也并没有走向灭亡或者是延缓灭亡之外的出路，而是一个"今亡亦死，举大计亦死，等死"的结局。那么，是否可以想象另一种选择？有没有可能放弃"最后的人"？

《月球隐士》中，两种兽类被分别命名为"末兽"和"末兽"，一个是人类的守护者，一个是人类的灭亡者，这依然是人文主义者李宏伟基于"人类中心主义"的区分。在形象特征上，"末兽"是蓝色的，是人类生活的地球的颜色，"末兽"则"主要是绿、紫、金、白、黑几种，颜色有深有浅，模样各异，但都有着和蓝色未

[①]　李宏伟：《引路人》，北京：北京十月文艺出版社，2021年版，第198页。

兽天然不同的，凶恶"；未兽可以发送"信息"，向地球之外的宇宙力量寻求帮助，末兽却只能摧毁一切，"无论人还是动物，都一口吞下"①。这样立场鲜明的二元对立塑造手法，和"未"和"末"的命名一样，代表了作者本人的价值倾向。在李宏伟的理念中，即便现实的情况恰恰是"未"在濒临绝望，"末"在统领一切，人类还是象征着未来、希望，人类的对立面注定要走向末日、灭亡。但另一方面，小说也指出，"末兽与生命是共生的，没有生命，末兽的威力缺乏见证，没有末兽，生命的活动留不下痕迹"，"从这里看，末兽就是其中的一部分。也可以说，一切都是末兽"②。既然生命如此互相依存，为何一定要将叙事之成立系于人类和末兽你死我活的关系？既然人类灭亡之后，末兽也无法独存，那就注定要进行生命的循环更替，乃至整个地球的生态变迁，面对如此丰富的写作图景，李宏伟，以及所有的科幻写作者，是不是可以抛弃传统纯文学对"人"的认定，提供全新的叙事逻辑？例如，是否可以以众生平等的姿态消解"最后的人"的独特性？是否可以不再执着"最后的人"的拯救，想象一个不是被灾难和悲情充斥的未来世界？

李杨在讨论《三体》时曾涉及这一问题，他认为刘慈欣的方法正是"对人本主义的釜底抽薪"，因为"人的道德、责任、爱与信仰，及其构成的'文明'，——在《三体》中，我们目睹了这些元

---

① 李宏伟：《引路人》，北京：北京十月文艺出版社，2021年版，第339、340页。
② 同上，第402、426页。

素被一一拆解"，"文学读者在阅读《三体》时产生的不适感，在相当大的意义上，是在《三体》中遭遇了'人之死'"，刘慈欣仅仅用107个字便描述了地球的灭亡，"彻底否定了人类向彼岸世界寻找救赎的可能"①。李杨的论述自然有其策略性的一面，是刻意将刘慈欣置于人文主义的对立面，试图以此在"一个比'文学'更深广的时空"讨论《三体》乃至科幻写作的意义。但无论如何，刘慈欣的确以残酷、冷静的姿态开创了处理"最后的人"这一问题的新思路。相比之下，《引路人》中暴露的种种问题和矛盾，恰恰在于作者总是要不自觉地向人文主义靠拢，不断回归传统文学的叙事逻辑，正是这种靠拢和回归捆绑了想象力的翅膀，使得李宏伟总在保守陈旧中打转，永远无法抵达"人"之外更深广的时空。也是在这样的意义上，李宏伟在操练科幻形成自身风格的同时，也呈现了当下科幻写作对多重可能性的压抑，面对丰富多元的浩瀚宇宙乃至物种的多样性，科幻写作却始终在文明批判的范畴之内，始终在"人文主义"的思路之中，这当然可以是作家的个人选择，却不应该是科幻写作本身的边界。作为依靠科学与想象力生长的创作手法，"科幻即真实的论述不仅是社会学式的批判而已，更是一种认识论的重新洗牌"②，如果不能打破"最后的人"这一根本戒律，恐怕也就永远无法触及科学与想象力所能抵达的广阔世界。

----

① 李杨：《〈三体〉与"文学"》，《当代文坛》2020年第2期。
② 王德威：《序：想象世界及其外的方法》，宋明炜编：《中国科幻新浪潮》，上海：上海文艺出版社，2020年版。

四、结语

李宏伟多年来不惜放慢创作节奏，精心打磨作品，当然已深谙文学创作的技艺。《引路人》虽是三篇不同小说的拼接，却也有着内在的同构性，其中穿插着各种隐喻细节，那是相当精巧的"纯文学"操练；就修辞风格而言，小说的字字句句都那样绵密，甚至有"为解读而生"的嫌疑，反而多少透露出一些知识分子写作的匠气。这或许恰恰意味着，希望借助类型文学的手段摆脱现有"纯文学"限制的李宏伟，终究还是心心念念地要回到"纯文学"的庙堂中去。他以"70后"的身份重构宏大叙事，重振总体性认知的雄风，为的是把握现实世界，体察幽微人性；然而，正如论者业已指出的，"只有完全对准现实，现实才会为虚构所用；一旦现实以茅茨不翦的形式进入虚构，其自身携带的大量杂质会扰乱虚构自身的纯度"，"虚构世界和现实世界是独立自洽的，如果要在虚构世界中容纳更多的现实，就必须让虚构的世界再大一些，大到足以容纳现实携带的所有沙石"①。在现实世界的层面，李宏伟放不下存在主义式的积极关切；但在虚构世界的层面，向"纯文学"情不自禁的回归却又让他很难在容纳现实的同时成功建构更大的虚构世界。他的科幻写法在建构完成虚构的世界体系后，不断遭遇想象力的边界，无法将宏大的结构性难题以自洽的方式进行清

---

① 黄德海：《先行抵达现实的虚构》，《文艺报》2015 年 12 月 28 日。

理和呈现。李宏伟从来是"纯文学"的信徒，也始终是人文主义的信徒，维护着"人"的意志与尊严，也始终深陷"最后的人"的怪圈，无法想象一个更为广阔的宇宙世界。这或许也是一代甚至几代科幻写作者共享的核心价值观与写作限度。

当我们站在未来的时间坐标回望现在，更清晰地呈现出来的是当下的芜杂和困惑，但从未来返回的作者却没有带来"先进经验"，只能对着现在和过去的自己伤感地说：我回来了。一千多年前，仕途总不得志的刘禹锡两次被贬归来后都游览了玄都观，分别写下了"玄都观里桃千树，尽是刘郎去后栽"和"种桃道士归何处，前度刘郎今又来"的诗句，是感慨岁月流逝，却也是在表达初心不改，这么多年来始终坚持严谨而哲思化写作的李宏伟或许也正如这"前度刘郎"，始终在探寻同类问题的答案，但不管用何种方式书写和思考，似乎也总要返回"玄都观"，回到他对社会历史的总体化批判，对人类未来图景悲观却不甘的挣扎和认知，也回到始终掩藏不住的"人之灵"的傲慢。至于新的认知世界的方式，理解人类处境与未来的全新观念，似乎并不是他的当务之急。而这，可能也是他，以及众多科幻作家都无法提供超越性价值的终极原因。"刘郎"对"玄都观"的诗意，不过是文人风雅，他终究志不在田园；李宏伟对科幻技艺的运用，也不过是作家修养之一种。回到"玄都观"总是容易的，如何在一次次返回后能够真正地走出去，才更为艰难，却也更为重要。观里纵有桃千树，也抵不过种桃人生命不息的魅力。

第三章　脱历史者的时代互动

　　如果说"70后"作家还是"中间物"，是文学代际中的过渡者，那么更为年轻的"80后""90后"便是名副其实的"脱历史者"。这种"脱"并非意味着他们生活的年代与20世纪50—70年代的历史相比更为轻浮或不重要，而是指和前辈们相比，他们对历史的参与程度——物理的与精神的——都极大降低了。这就使得他们的创作极具代际特色，此时的他们更为关切的，或许是地域、现实、日常以及深陷日常的个体心灵。他们更擅长以想象力的飞扬深入精神与灵魂深处，探究那些细微的波动，探究那些波动与正在经历的"当下"的关系。他们当然依然谈及历史，但谈及历史始终是为了面向内心，他们是坦诚的一代、顾及当下的一代，是试图把握灵魂的一代。

第一节

后真相时代的无脚鸟：
读郑小驴的《南方巴赫》兼及一种写作症候

在学界现有的关于郑小驴的研究中，似乎一直将他划归为"80后"作家中的"异类"，或许是因为相对于以叛逆姿态登上文坛并持续多年以各种话题引发文坛关注的同代人来说，郑小驴显得低调且低产。这种判断本身携带着批评界对作家代际的刻板印象，也显现出学界对郑小驴评价与归类的艰难。这并非批评家的骄傲，却可理解为郑小驴的光荣。然而，郑小驴的创作携带的问题绝非晦涩难懂，而恰恰是普适且基本的。脱离虚拟的代际标签，郑小驴的文学世界宽阔疏远，却也触手可及。新作《南方巴赫》集中呈现了郑小驴近年创作的特征与变化，也关涉了当下文学创作的一种重要症候。

一、汽车：悬疑空间与叙事隐微

郑小驴显然是偏爱侦探悬疑叙事的，从几部饱受好评的中短篇小说集到长篇小说《去洞庭》，郑小驴不厌其烦地施展虚构这类故事的技艺。《南方巴赫》收录的九篇小说，几乎每一篇都有侦探悬疑的色彩或要素。诚如有研究者指出的，"在被统称为'惊悚故事'的各种类型小说中，侦探小说与'文学'本身有着最为深刻的关系，这不仅仅在于它介于'雅''俗'之间，在许多跻身'经典'之列的文学作品中留下了自己的痕迹，更重要的是，所有的文学创作其实都是侦探活动，在话语的网络中编织谜团并最终解谜"①。郑小驴深谙其道，牢牢把握住了悬疑叙事的核心要素，通过精巧的故事结构和微妙的人物关系缓缓铺陈，牵引读者进入自己的谜团世界。这是郑小驴的侦探/文学活动，却也指示着某种理论的拓展与精神的延伸。

现代以降，在梁启超等人的推重下，"小说"承担起"新一国之民""改良群治"的时代重任，而在情节性、推理性上具有优势的侦探悬疑小说显然更得"群"的喜爱，也更符合彼时知识分子呼吁运用"理性"的需求，"侦探小说传入中国是在1896年，彼时'福尔摩斯'（时译'歇洛克呵尔唔斯'）系列小说开始在《时务报》连载，此后，外国侦探小说在中国得到大量译介……到了1910年代，当时世界上的侦探小说几乎已经全部得到译介"②，侦探悬疑小说是否真的可以开启民智、改良群治或可商榷，但在著名汉学家

---

① 谭雪晴:《浪漫的现代传奇——新世纪国产侦探文艺作品中理性的个体化表达》,《文艺理论与批评》2022年第2期。

② 同上。

王德威的论述中，晚清的四大类型小说却都有着"被压抑的现代性"，与侦探悬疑小说有类似特征的侠义公案小说"暗暗重塑传统对法律正义（legal justice）与诗学正义（poetic justice）的论述"①。在这部副标题为"晚清小说新论"的著作中，王德威想要解构的并不是中国文学现代的"五四起源"这一时间节点，而是"起源论"本身，他捕捉这些类型小说背后的丰富、驳杂以及与现代性生发的精神契合，为这些被判定为古早、陈旧、腐朽的文学正名，也由此拓展"现代性"的多元，反思一种起源论调的执念。也就是说，在漫长的现代性进程之中，悬疑侦探叙事至少不仅仅只是一种受欢迎的"类型小说"，它也被视为某种社会历史发展的推动力，是时代需求的即时呈现。

走出历史的烟尘，今天的作家和读者对悬疑侦探叙事的认知显然又有了质的变迁。晚清即便不是中国现代性的"起源"，至少也可称作某种澎湃的酝酿，悬疑侦探小说蔚为大观不可或缺，而到了一百年后的21世纪，悬疑侦探小说继续受到"群"的欢迎，似乎已然脱落了沉重的历史外衣，成为大众消闲的通俗文学。"悬疑侦探"的叙事元素成为几乎所有文学体裁/题材中的常客，在大众文艺产品中更是比比皆是。显而易见的原因可能是面对现代性过度发展的历史状况，人人都处于马克斯·韦伯所说的"囚笼"之中，太过清晰、理智的现实状况与个人社会功能的单调乏味使

①　王德威：《被压抑的现代性——晚清小说新论》，北京：北京大学出版社，2005年版，第13页。

得破解悬疑、刺激、未知的谜团成为一种有挑战性的游戏，也成为逐渐被摧毁的个人主体性重构的重要过程。（后）现代的普通个体在紧张繁复的故事情节中通过线索的把握和真相的还原得以窥见"我"的位置，也得以将自身从冰冷的现实中暂时抽离，投身另一个真实又反真实的全新空间。更重要的是，当下社会个体之间的疏离，以及社会生活科层化、板结化的加剧使得人的空间流动变得既容易又困难，物理空间流动的便捷却无法实现真正意义上的主体间的互动与交流，人际的冷漠与隔绝成为普遍的客观事实。郑小驴似乎捕捉到了深层流动的需求与必要，并找到了一个常见却有力的工具：汽车。

在郑小驴的很多故事里，汽车总是扮演十分重要的角色。在《南方巴赫》一篇中，"标致206"一出场就象征一种地位和威权。被父亲看重的表哥开着这辆车来接"我"，也开着这辆车过着让家里人艳羡的城市生活。然而，最终"我"也是开着这辆车带艾米莉去"探险"，试图去揭开一个故事的真相。而在接下来的故事中，成为新兵的"我"开上了部队的装甲车，这个升级版的"汽车"形塑了全新的我，也使得曾经开着标致206撞到一只狗的少年变成了寻找昔日女孩乃至试图复仇的成熟男人。"我喜欢车内的感觉，安全，私密，踏实。这是独属于自己的空间，神圣不可侵犯。"[1]汽车是现代工业文明发展的产物，而"我"对汽车所象征的安全感、

---

① 郑小驴：《南方巴赫》，收入《南方巴赫》，北京：人民文学出版社，2024年版，第19页。

个人私密空间感更是现代性进程中个人主体性发展的结果。于是，是"汽车"装载"我"所有的不安与惶惑，也是汽车的速度和便捷实现"我"所有的决心与行动。汽车容纳了整篇小说最大的悬疑，车内播放的巴赫更埋藏着小说最为深层的隐喻。

　　"汽车"的隐喻当然不只出现在《南方巴赫》一篇中，在《国产轮胎》《一屋子敌人》《衡阳牌拖拉机》《火山边缘》《最后一口气》中，"汽车"（或拖拉机、火车）都担负着重要职责，成为悬疑叙事的重要空间，也触发众多关键节点。在现代性的理论脉络中，从列斐伏尔、福柯到大卫·哈维，"空间"的生产常常与社会发展的不平衡与区域的非自然划分挂钩，空间理论也由此成为现代性发展"批判的武器"，而在郑小驴笔下，"汽车"这一现代性"空间"在批判之外担负了额外的责任，除了将故事主人公带去他们前往或逃离之所，更将众多隐微的情感、情绪、问题、隐情悄然收容。《国产轮胎》里，意外滚落的汽车轮胎铺展出小镇阳光之下的灰色地带，修汽车的人更是遮掩了近乎变态的创伤暗疾；《一屋子敌人》中，两个近乎陌生的男人女人一起开车前往国境，想要到对面看看，这辆车却是女人从家里"骗"来的，承载着女人父亲车祸的往事，男人则有着更难以启齿的犯罪经历；在《火山边缘》中，一段近乎戏剧化的家庭关系却由火车上一个小女孩对陌生人的善意而起，关系发展背后又隐藏着无法修复的夫妻关系与丧女之痛；《最后一口气》中，一辆中巴汽车开往长沙，乘客却全部是"不得好死"的亡魂，每个亡魂又都有着生命难以承受之重……

郑小驴借助"汽车"这一空间实现了悬疑故事的有效讲述，也由此将诸多叙事隐微悄然推进，"小说里的空间被组织进同一个系统里，人物像玻璃球一样，从一处空间向另一处空间流动——和物理规律相反，人物的流动往往是从低处到高处。在这种流动性中，车和车撞击，人和人也在撞击"①。郑小驴的悬疑故事也因而摆脱"类型小说"的窠臼，进入更为复杂的现代人际丛林。

二、南方：先锋余韵与地域超克

同样习惯在创作中使用悬疑叙事手法的作家还有双雪涛，他的《平原上的摩西》《北方化为乌有》《走出格勒》等名篇都有大量的悬疑侦探元素，以引人入胜的情节安排将共和国历史上东北地区的一段伤痛往事诉诸笔端，双雪涛也成为"东北文艺复兴"思潮中的代表作家。为何厚重的时代记忆也需要通过看来并不严肃的悬疑叙事来讲述？来自共和国最北端的作家的悬疑表达与将"南方"放入小说集标题的郑小驴的叙述又有怎样的内在关联？或许在纾解现代性过度发展导致的时代问题之外，悬疑叙事还有更多的责任需要担负。

在《南方巴赫》中，汽车承载了"我"无边的哀愁与怨念，带"我"去远方寻找记忆中的爱人，然而，在这个漫长的"复仇"故事结尾，最大的悬疑却没有得到揭晓，即艾米莉到底是什么人？

---

① 黄平：《系统与碎片——以郑小驴〈去洞庭〉为例》，《小说评论》2020年第1期。

是"我"认识的那个单纯、可怜的女孩还是她继母口中的有幻想症的撒谎精？艾米莉讲述的母亲、妹妹的死亡到底是父亲导致的还是只是一场被叙述的骗局？在"我"手持冷兵器和她父亲正面对质后，小说结尾于"我"跳上"标致206"逃离追捕，"在这个雪夜一直开下去，开下去……"[①]。一个悬疑故事的"真相"在郑小驴这里显得微不足道，他更感兴趣的是，那些暴力、犯罪、复仇以及家庭伦理的衍变，于是一次次以不同的故事形态深入讨论：被有洁癖的姑妈养大而有了变态性癖好的孤儿、因犯强奸罪入狱六年出狱后前往国境的男人、为替乡亲出头私下买枪而被举报的中年人……郑小驴并未对他们施加歧视或审判的目光，而是写出了他们真实的生活，这生活里有对过去的追忆，却也包含着正在发生的新的罪恶。

　　轮胎碾压过来，像房间闯入一只大象。摊铺上的扫帚、拖把、塑料盒、热水瓶、菜勺、筷子，一半飞上天，一半落了地。人群慌作一团，尖叫声、哭号声、呐喊声、乱成一锅粥。男孩戴着耳机，正走进包子铺。中午新鲜出笼的包子，溢着热气，他掏出五毛钱，说要两只馒头。卖包子的伙计揭开蒸笼，热气升腾而起，伙计大半个身子瞬时被白雾吞没，那白白胖胖的馒头在雾气中若隐若现。就在这时，男孩听见

---

　　① 郑小驴：《南方巴赫》，收入《南方巴赫》，北京：人民文学出版社，2024年版，第72页。

身后的喧哗声，他愕然回头，看见小湘西朝他大喊："文跎，快闪开，轮胎来了！"男孩抬头，只见一只巨大的黑影从天而降，径直朝包子铺飞来。男孩双脚像生了根，一动也没动，所有东西都静止了，那巨大的黑影像片乌云，四周光线迅速暗淡下来，他感觉眼前从没有过的寂静。[①]

从天而降的轮胎打破小镇的寂静，揭露小镇平和外衣之下的黑暗与罪孽，轮胎飞向包子铺的瞬间，刚刚完成了偷窃行为的少年在包子铺的热气升腾中感受到了瞬间的寂静，这或许是波德莱尔所说的"现代瞬间"，是郑小驴追求的一种不甚清晰的懵懂，这瞬间和懵懂里是善恶交错，是黑白不清，是热气腾腾与冰冷残酷。郑小驴对此类题材的偏好和熟稔颇有80年代先锋小说的余韵，虽然不再在语言、形式层面力求新奇，但行文之中仍然流露出虚无、极端、反讽、抒情等鲜明的先锋气质，诚如陈思和对先锋时期余华的评价，"每一篇小说都可以被称为一个寓言。他企图建构一个封闭的个人的小说世界，通过这种世界，赋予外部世界一个他认为是真实的图像模型"[②]。郑小驴在以自己的悬疑"寓言"书写他对世界的认知，至于这认知是对是错，是真相是谎言，都不在郑小驴的判断范围之中。

---

① 郑小驴：《国产轮胎》，收入《南方巴赫》，北京：人民文学出版社，2024年版，第123页。
② 陈思和：《中国当代文学史教程》，上海：复旦大学出版社，1999年版，第301页。

和来自东北的双雪涛等人相比，郑小驴的悬疑叙事似乎并没有那么"苦大仇深"。以双雪涛为代表的"铁西三剑客"以子辈的视角试图为父辈发声，他们的悬疑叙事带有一种"打破砂锅问到底"的执着，或者说，他们必须带领对那段历史无知的读者了解发生了什么、为什么会这样，旨归如何走出"东北"、走向未来，因为"书写'父亲'的动机其实并不在于表达父亲，而出自解决儿子问题的必要"①。他们的悬疑叙事抽丝剥茧，最终指向历史的宿命与审美的感伤。但郑小驴并非无视历史，他是将诸多重要的历史事件埋藏进了小说深处。在《南方巴赫》中，作为"我"的复仇对象的艾米莉的父亲祁宏钧却在和"我"的随意交流中吐露，他曾上过老山战役的前线；《火山边缘》中，"我"远走西非并非毫无缘由，而是有亲朋故旧风流云散的一段历史事实为基础；《最后一口气》《天高皇帝远》里，呈现的是市场经济时代乡村发展的艰难、城乡人口流动带来的结构性难题；《盐湖城》看似讲述故旧重逢、清算旧账，却又潜藏着"拆迁"带给一代人的伤痛记忆……在郑小驴的"南方"，不管是战争、变故还是复仇、死亡都以一种软绵的姿态被编织进一个更为外在的故事，他并不如东北作家那样执拗于悬疑故事之下社会生活的真相，而是专注于故事本身，专注于故事之中的颓败、无望、未知与遥不可及的梦。

　　那么，郑小驴属于与"新东北作家群"相呼应的"新南方写作"

----

　　① 丛治辰：《父亲：作为一种文学装置——理解双雪涛、班宇、郑执的一个角度》，《扬子江文学评论》2020年第4期。

吗？按照杨庆祥的定义，"新南方写作"的理想特质应该包括地理性（我国广东、广西、海南、福建、香港、澳门、台湾等地区以及马来西亚、新加坡、泰国等东南亚国家）、海洋性、临界性、经典性等，同时期待"现代汉语写作版图的扩大，它不仅仅面对单一民族国家，而是在不同的民族和区域间进行语言的旅行、流通和增殖"①，在这样的界定意义上，生长、生活于湖南，且写了很多湖南人、湖南故事的郑小驴似乎无法被纳入"新南方"的版图，然而，杨庆祥在之后的系列论述中做了重要补充，"地理不等于地缘，地理往往是物理层面的，而地缘却是政治经济层面的，就'新南方写作'来说，我逐渐意识到从一开始我就更倾向于地缘甚至是地缘政治，这也是我特别强调'临界'的原因"，因此，"'新南方'意味着一种文学气质，这一文学气质不同于以普通话为中心的北方现实主义文学，也不同于以吴越语音为背景的江南文学，它是以泛粤语为表达方式的兼具魔幻、游离、反讽等风格的'去中心化'写作"②。一旦一种文学创作潮流被定义为一种"文学气质"，那么最初的地域/地理就被去本质化而仅仅成为一种起点，真正有效（matter）的，是由此生发的具体的创作实践。心心念念"去洞庭"的郑小驴或许是在地缘政治与创作风格的意义上响应"新南方写作"的内在追求，他以先锋式的叙事基调与悲剧感的美学追

---

① 杨庆祥：《新南方写作：主体、版图与汉语书写的主权》，《南方文坛》2021年第3期。

② 杨庆祥：《地缘、气质和离心——四论"新南方写作"》，《江南》2023年第5期。

求点染他笔下"兼具魔幻、游离、反讽等风格"的"南方"。

然而，需要特别注意的是，除了杨庆祥所强调的"去中心化"和"临界"，郑小驴对于后先锋时期的世相书写自有怀抱，如前所述，他和"新东北作家"的追求并不一致，"南方"和"先锋"其实都不需要他代言，不需要他清理史实，更不需要他寻求方向，但"南方"和"先锋"之下的那些晦暗不明与泥沙俱下却需要他的独特记录。下乡挂职的，进城务工的，从事灰色职业的；曾经犯罪的，正在犯罪的，犯罪出狱的；不知所踪的，生不如死的，正在成为幽灵的……郑小驴书写了王德威所论述的"南方之南"，跨越"时空界限、知识场域和心理机制"，逾越"理法的拉锯和违逆"，穿越"时空逻辑，不再受制有机形体的局限"①，或者说，郑小驴并未以地域为书写的标志，却自然沾染了"南方"的潮热与氤氲，将其融入故事的铺陈衍生，而这些故事的核心部分也绝非地域，而是那些不为人知的人、人心、人性、人境，是"跨越、逾越和穿越"的"文学气质"。由此，郑小驴也以南方为基点，以先锋余韵实现对地域叙事的超克。

三、介入：在"有神"与"无神"之间

以汽车塑造悬疑空间，以先锋叙事实现对地域的超克，郑小驴似乎是个时尚而潮流的作家，然而，通读《南方巴赫》，可以发

---

① 王德威：《写在南方之南：潮汐、板块、走廊、风土》，《南方文坛》2023年第1期。

现在先锋时尚的外衣之下，郑小驴有着极为传统的现实主义关切，这无疑是曾写下《1921年的童谣》《西洲曲》等作品的郑小驴的人文坚持。郑小驴写的几乎都是小镇故事，不少研究者也将其塑造的人物纳入"失败/反抗青年"的序列①，这当然是恰如其分的评价，但郑小驴内在的精神诉求或许远不止于此。

《最后一口气》是这本小说集中十分别致的一篇。小说以一辆中巴车的启动为始，一一描述司机和乘客，我们于是逐渐了解他们的故事，了解到这是一辆装满亡魂的汽车。汽车开往长沙，那是他们生前都奋斗过的地方。小说以这样特别的方式记录"我"成为亡魂后的漫游，借"我"之口讲述千禧年前后农村劳动力进城务工浪潮背后的残酷与伤痛。国家经济高速发展的列车带走了很多人，却也甩下了很多人，他们以残缺的身体望向自己建造的楼宇，得不到一个进门的机会。于是，当司机"笑脸相迎，说，终于舍得走了？我说早就想走了"②。同样关切时代创伤的还有《天高皇帝远》，偏远乡村的发展举步维艰，但稍微富裕地区的经济支柱也会因政策的朝夕变动而瞬间崩塌。在《盐湖城》里，"拆迁"这个在一线城市象征运气与暴富的概念，在无人知晓的城镇里带来

---

① 关于郑小驴作品中青年形象的研究可参见金理：《郑小驴论——兼及一种"青春文学"的再生》，《当代作家评论》2013年第4期；项静：《冒险的行程——郑小驴小说读札》，《扬子江评论》2015年第4期；唐小祥：《自我的危机与自由的重构：论郑小驴的〈去洞庭〉》，《中国文学研究》2023年第4期；杨文：《郑小驴小说创作论》，武汉大学2022年硕士学位论文等。

② 郑小驴：《最后一口气》，收入《南方巴赫》，北京：人民文学出版社，2024年版，第198页。

了无数的暴力和血腥……然而，郑小驴并非90年代曾风靡一时的"现实主义冲击波"的信徒，也绝非要做21世纪以后兴起的"底层叙事"的拥趸，他的故事里并没有苦难兮兮的控诉，也鲜见犀利的批判或不满，他娓娓道来一个又一个平凡却惊人的故事，以作家之名，以葛兰西定义的"有机知识分子"之名，"介入纷繁复杂的社会生活"①。然而，做一个马克思主义信仰者层面的知识分子显然不是郑小驴的追求，或者说，"有机知识分子"的职责与身份只是郑小驴"介入"生活的第一个步骤。

不得不再提及《南方巴赫》，这着实是一个丰富的文本。"我"以客居的身份侵占了表哥的生活空间，不仅偷开他的车，还发现了他的"秘密"，原来表哥是一个性犯罪者，偷拍了与不同女生发生性关系的视频，其中不乏迷奸行为。然而，就是这样一个人前光鲜人后龌龊的表哥在听巴赫，且只听巴赫。作为巴洛克时期的代表性作曲家，巴赫的音乐通常以严密的对位技巧和广泛使用的复调著称，其复杂的结构和强烈的节奏感对后世产生了深远影响，小说中提到的《哥德堡变奏曲》便被认为是巴赫极尽繁复技巧的巅峰之作。然而，巴赫作品的另一个重要特征是宗教性，作为虔诚的基督教徒，巴赫的大部分作品都是宗教音乐。巴赫借音乐赞美上帝，传播基督的荣光，也实现自己与上帝对话的愿望。如此品行的表哥凭什么听高雅的巴赫？郑小驴似乎是在使用反讽的技艺。

---

① ［意］安东尼奥·葛兰西：《狱中札记》，曹雷雨、姜丽、张跣译，开封：河南大学出版社，2014年版，第3—27页。

而等"我"当兵归来再见表哥,象征地位与自由的"标致206"已然闲置,不羁的表哥已经结婚生子,车里的巴赫也变成了《两只蝴蝶》。这是表哥独立精神的陨落还是世俗生活正义的跃升?又或者,是巴赫的宗教音乐拯救了罪恶泥泞中的表哥?

"标致206"转到了"我"手上,"我"踏上了未知的孤独旅程,因为信任一个萍水相逢的女孩而甘愿赌上一切,不惜犯罪,这又何尝不是两年前的表哥?还有《一屋子敌人》中那个曾入狱的"我",《火山边缘》中那个丧女又婚姻破裂的"我",《最后一口气》中那个遭受厄运又自暴自弃的"我",《国产轮胎》中那个被虐待又虐待他人的小湘西,《盐湖城》中那个被欺侮也奋起报复的刘明汉……他们卑微,却并不安于卑微;他们可怜、可悲,却也可气、可恨;他们被世界亏欠,却也并不圣洁如莲花。这或许是郑小驴现实关切的真正独特之处,在他的故事观念中,人生不过是一段在汽车中行进的旅途,"这段旅途最好借用柏拉图的概念metaxu来描述,即'在之间',在我们的世界,在我们可理解的、实在的物质环境与超验神秘之间。'在之间'定义了人类的状况,存在乃是不可救药的'在途中'"①。人的存在本就是荒谬,永远"在途中",何处是终点,何处是吾心安处?是艾米莉描述过的洞穴?是"我"渴望走过去看看的国境之南?是"我"重返的西非?是"我"曾摔下去的那栋高楼?是可以再卖给"我"枪支的盐湖所在的西北小城?

---

① 金理:《"在之间":〈去洞庭〉中的关系世界》,《中国当代文学研究》2019年第6期。

对于缺少宗教信仰的中国人来说，认知到生命的荒谬与罪恶本就是难题，遑论获得心安与拯救。或许这也是巴赫必须存在的理由，这些"在途中"的人，这些在滚滚红尘中挣扎的人，他们需要巴赫那部为了安抚失眠的凯瑟琳伯爵而作的《哥德堡变奏曲》，需要巴赫那与上帝对话的音乐将他们救赎。郑小驴如契诃夫一般，为他不完美的人物（以及读者），提供了被关注与被记录的权利。"在'有神'与'无神'，爱与恨，观念与行动、真实与美，犀利的揭发与体谅的同情……之间的'平衡'，从根本上说不是导向无原则的中庸、冷漠，而是尊重事物的复杂和多样，并最终为常识，为弱者，为普通人争取到存在的价值和尊严。"[①]这是郑小驴对现代性之下的社会生活深沉而无望的"介入"。

金理在11年前的论文中写道，从郑小驴的文字中"扑面感受到一种无时或已、万难将息的焦虑感"，他因此梳理自鲁迅到21世纪以来文学史中的"青年人"形象，以便"召唤一种青春文学在今天的重生；小驴从这个接力点开始跋涉"，金理期许一种"不平安"的文学、"焦虑"的青年、"青春底诗"[②]。然而，11年过去，完成《去洞庭》《南方巴赫》的郑小驴显然已不再是金理当年所期许的，准备着属于青年的战斗，他如今对生活的"介入"依然真挚，依然做着"弱者的伟业"，但也早已明白，"我们还是什么事都干不

① 洪子诚：《"有神"与"无神"之间，隔着广大的空间——新版〈契诃夫手记〉序言》，《读书》2022年第8期。
② 金理：《郑小驴论——兼及一种"青春文学"的再生》，《当代作家评论》2013年第4期。

成的"[1]，单是能够在"有神"与"无神"之间的广阔空间里操练"文学"，似乎已经是巴赫向上帝乞求来的馈赠。

> 我索性起床，拉开窗帘，猛地发现马路对面站着一个人，正仰头直直地望着我。他仿佛在那儿守了一整晚了，一动没动过，专门等着我拉开窗帘。这时我看见他朝我挥了挥手，说："喂，你想好了没有，到底去不去？"[2]

这是又一次致命的诱惑，对11年前的郑小驴，也是对今天的郑小驴，以及他广大的读者。到底去不去？这不是要不要开启一段旅程的简单提问，这是一个关乎如何继续生活的重大抉择。因犯强奸罪入狱六年刚获释的"我"要不要再铤而走险去往国门之外？去了又能如何？可以找到某些问题的答案吗？这或许也是郑小驴给自己的提问，面对那些复杂而凌乱的生活，面对众生皆苦，作家的"介入"是徒劳还是救赎？这救赎是给予他人还是其实要给予自己？

四、结语

让我们再回到文章的起点，回到郑小驴的悬疑侦探叙事。写

---

① 郑小驴：《天高皇帝远》，收入《南方巴赫》，北京：人民文学出版社，2024年版，第275页。
② 同上，第157页。

作本身是对谜团的编织与破解，也是抵抗现代性刻板压迫的智力需求，所谓空间的塑造与地域的超克都是某种实践的手段，然而，对郑小驴来说，更为重要的叙事动机或许在别处。正如《南方巴赫》的结尾并没有给出一个确切的结果，《一屋子敌人》也没有写明"我"是否要接受去往对岸的诱惑，在这两篇之外的篇目中，郑小驴也或多或少留下许多疑问不做解答。这或许依然有先锋风格的潜在影响，但或许更可以看作一种对时代的回应：答案与真相都并不重要，这是一个后真相的时代，一切悬疑都是真相，一切真相也都是悬疑。建构与解构随时发生，甚至不留痕迹，对真相的刨根究底是客观意义上的徒劳，也是精神层面的辨难。

在《去洞庭》的创作谈中，郑小驴写道："'我听人讲过，这个世界有种鸟是没有脚的，它只能一直飞啊飞，飞到累的时候就在风中睡觉。这种鸟一生只能落地一次，那就是它死的时候。'多年前看的《阿飞正传》中的台词，现在依然具有击中心扉的穿透力。于我而言，写作和无脚鸟是一种无形的契合。写作停止之时，也是'生'之终结。过去已不堪回首，未来又不堪一击，郁躁不安中，唯有写作——且以写作作为逃避现实的借口吧——似乎能抵达内心某种澄澈之境。"①在后真相的时代，无脚鸟式的写作或许也不再是终身意义上的写作志愿，而是一种"无处落脚"的尴尬，但持续的飞翔却无法停止，这是作家的本能，也是作家的需求，

---

① 郑小驴：《制造云雾的人——〈去洞庭〉创作谈》，《文汇报》2019年5月8日第12版。

于是生命不息、写作不止，寻找有效的落脚点的努力也无法停止，这或许也构成当下文坛不少创作者主动与被动选择下的一种普遍症候。往返逡巡，何枝可依？"知我罪我，其惟春秋"，那些被看到的人、看这些故事的人，会给出自己的答案。

第二节

"新南方写作"的"科幻"与"非科幻"[1]

　　"新南方写作"的概念在2018年初露锋芒，近几年随着"粤港澳大湾区"成为"出圈"话题，文学界看待"新南方写作"似乎多了几分抓住创作与研究"蓝海"的喜悦。杨庆祥在《新南方写作：主体、版图与汉语书写的主权》[2]中对"新南方写作"做了学术性的阐释，并以"地理性""海洋性""临界性""经典性"为"新南方写作"塑形。杨庆祥显然对"新南方写作"寄予厚望，在"汉语书写主权"的意义上期待"新南方写作"率先在世界文学空间中确认主体自我。"新南方"是一片存留着岭南、潮汕、客家、闽南乃至马来等多种古老文化的土地，但这同样是一片拥有复杂的

---

　　① "非科幻"的提法灵感来自"非虚构"，即"非虚构不是'反虚构''不虚构'，而是'不仅仅是虚构'。它需要的是一个原材料，而对这个原材料的书写和加工，还需要借助虚构和想象力"（杨庆祥《"非虚构写作"能走多远?》，《文艺报》2018年7月30日），"非科幻"也不是"反科幻""不科幻"，而是"不仅仅是科幻"。

　　② 杨庆祥：《新南方写作：主体、版图与汉语书写的主权》，《南方文坛》2021年第3期。

地缘政治、包容开放的经济政策的充满未来感的土地，生长于这样的土地上的文学确实有足够的资本吊人胃口。本文关注"新南方写作"中的"科幻"问题，这当然和不少生活在"新南方"的作家关注"科幻"书写有关，更重要的是，"科幻"所携带的对于现实的观照和对未来的想象与这片充满不确定性的土地相得益彰。

王威廉是这片土地的"外来者"，出生于西北的他大学毕业后才长居广州，虽然不少作品中涉及南方的气候、生活，或者客居的心理状态（《父亲的报复》），甚至有意识地处理与南方有关的历史大叙事（《绊脚石》），但王威廉显然并没有将"南方"作为一种重要的地域标志融入自己的写作，他更擅长于对城市与城市中人的描摹，更痴迷于对语言的锤炼和风格的塑造，现代且先锋，冷峻且深邃。在新近出版的小说集《野未来》中，王威廉却深度触及了科幻写作，但这并不是某种思想层面的巨大转变，在这些科幻作品中，王威廉依然在探讨同一个问题，即在技术宰制时代，"人"究竟该如何确认自己？事实上，这并不是科幻文体中的新鲜话题，20多年前轰动一时的美国电影《黑客帝国》已经在提醒我们"矩阵"（matrix）的存在和"人机大战"的不可避免，电影一步到位，直抵人类的终极"未来"。王威廉抵达"未来"的方式似乎有所不同，他还在基因切除（《不见你目光》）、影像监控（《不见你目光》《退化日》）、记忆提取（《分离》）、意识复制（《后生命》）等问题迷阵中追寻"人"的位置。"什么是我的本质？就是我曾经认为我所是的那个人。那个人快离开我了，或是，我快离开那个人了。"①王威廉有意捍卫"人"的不可取代性，如在《后生命》中便将"意识"（或曰"灵魂"）的复制和转移描述为"失败"，当"我"也进入复制实验后，发现"这个意识与宇宙同构"，而人"内在于宇宙之中，其他的生命形式亦是如此，交融为一"②，这是小说的结局，也是王威廉对技术疯狂发展之下"人"的未来本质的描画。在王威廉看来，逃离无处不在的监控的方式是去追逐莫须有的影子，是回森林中生活（《退化日》）；面对现实的残酷无着，重温故乡记忆的方式是建造水下世界并与世隔绝（《潜居》）；人类即便开拓了额外的星球生活，终究也只能由于本性难移而陷入无限循环的战争和毁灭（《行星与记忆》）……中国科幻文学自晚清诞生之初便承载着为现实"把脉"和为未来"开方"的重任，近年以刘慈欣为代表的科幻作家更是将这种关切整体性的宏大叙事推向高潮，王威廉却在科幻写法的外衣下解构了"未来"，解构了一种"科学幻想"逻辑之下的可能性方案，"科幻不再在这些宏大而渺远的层面起建设性作用，而恰是科幻从体制性的想象中逃离出来，与普通甚至卑微的生命联系在一起""未来被流放、被取消，未来现在消失于未来，就像'水消失于水中'"③。

除了上文提及的作品，《野未来》中还有诸多"异质"篇目，

---

① 王威廉：《看着我》，《长江文艺》2013年第1期。
② 王威廉：《后生命》，收入《野未来》，北京：中信出版社，2021年版，第308页。
③ 杨庆祥：《序：后科幻写作的可能》，王威廉：《野未来》，北京：中信出版社，2021年版，第7页。

如《幽蓝》《草原蓝鲸》《城市海蜇》等。在这些篇目中，王威廉虽然也借用了不少科幻或类科幻元素，如"系统觉醒""时空穿越""整形变性""去往未来"等，但他在行文中逐步抛弃了科幻的基本逻辑和愿景表达，甚至连未来都懒得解构，对这些元素的使用显然别有怀抱。在《幽蓝》中，觉醒的人工智能只是劫持了一架飞机，并要一直飞翔下去；在《草原蓝鲸》中，略显失意的中年女人意外进入鲸鱼的腹中，也只是和120岁的儿子做了一次超越时空的对话，睡了沉沉的一觉；在《城市海蜇》中，声称整容、变性的昔日好友找上门来，却最终也没有坐实真相，不过进行了一次后现代的海滩之旅。这种看似无意义、无结局的漫笔故事却是王威廉苦苦追寻的"我"的"存在"。如果人工智能觉醒，"我"成长的创痛会得到疗愈吗？如果倚靠鲸鱼的心脏长眠，睡梦可以慰藉"我"漫长的乡愁与孤寂吗？如果现代技术可以把一个人变成另一个人，"我"有勇气去接纳曾经的记忆与变化的友人吗？王威廉以最"先进"的技术支撑最"落伍"的故事，窥探"人之为人"最本初的冲动与情感，那些技术无法改变，甚至在技术钳制之下愈发复杂的人之幽微。我愿将这类创作称为"非科幻"书写，即使用科幻的元素却不完全遵循科幻的逻辑，打开科幻的视野却并不全然呈现科幻的可能，以科幻的想象开拓情感的边界，以科幻的手法建构与科幻对立的世界。

在"科幻"和"非科幻"的场域中自由驰骋的还有同样来自广东的作家陈崇正。作为土生土长的广东人，陈崇正的地域色彩显然比王威廉浓重许多。在王威廉忙着锻造自身的现代与先锋时，陈崇正悄然构建了自己的文学世界——半步村。这是一个实打实的"新南方"的村庄，演绎着南方的衰败历史，也执拗地存留着南方的巫鬼神魔。出版于2017年的《黑镜分身术》和2021年的《美人城手记》都触及了科幻写作，却呈现两种截然不同的文风。《黑镜分身术》讲述"离魂术""分身术""停顿客栈"等故事，小说中有看似十分高端的机器、技术，但和《草原蓝鲸》等作品一样，这些故事并没有遵循基本的科幻逻辑，更确切地说，作者在用科幻的名号打开局面后便将故事的推进建立在乡野传奇、巫魔蛊术之上。诡异的树皮人病、鸡鸣病，提示着这个拥有古老巫魔文化的村庄在现代生活冲击下向动物、植物的"退化"，而应对这种疾病式退化的，虽然是象征着进步和文明的机器、药物，治病的过程却包裹在一套陈旧的乡村仪式中，"有人默默带来了祭品，在魂庙的竹木围墙之外，插上香烛、烧了纸钱、拜祭起来"[①]，"病症究竟是如何治好的"这一重要的"科幻"问题，小说没有交代，而是很快转入乡村中其他人情矛盾与家长里短的纠缠。科幻的情节只是一种非现实的点缀，陈崇正真正感兴趣的，是这个南方村庄里人们的迎来送往、生老病死，是这个村庄在现代文明冲击之下遭遇的清冷、孤独，以及在特殊历史年代无奈出走的游子无处安放的绵长乡愁。在"科幻"与"非科幻"的指引下，陈崇正带读者见

---

① 陈崇正：《黑镜分身术》，北京：作家出版社，2017年版，第24页。

证了市场经济冲击下的人性变化，也见证了此间岿然不动的情感执念。

在小说集中占据重要篇幅的"分身术"其实是一种传统的民间幻想，"谁也不想做现在的自己，谁也想分身"[①]，但分身之后却是成倍加速在消耗原本的自己，且分离出来的自己无法再有统一的"自我"，于是也有了之后苦苦追求"合身"的莫吉，有了更多情感与伦理的困境，这恰恰是"科幻"与"非科幻"均可着力之处。陈崇正以黑镜、球状闪电、水晶椅、十二根脚趾等带有传统巫蛊味道的意象呈现"分身"的神秘与不可逆，"这个世界每天都是裂开，每一个人的灵魂都在沦陷"[②]，作者由此在"科幻"的意义上重述科技时代人文主义的传统焦虑，在"非科幻"的意义上重审山野蛮荒与邪魔巫蛊的民间正义。对这一辩证问题同样有所青睐的文坛前辈是沈从文，他也来自"江南以南"的"新南方"，他也在现代性的泥潭中挣扎，他也对故乡的自然与神巫充满眷恋，"我老不安定，因为我常常要记起那些过去的事情……有些过去的事情永远咬着我的心，我说出来时，你们却以为是个故事，没有人能够了解一个人生活里被这种上百个故事压住时，他用的是一种如何心情过日子"[③]。或许陈崇正在讲述这些故事时也是和沈从文类似

---

① 陈崇正：《黑镜分身术》，北京：作家出版社，2017年版，第119页。
② 同上，第125页。
③ 沈从文：《三个男子和一个女人》，初刊《文艺月刊》1930年第1卷第3期，后收入小说集《新与旧》，开头和结尾有改动，题目也改为《三个男人和一个女人》，本文引用的即为改动后的结尾。沈从文：《新与旧》：上海：良友图书印刷公司，1936年版，第102页。

的心境，"是俯仰悲欢，重组回忆，救赎生命中种种嗔痴爱怨的手段，是入梦与惊梦的无尽仪式"[①]。

到了2021年的《美人城手记》，陈崇正却离开了他眷恋的山村野谈，将曾经夹杂的科幻要素全面放大，开始了传统意义上的、带着总体性人类视野的科幻书写。"美人城"的故事是《黑客帝国》的主题延续，是赛博时代的大势所趋，只是陈崇正更进一步，将人机战争的结局早已写定，而关于"未来"，陈崇正与王威廉意外地达成了共识，"这时我们才意识到时间对我们的意义突然消失，于是，一个决定在我们心中形成：我们应该如同阳光下的一滴水那样消失，从此相依为命。这不是一时冲动，也不是懦弱，而是我们可以战胜死亡的恐惧，却无法战胜厌倦"[②]。或许对这两位来自"新南方"的青年作家来说，不管是纯粹的"科幻"还是带着探索与希望的"非科幻"，都只是混沌年代情绪与情感的依傍与停靠，最终抵达"未来"的方式也只能是厌倦与沉默，是跟随科技，跟随进步，也是跟随风，跟随水，跟随自然与记忆。

在王威廉和陈崇正之后，必须要提及来自福建的作家陈春成。他的小说集《夜晚的潜水艇》在2020年惊艳文坛，以天马行空的想象和清新古典的语言刷新读者对当下汉语写作美学风格的认知。小说集中几乎每一篇都多少有科幻元素，却又每一篇都没有按照

---

① 王德威：《鲁迅之后——"五四"小说传统的继起者》，《众声喧哗》，台北：远流出版事业有限公司，1988年版，第25页。

② 陈崇正：《美人城手记》，《江南》2020年第2期。

237

传统科幻的关切进行下去，陈春成以看似现实主义的笔法书写一个又一个非现实的故事，并不直抵人类生存的困境或关涉未来的宏大问题，而是以此呈现想象力构建起的斑斓的精神世界。笔者在另一篇文章中称陈春成的文体是"文艺奇幻"，即"在星球、战争、家国、人类命运等具体而宏大的主题之外，尝试以与科幻相似却又疏离的方式拓展人文与艺术的边界""并不致力于一个完美、宏大或可实现的未来新世界，而是旨归一个隐微的情感、情绪、困境皆有安放的异质时空"①，在这样的意义上，陈春成其实和王威廉、陈崇正形成了重要的呼应，即在"非科幻"的维度上贴近情感的波澜与沉淀，贴近生命本身流淌的速度，他们共享的，是同一个与科幻对立的世界。

在笔者着手写这篇文章的时候，《黑客帝国》第四部即将在中国大陆上映，这一部的副标题是"矩阵重启"，这似乎也正合本文之意，在科幻的逻辑视野之下，人机之间的和平注定是短暂的，重启的并不只是势不可挡的矩阵或战争，也是始终没有得到解决的"科幻"与"非科幻"的共同难题：在理性和非理性都已经发展得超乎想象的时代，"人"的肉体与灵魂究竟在何种意义上可以确认自身？在广阔的"新南方写作"中，"科幻"在大声询问"人"究竟该如何面对自己的未来，"非科幻"在轻声诉说拨乱纷纷中心灵该于何处皈依。不管是持续参与战争还是选择消失于未来，又或者

---

① 参见拙作《在黄昏与黑夜的缝隙中藏匿——陈春成的文艺奇幻与现代洞穴》，《长江文艺》2021 年第 5 期。

仅仅是耽溺于神巫邪魔的幻想，都是"新南方"的选择与回响。

　　需要特别指出的是，仅仅以王威廉、陈崇正、陈春成为例，不管是讨论"新南方"还是讨论"新南方写作"中的"科幻"，都难免挂一漏万，但另一方面可以追问的是，这三位作家不能完全代表"新南方写作"的同时是不是也意味着他们只能内在于"新南方写作"的框架？换句话说，这种共享的"科幻"与"非科幻"的志趣是不是仅仅是"新南方写作"的特征？再换句话说，所谓"新南方写作"或者"旧南方写作"，又或者"（新）（旧）北方写作"是不是都已形成了自己的定义、特征与囊括的作家范围？如果回答是肯定的，那发现与命名的意义何在？是否需要新一轮的省思？我们在兴奋地给予"新南方写作"以关注的目光时，恰恰要警惕关注带来的局限，警惕地域性的傲慢和定义性的狭隘。我们期待的文学生态永远是多元、包容与活跃对话，无问南北。

第三节
在黄昏与黑夜的缝隙中藏匿：陈春成的文艺奇幻与现代洞穴

一

收录了九个短篇小说的陈春成的《夜晚的潜水艇》在紧张压抑的2020年似乎只能用"惊喜"二字形容。小说首先以非凡的想象力引人瞩目，我们也很难在既有的阅读经验中为其准确定位。它们有现实主义叙事传统的成熟稳重，却又显然是这一传统的叛逆者；它们有科幻文学引以为傲的天马行空，却又显然并不诉求科技背景下的星辰大海。陈春成给人的惊喜正在于不动声色而得文学表达之三昧，准确、细腻而又直抵文心。

与小说集同名的故事《夜晚的潜水艇》开卷惊艳，在夜晚的深海中驰骋的是不是真实的潜水艇并不重要，重要的是少年的梦是否有足够的时间和空间做完，又或者被遗留到一个再也无法做梦的时空下，借着小说家的故事死灰复燃，黯然神伤。陈春成共享了一个群体的创伤，赋予了一段被无数人埋藏在心底的经历以言说的正义，同时挑战了傲慢的人类引以为傲的历史理性。陈春成如此擅长在创伤和挑战中塑造形象，除了夜间驾驶潜水艇的少年，还有得到神笔的作家、负责裁剪云彩的修剪工、能酿出仙酒的酿酒师、以夜的汁液铸剑的匠人等，但他并非如正统的科幻文学一样以科学作保试图解决当下或未来的危机，而是以一种温柔的幻想姿态深入思维的内里，重温那些亘古不变的困扰艺术家的难题：世俗标准下"不正常"的人该如何在这个世界幸存？创作一部真正伟大却永远不为人知的作品是否值得？如何解决"吾生也有涯，而知也无涯"的矛盾？一坛可以让人遗忘一切的佳酿是否应该喝下？我们的世界和我们的梦境何为真何为假？世界或宇宙存在可以统摄一切的真理与意义吗？在这样的意义上，我愿将陈春成的作品理解为"文艺奇幻"：在星球、战争、家国、人类命运等具体而宏大的主题之外，尝试以与科幻相似却又疏离的方式拓展人文与艺术的边界，关切其中蕴含的人类的灵魂与精神难题。

陈春成以几个截然不同的故事呈现人文与艺术的忧思，同时不忘将现实与幻相勾连，或是未经验证的传说，或是有视频文字的记载，他似乎还是在努力建造一条通往文艺奇幻世界的阶梯，但这阶梯不是为了无谓的可信度，也无关真正有效的解决方案，我更愿意将其视为对无处不在、你我皆可能遭逢的日常状态的营造。"文艺奇幻"并不致力于一个完美、宏大或可实现的未来新世界，而是旨归一个隐微的情感、情绪、困境皆有安放的异质时空。

也是在这样的考量上，陈春成对个人意识与精神内在难题的敏锐感知极具现代主义风格的典型性，他将那些在现代主义作品中以叛逆与荒诞姿态呈现的人性的压抑与扭曲大力铺展，我们似乎看到那些曾经惊世骇俗的情绪、情感与内在的困惑、难题都变成了日常琐碎，举重若轻，浑然天成。

二

《竹峰寺》是小说集中较为特别的一篇。小说外表是一个略显俗套的现代青年的"归去来"故事，穿插的历史创伤也并非奇闻，然而让这篇小说独树一帜的是作者赋予其中的当下与历史共享的美学观念与精神气质。"我"在大学时代的寒暑假，在过路途中看到寺庙的一角飞檐，从此记在心里，"对于我，它就像一个小小的神龛，安放在峰顶的云烟草树间。在我的想象中，无论世界如何摇荡，它都安然不动，是那样的一处存在"①。佛教爱讲"有缘人"，对旅途中的偶然所见上心至此，若不是有缘人，恐怕就是心有疑惑，需要云烟草树之间的神龛来启迪抚慰了。换句话说，这是"我"无声的呐喊与呼救。当"我"终于下定决心敲开寺庙的门，本培那句懒懒的"谁呀？"便是对这呼救最有缘的回应。学医且爱玩游戏的本培为何选择在寺庙当居士是小说没有展开的另一个故事，但"我"主动于此寻求疗救的过程是清晰的。第一次上山是青

---

① 陈春成：《竹峰寺》，《夜晚的潜水艇》，上海：上海三联书店，2020年版，第26页。

年无端的离愁别绪，第二次上山则是略经沧桑后的无根飘零，都谈不上大灾大难大是大非，奈何"我"拥有敏感的灵魂，"藏东西，是我惯用的一种疗法""车到站之前，我已经决定把钥匙藏在竹峰上"[1]，于是，"藏东西"以实现自我疗救成为"我"与竹峰寺最紧密的联结，也是这种联结使"我"意外发现了几十年前另一桩"藏东西"的往事。那是那个年代的大灾大难大是大非，"我"的故事与之相比似乎微不足道，然而，浸润了无数文人墨客溢美之词与几百年天地日月之精华的珍贵历史文物，终究与"我"已经被拆的老宅的一把破旧钥匙归宿于同一座要被风吹雨打、要被往来行人千万次践踏的小小石桥，看似不可相提并论的两件事跨越历史时空共享了同一种切实有效的解决方案：藏匿。

对慧灯和尚来说，碑就藏那里挺好的，拿出来，保不准哪天又有人来砸；对"我"来说，钥匙关联着老屋和故乡，藏在那里一切安然不动。即便"我"不知道什么时候会回来，但被藏匿的钥匙始终就在那里，它将和那块已经成为石桥本身的碑一起，记录历史的兴衰荣辱，见证人间的真善假丑，更重要的是，给藏匿者当下的灵魂以安稳妥帖。"藏匿"在这样的意义上成为一种深沉厚重却又直抵人心的美学表达。陈春成敏锐地捕捉到了在现代境遇之下"藏匿"的价值与意义。日常理性已经将"现代"建造成

---

① 陈春成：《竹峰寺》，《夜晚的潜水艇》，上海：上海三联书店，2020年版，第31页。

"铁笼"①，赋予我们安定也给予我们囚禁，在每一个清晨以未读消息和待办事项的形式扑面而来，如何能在洪流一般的生活中获得身心的安宁也成为一个现代性的难题，苏轼所说"惟有王城最堪隐，万人如海一身藏"或许正是这个意思，不管是王城还是山寺，但见芸芸众生扰扰纷纷，藏匿者因为主动选择的不能说、不愿说的秘密获得了真正的内在自由。

然而，"藏匿"成为一种美学风格，也成为解决现代性难题的一种可能性方案的同时，也裹挟了肉眼可见的另类问题。藏起自己想象力的少年，藏起伟大作品的作家，藏起秘方的酿酒师，藏起乐谱的音乐家，还有隐藏在梦境中的工艺秘诀，隐藏在世界各个角落的《红楼梦》，神秘不可知的要素形塑了文艺奇幻的叙事动力，也构成了小说新鲜而陌生化的特质，但也使这些故事始终氤氲着一种感伤而落寞的基调。或是丢失，或是消弭，或是无疾而终，"藏匿"的结果是这些人物总是在天地之间悠游，进而不知所终，在这样的文艺故事中藏匿与被藏匿的，可能还有最基本的乐观与最生动的未来。

　　我想象在黄昏和黑夜的边界，有一条极窄的缝隙，另一

---

①　"理性铁笼"来源于马克斯·韦伯的论述，他认为现代社会依托的理性化原则在实现了物质生活的高度发达的同时也具有前所未有的控制力量，人们为了维持现有生活不得不按部就班，如被困"铁笼"之中。参见［德］马克斯·韦伯：《新教伦理与资本主义精神》，于晓、陈维钢译，北京：生活·读书·新知三联书店，1987年版，第142—143页。

个世界的阴风从那里刮过来。坐了几个黄昏，我似乎有点明白了。有一种消沉的力量，一种广大的消沉，在黄昏时来。在那个时刻，事物的意义在飘散。在一点一点黑下来的天空中，什么都显得无关紧要。你先是有点慌，然后释然，然后你就不存在了。[①]

在这篇所有细节都可以得到现实解释的《竹峰寺》中，陈春成给出了最形而上的一段描写，也是他最本质性的艺术表达，正是在黄昏与黑夜的缝隙中，作家借助消沉的力量实现了对自我的藏匿，和藏东西不同，藏匿自我获得的，是比可以抵抗现代境遇的安定更为有力的自我的蒸发，"心野掉了"这样朴素的民间表达生动地展现出了内在自我与真实世界的疏离，明暗之际，是一切可以感知的意义与价值的烟消云散，"藏匿"在自然的配合下，成为一种无欲无求无悲无喜的完美的逃离。——"我（人）"消失了。

一位学者说，大地是无穷无尽的，陛下，它将处于永恒的坠落中。……学者又说，曾有人在掘井时挖出一块残碑，碑上的铭文写道：大地的另一面是梦中的世界；我们则在那个世界的梦中。国王低声重复着这句话，沉吟半晌，问道，

---

① 陈春成：《竹峰寺》，《夜晚的潜水艇》，上海：上海三联书店，2020年版，第45页。

那我的剑？陛下的剑将穿透大地，所用的时间不可计量，也许在千载后，也许在下一秒。①

笔锋流转，陈春成在最无望的深渊中凝望，与潜水艇一起消失的少年的想象力，与神笔一起消失的旷世巨作，与酿酒师一起消失的记忆与酒，与"植物人"一起消失的《红楼梦》，与敌人一起消失的宝剑，与作品一起消失的音乐家，却又都在"世界"的另一面给予我们警醒，它们只是处于永恒的坠落之中。潜水艇曾救过真实的人，伟大的作品曾被一字一字地书写，神奇的酒曾被饮用并产生功效，《红楼梦》曾被无数人信仰和背诵，优美的旋律曾被真情实感地演奏，它们的"过去时态"并不是"完成时态"，它们在我们未知的平行或不平行的空间中自有运行的逻辑与轨迹，偶然投影在我们这个世界的波心，又悄无声息地藏匿和消散："无"是最充实的"有"，彻底的"藏匿"是最永恒的"存在"。陈春成的辩证法并不需要严谨的科学论证，却振聋发聩地质问了尘世人类的傲慢，敲打了此岸急需消沉与安定的灵魂。

三

柏拉图曾以洞穴之喻（Allegory of Cave）②讨论世界的可见与

① 陈春成:《尺波》,《夜晚的潜水艇》,上海:上海三联书店,2020年版,第161—162页。
② 相关论述可参见柏拉图:《理想国》,郭斌和、张竹明译,北京:商务印书馆,1986年版,第514页。

可知，洞穴中人所见只是观念，也鲜少有人愿意和敢于验证观念，柏拉图用心良苦，试图揭示认知世界的真理。然而，陈春成并不致力于打破洞穴，唤醒人们，甚至在人为建造洞穴。《竹峰寺》中的"我"便时常蹲进山腰那口瓮中，"重温一下那黑暗与声音"①，这自制的"洞穴"多少次抚慰了孤寂的灵魂。在陈春成笔下，现代社会的境遇决定了"藏匿"的必要，或者说，决定了"洞穴"本身的可贵。《裁云记》中的云彩剪裁员渴望在每一个知识的洞穴中深入跋涉，《酿酒师》中的陈春醪最终在洞穴中用意念酿成让肉身消失的"空酒"……洞穴中人知晓或在意自身的狭隘与局限吗？陈春成需要的显然并不是精准的客观真相，而恰恰是世界的投影，是投影之下可以弥散的想象与飞扬的思绪，是一个可以容纳不真实、不客观，容纳个体灵魂呐喊与呼救乃至丢弃肉身与记忆的广阔天地。

《李茵的湖》是一个关于记忆的故事，确切地说，是一个关于记忆验证的故事。凭借对园子中一种建材的特殊感觉，一对青年男女终于找到了儿时家庭聚会的场所，这是又一个童年创伤故事，却也是个寻找记忆终究又丢弃记忆的过程。李茵验证记忆后哭了一场，之后远走北方城市，嫁在北方城市，最终葬在北方城市，而"我"这个帮助她寻找记忆的人，再次走进园子，想到的是"汉朝灭了，井底的火焰就熄了；暗中牵连的一并在暗中消泯"②。巧合

---

① 陈春成：《竹峰寺》，《夜晚的潜水艇》，上海：上海三联书店，2020年版，第51页。
② 陈春成：《李茵的湖》，《夜晚的潜水艇》，上海：上海三联书店，2020年版，第148页。

的是，这个园子在文中被"我"命名为"匿园"，园子中这个历史的"洞穴"藏匿了李茵儿时的美好，也藏匿了一对恋人曾经的悲欢，却也是这个"洞穴"铭记了一个微不足道的故事，包容了一段追寻又丢弃的往日时光。

> "《红楼梦》没有中心思想，因为它就是一切的中心；也无法从中提取出意义，因为它本身就是宇宙的意义。"……宇宙是以《红楼梦》为模型而建造的，有着同样对称的格局：宇宙的起点和终点都是一无所有；中间则是《红楼梦》，一切色相的顶峰。对称的解构意味着《红楼梦》的消失是必然的。"白茫茫大地"不仅预言了繁华的散尽，也暗喻文字的消失。《红楼梦》从一切的内部奔涌而来，也终将弥散入万物。[①]

几千年后有星球大战并不稀奇，寰球大总统竟然认为需要从一部文学作品中获取统治寰球的奥秘，这显然令今日所有创作和研究文学的人感到莫大的安慰，然而"盛筵必散"，"一切的中心"与"宇宙的意义"便意味着消失的必然。可喜的是，《红楼梦》最终在"我"的"躯体"中生长，或者说，"我"的记忆和躯体为《红楼梦》提供了自由生长的"洞穴"，使得按照曹雪芹的逻辑与脉络实现了真正"完成式"的《红楼梦》弥散进了万物，无处不在。

---

① 陈春成：《〈红楼梦〉弥撒》，《夜晚的潜水艇》，上海：上海三联书店，2020年版，第112页。

人类与科幻的世界似乎总在追寻名叫海洋的远方，但陈春成告诉我们，自由遨游的我们何时不曾在水中？

陈春成用想象不懈地进行着对"不语怪力乱神"的反拨，而那个被反拨过的世界并非如表面呈现得那么杂乱颓废，而恰恰是在试图提供另一种生活的想象，消解历史的理性，放飞现世的自我，高扬被压抑的性灵，"就字源学考证而言，'鬼'在远古与'归'字可以互训，是故《尔雅》有言：'鬼之为言归也。'……《礼记》：'众生必死，死必归土：此之谓鬼。'……鬼之所以有如此魅惑力量，因为它代表了我们对大去与回归间，一股徘徊延宕的欲念"[1]。对"鬼"的赋魅与祛魅也正是对生与死的正视，是对"延宕的欲念"最大的尊重。"在一个现代的符号的社会里，找寻丧失的幽灵声音真是难上加难"[2]，陈春成以此出发，捕捉那些被忽视与错失的幽灵，建造可以容纳"大去"与"回归"的洞穴。如果柏拉图的洞穴象征着人类最初的幻象与枉然，那么在现代性进程之下，陈春成的洞穴正是最后的遮蔽与最终的抵抗，不管藏匿的是故事还是记忆，收容的是幻想还是欲念，洞穴都默认了藏匿与消弭、虚无与永恒的辩证法。陈春成由此从历史和现实中突围，在文艺奇幻中驰骋，在黄昏与黑夜的缝隙中藏匿，在人力难以企及的救赎中悄然降落。

---

① 王德威：《历史与怪兽：历史，暴力，叙事》，台北：麦田出版社，2004年版，第234页。

② 同上，第258页。

第四节
做世界的切线：由《上京》兼及李唐的创作变化

　　《上京》是李唐最新的长篇小说。不得不说，《上京》之前的李唐是个固执的现代青年，执着于对都市孤独感的捕捉，沉迷于对记忆、遗忘、存在的描摹。让人担忧的是，年轻的李唐在多篇作品中已经多少呈现出了对自我的重复，这或许是他个人主动的艺术选择，也可能要归罪于某种写作素材与路径的拓展局限。作为较早关注李唐创作的研究者，也难免心生疑虑，这位颇具才华的写作者将去往何处？李唐显然是具有自省精神的，《上京》或许就是他给出的一份探索性答卷。

　　《上京》的主人公梦生是一名生活在1918年的刺客。1918年不是一个平凡的年份，刺客也不是一个平凡的身份。得益于《史记·刺客列传》的加持，"刺客"成为一个重要且丰富的历史、文学意象，但在类型文学之外的当代文学书写中却罕见刺客的身影。在这样的意义上，《上京》弥补了当代文学中的一种空缺，接续了久被忽视的文学传统。在太史公笔下，"自曹沫至荆轲五人，此其义或成或不成，然其立意较然，不欺其志，名垂后世，岂妄也哉！"那么，被司马迁赞赏的刺客的"立意"与"志"具有怎样的内涵？单从司马迁列举的几位刺客来讲，除了勇敢、机智等基本素养外，豫让、聂政都表现出了超乎常人的忠诚与信义，所谓"士为知己者死"。最有名的刺客非荆轲莫属，他的故事戏剧性最强，历朝历代的诗文曲赋、传记传奇多有重述，也延伸出不少新的讨论话题。[①]其中最具当代性的问题莫过于，荆轲刺杀秦王是义还是不义？这一问题的实质在于该以哪一种价值观念看待这段史实，从忠贞守信、抵抗暴秦角度讲，荆轲死得其所，是千古英雄；从统一中国、结束战乱角度讲，荆轲以及一众刺秦的杀手皆是目光短浅的历史罪人，这也是后来诸如陈凯歌《荆轲刺秦王》、张艺谋《英雄》等影视作品的基本立意。正如卡林内斯库在讨论"古今之争"时所指出的，从获取更丰富的知识、拥有更广阔的视野的层面上讲，我们才是"古人"，以不同的视角"观看"前尘往事当然是容易的，然而，在获取了大量知识与观念的基础上重新"塑造"旧人物（刺客）、"讲述"旧故事（1918），一个年轻的作家会怎么做？能怎么做？

在李唐笔下，"刺客"梦生隶属于"燕社"（这一组织命名本身

---

① 黄子平教授近日于对外经济贸易大学做讲座《荆轲刺秦：从司马迁到张艺谋》，详细梳理了自《战国策》开始直到当代文学书写中荆轲形象的变迁以及与之相关的诸多问题。

也值得玩味），而这一刺客组织得以保全和延续是因其"不涉政治""只承接民间恩怨"的组织原则，也就是说，"刺客"在此时不过是一种与经济利益相关的普通职业。承继自历史经典的"刺客"在小说开篇便被悄然降格。而在接下来的故事推进中，倒是频繁出现诸如利刃闪出的寒光、飞檐走壁的黑衣人、密室、易容、催眠等描写，多少可以推测少年李唐应该读了不少金庸、古龙的武侠小说，刺客梦生颇具江湖侠士的风采，这也呼应了《史记》中常被拿来与《刺客列传》相提并论的《游侠列传》。^①司马迁笔下的游侠和刺客其实有很多共同点，但相比于刺客最终的舍身成仁，游侠似乎功在平时的行侠仗义、声名远播，司马迁也由此解构他们的"以武犯禁"。刺客大多为报知遇之恩而死，游侠则在闾巷民间惩恶扬善。在这样的意义上，"拿人钱财，替人消灾"的梦生似乎并没有继承真正的刺客、游侠精神。然而，和两千多年前即将进入新的历史纪元的刺客游侠们类似，梦生生活在20世纪初的中国，生活在这个民族国家向现代迈进的阵痛时期。梦生会被激活沉重且沉睡多年的"刺客精神"吗？

严格意义上讲，梦生父母的死亡是"历史性死亡"，死于载入史册的庚子年"拳乱"，但梦生对刺客这一职业的选择却与政治无关，仅仅是因为燕社社首的收留，自己便自然成为社团一员。在之后多年的行动中，梦生也始终是"对政治一窍不通"，只是因为

---

① 关于"刺客"与"游侠"的讨论可参见张桂萍：《论〈史记〉刺客、游侠传的仁义主旨及其多维视角》，《西南大学学报（社会科学版）》2017年第1期。

此次刺杀对象的特殊身份而被动卷入几重纷争中。最终深入虎穴，也仅仅因为如父亲一般的社首突然失踪，梦生不得不接受良心的拷问，去践行朴素的知恩图报。这是武侠小说中普遍流行的恩义观念，也是司马迁笔下的刺客们认可的忠诚原则。梦生没有当代影视剧"刺客叙事"中的"天下"观念，也没有金庸先生在作品中贯穿始终的"为国为民，侠之大者"的信仰：梦生是"大时代"的"小人物"，是"刺客"这一能指之下李唐式的"青年杀手"。我们看到了梦生的孤独、恐惧、懦弱，看到了梦生的冲动、执拗、逃逸，这是我们熟悉的李唐所热衷捕捉的现代人物情绪。梦生披挂着刺客的外衣，在历史的洪流中穿梭，却始终若即若离，似乎在讲述另一个时空的故事。在这一时空中，李唐的创作脉络鲜明可见。

自第一本小说集《我们终将被遗忘》开始，李唐便痴迷于对都市孤独青年形象的塑造。[①]在艺术层面，李唐先锋而现代，行文风格冷峻而浪漫。在这本早期作品组成的合集中，李唐已经展现出纯熟的语言技巧，也大致呈现出自己关切的几大主题的轮廓。从李唐此时的作品中，不难看出其阅读与创作的思想资源，那些耳熟能详的外国作家、音乐家在他的作品中闪现，融进人物的骨骼与血肉，他也由此建立起自己的文学人物谱系。此时李唐笔下的人物，奔波在大城市的各个角落，承受着工作、家庭、社交带

---

① 参见拙文：《先锋的与浪漫的——读李唐小说集〈我们终将被遗忘〉》，《名作欣赏》2018年第2期。

来的种种困境。这是青年作家们彼时普遍偏爱的主题，换句话说，李唐的人物是敏感化、极端化的"我们"每一个人。此时的李唐多少还是"务实"的，还在关心真实的世界与真实的人物，在以文学的方式把握个体的心理状态，试图触摸个体的精神边界。

这种把握和触摸总是单调而让人疲惫的，李唐显然也意识到了这个问题，到了长篇小说《身外之海》中，他已经展现出了一定的变化。① 在这本小说中，李唐将此前的试探做了进一步推进，打造了属于自己的文学空间。在这个空间中，李唐以"在场"的强势姿态搭建了理想中的一切，他的主人公在海滨小镇过悠闲的生活，认识各有故事的小镇居民，疗愈一段难以名状的创伤。时间、记忆、存在、遗忘、死亡，这些形而上的哲学命题在李唐笔下左奔右突，即便逃脱到这样一个理想世界，终究也难以纾解，这隐居的生活不过是现实生活的另一种投射。所谓"深夜一枝灯／若高山流水／有身外之海"，李唐在这片海里安排了诸多"非现实"的元素，天空会飘下天鹅羽毛，花盆里可以长出诗集，一匹狼可以开口说话，但在这个近乎完美的疗愈之所，"我"依然无法抵抗时间与记忆的侵袭，依然只能与内在的自我不断重复着精神的博弈与消耗。但在此间天地，李唐自由而轻盈。

在之后的《月球房地产推销员》《酒馆关门之前》中，李唐都保留了"另一个世界"的设定，甚至不少人物形象都是重复的，这

---

① 参见拙文：《"抉心自食，何需本味?"——读李唐〈身外之海〉》，微信公众号"同代人" 2018 年 3 月 22 日。

或许也说明，在李唐的文学世界里，有始终无法解决的困惑，有始终没有得到消解的症结。《月球房地产推销员》携带了一定的科幻色彩，但这种对"虚"的拓展却是鲜明的对"实"的回归。与充满童话色彩的"身外之海"相比，"效率委员会"与"公社"当然更为紧迫和残酷。李唐在这部后出版的长篇小说里倒是做了相当程度的后撤，或者说，在创作和出版的道路上，李唐的作品和他本人的精神世界一样，"务实"或"务虚"，不过是一时一地的平衡或失衡。

在《月球房地产推销员》《酒馆关门之前》之后，李唐还出版了《热带》《菜市场里的老虎》两本中短篇小说集，新作旧作皆有，也持续着他一贯的精神探索。李唐显然不是"体验生活"派的，他的写作主要依赖个人的阅读经验与哲学思辨，正如有论者指出，"李唐迷恋的是无意识领域"，"尽可能抛除一切'前见'和'前理解'，从而对事物进行最原始、最朴素的观看。然而'朴素的看'是困难的、几乎不可能实现的活动，因为它实际上是逆着人的思维逻辑，强迫我们只去观看，不去理解，乃至抵达'坐忘'，遗忘主体、经验和概念。这种状态对李唐有着强烈而持久的吸引"[1]。他的主人公总是在"现代"打造的精神牢笼中挣扎，复杂而碎片化的经验剥离与思想缠绕之后，是灵魂深处无边的落寞和漫长的孤寂。"天长地久有时尽，此恨绵绵无绝期"，这些年对自己精神世界的沉

---

[1] 赵天成：《昨日的与他日的世界——李唐论》，《小说评论》2022年第6期。

浸，满足了自我创作欲望的同时是否解决了他真正的内在难题？

《上京》不能不说是一次勇敢的突破。接受西方现代文学多年洗礼的李唐返归百年前的历史现场，以一个刺客的形象在1918年秋冬的北京城中踽踽独行。李唐回到中国走进"现代"的"起点"，更确切地说，他回到的是"可以选择"的年代。在历史的十字路口，有人选择漂洋过海，有人选择偏安一隅；有人选择庙堂仕途，有人选择勾栏瓦肆；有人选择争权夺利，有人选择衣食温饱；有人选择为国为民，有人选择家园亲情……历史的列车轰隆隆向前，却始终只能行驶在一条轨道上，没有登上这趟列车的人，或者被列车甩出窗外的人，是否还有别的轨道可以前行？小说提出的重要问题或许正在于此，在所谓的"觉醒年代"，身处历史风暴之中的个体，他拥有怎样的精神状态？他是否有权利脱离既定的处境，选择其他的轨道？历史是否有足够的缝隙容纳不同轨道的并行？个体与世界的关系究竟可以有多少种呈现的方式？《上京》之前，李唐笔下的现代都市青年面临的精神难题似乎是永远无法逃离的，那么，将之转移至遥远的历史背景之中，是否会有别的答案？又或者说，是否至少可以获得一次"以史为鉴"的机会？

"青年杀手"梦生首先跌入了美人的温柔乡中，在戏剧化的情境下意外结识风尘女子唐盼并自此难以自拔，这倒是一个较为典型的英雄美人的叙事模式，也是在这一传统叙事的推动之下，"英雄"梦生冲冠一怒为红颜，在鬼市犯下命案。然而，这次近乎"无差别杀人"的行为多少解构了基本的江湖侠义道德，梦生理应失去"正面形象"具有的主角光环。但在接下来的故事发展中，梦生依然一路高奏凯歌，明里暗里得到太多保护和帮助。在这些保护和帮助中，最重要的来自双寒冰和韩秉谦，他们也分别代表了两种生活和价值观念。双寒冰在"忠孝难两全"的困境中做出了自己的选择，叛出家门、参加斗争、创作新小说、推广新文化，这一选择以后设视角来看无疑是某种"正途"，是在历史的大是大非面前的睿智果敢，他也成为那个时代一大批知识分子的典型形象；韩秉谦是马戏团的负责人，魔术师的身份与常年的伪装让他显得神秘而深沉，他带着马戏团各地巡演，献艺的对象上至美国总统、中国逊帝，下至公园百姓、街巷庶民。他以操练魔术、游戏为志业，得以在乱世中安身立命，但他每日反复呈现的那些如梦如幻、亦真亦假，何尝不是现世的真实表征？或者说，这流离的人间也不过是马戏团中的一场游戏一场梦，何足挂齿，又何必较真？在某种意义上，双寒冰和韩秉谦是梦生（李唐）的一体两面，在积极的入世中勉强斗争，在虚无的幻梦里游走彳亍。

　　双寒冰和韩秉谦的对立统一可以看作李唐多年创作实践之后的自然塑造，事实上，李唐的作品中始终有这样一条隐秘却强劲的暗流：一种与一切隔绝的欲望，以及与欲望相伴相生的犹疑。李唐的人物执着于"另一个世界"的清净与缥缈，却又无法真正摆脱此岸的喧嚣与羁绊，两个世界的冲突矛盾在人物身心中不断挤压，渐成剑拔弩张之势。《我们终将被遗忘》可能是这种紧张关系的最初呈现，《身外之海》则是一次尝试性的探索，也是这种张力的再次确证。而到了《月球房地产推销员》《热带》《菜市场里的老虎》，李唐已经游刃有余，能够将内在澎湃的血涌炼成清流，自在地灌输进悠长的故事中。早期的锋芒以《动物之心》为代表，之后的成熟则以《蜉蝣》为见证。那个为了生计而去当动物管理员的"他"，逐渐以返祖的姿态重回动物世界并有沉迷之势，但最后却以女友找来并告知其即将为人父的消息作结，那个让人着迷、不知道该走向何处的"动物化"故事却以这样一个消息扎扎实实落地，着实让读者唏嘘。而《蜉蝣》则包含了李唐创作中关切的几乎所有问题，少年、孤独、亲子、友谊、欲望、情爱、动物、疾病、死亡、记忆、遗忘、存在、命运等，李唐以极为现代的叙述手法将冗余的主题杂糅，不断在真实存在的村落与无边无际的精神世界中游走。小说篇幅不短，情节散漫，几乎难以卒读，但阅读过程中又始终能感受到其中透出的近乎刺眼的光线，这光线让读者眩晕，却也在时刻提示读者关注光线之下匍匐着的灵魂。曾拥有"动物之心"的"他"，曾触摸过阳光、河流、丛林与蜉蝣的少年，要怎样继续这尘世中的朝朝暮暮？

梦生提供了一个可能性答案。作为"燕社"第一业务骨干，他打破了李唐笔下常出现的失败青年形象，不仅与高层领导关系密切，还能在烟花巷中偶得红颜知己。当然，如此"成功"的青年，在精神层面依然是李唐式的，孤僻、清冷、敏感，再加上些许的懦弱，对外在的世界充满不自觉的拒绝。作为一种"可能性答案"，梦生不再独自陷于自己的内心泥淖中，而是与"世界"有了更多联结，或者说，在努力地与世界发生关联。大柳、小柳与"下处"的设置由此有了重要的意义：

> 鸡毛店里住的全是些行走江湖的生意人。变戏法的、卖药的、卖估衣的、卖梳篦的、唱大鼓书的、说相声的、算卦相面的、打把式卖艺的……人们来来去去，争吵不休，互帮互助，俨然一个微型会馆。梦生从大柳口中得知，这儿被称为"生意下处"，南来北往的都是"吃张口饭"的江湖人，外行人没有介绍是进不来的。大家白天里各行其是，晚上回来聚到此地，煮一大锅烂肉面——大锅手擀面，浇上猪肉杠、羊肉床子剩下的下脚料熬成的高汤，搭配以催人泪下的辣子，足以让人吃得脊梁冒汗。每到吃饭时，小柳便取下墙上的笊篱，负责给每个人盛面条。人们端着热气腾腾的大碗，吸溜吸溜地吞咽面条，顾不上说话。整间房都被面条的热气胀满了。

> 睡觉时，有人把头顶的大毯子缓缓降下，正好盖住所有睡在通铺上的人。十几个人挤在一起，呼吸着彼此身上的臭味，说着粗俗的玩笑，倒也十分暖和。月至中天，房里已是鼾声一片。[1]

---

[1] 李唐：《上京》，北京：中信出版社，2023年版，第90页。

这是李唐以往作品中不太可能出现的段落。他以往的小说中，有的是海边、丛林、酒吧、音像店，是河流、荒原、郊外、垃圾场，这一次，李唐主动沾染了"烟火气"，似乎没有这气息，便不能算是"上京"，不能算是真正呈现了一个时代。及至公园里的李大钊演讲，柏斯馨里佩戴北大校徽的男女，报馆里流传的《新青年》，历史课本中的1918年得到了再一次的确认。然而，梦生只是在"下处"躲藏了一些时日，很快便被双寒冰接走，最后跟随马戏团远遁。也就是说，所谓人间烟火，不过是梦生的短暂过渡，甚至是一种可有可无的点缀，或许充盈了一段时代叙事，却终究浮于表面，并未真正融入故事的肌理。这不是李唐擅长的部分，一个年轻的作家也不必擅长每一种情境的书写，正如他对唐盼、于一郎等女性人物的塑造同样显得不那么让人满意，但双寒冰和韩秉谦的存在足以彰显李唐的旨趣。

双寒冰在酒醉之时对梦生表示"你我注定做不了朋友"，韩秉谦在梦生辞行时则说"我早就想到有这一天"。梦生终究不是双寒冰那样的斗争者，也不是韩秉谦那样的入梦者，但梦生知恩图报、心存不忍，于是走上了刺杀山内的道路；梦生心有牵绊、别有所寄，于是最终决定金盆洗手、闲步京城。不念前尘，不问去处，从未真正与世界脱离的梦生也从未真正与世界相亲。李唐借历史的躯壳塑造的青年，在历史浪潮的拍打下找到了自己的道路，这类似归隐的道路显然与崇尚牺牲与信义的刺客精神无关，只能说多少携带着深藏功与名的游侠气质。李唐的梦生或许没有在当代文学书写的意义上激活或丰富"刺客""游侠"的内涵，但基本实现了一次还算完整的艺术塑造。当读者觉得似乎可以为李唐拍手庆贺的时候，闲步中的梦生被另外一个刺客终结了生命。从创作的角度讲，这是一个略显突兀的结尾，却并不是一个令人失望的结尾。梦生终究没有活成自己偏爱的那头银色的大象，不管历经怎样难耐的生活，大象保留了选择死亡的权利，这最后的尊严梦生没有得到，李唐却由此回应了最初的困扰：历史或许有足够的空间容纳不同的轨道并行，但列车一旦启动，乘车人却再也没有下车的机会，做了选择的个体谁都无法在历史浪潮中独善其身。梦生跳脱出李唐式人物以往纯粹的精神漫游而与实在的世界发生了激烈的触碰，这触碰生疏而短暂，似蜻蜓点水，却并非了无踪迹。

　　　　寰宇其实一颗球。父亲说道。他经常会突然说些莫名其妙的话。
　　　　球？我忍不住笑了，就像一颗鸡子？
　　　　正是。父亲说。
　　　　那住在鸡子下面的人岂不是要掉下去？
　　　　不然，这颗鸡子很大，没人会掉下去。[①]

---

① 李唐：《上京》，北京：中信出版社，2023年版，第134页。

童言无忌。那个在公园里"穿黑棉袍，留平头、八字胡，戴小圆眼镜的教授模样的方脸男子"宣讲的"试看未来的环球，必是赤旗的世界"不知道是否唤起了梦生这段关于"球"的记忆，成年的梦生不知道是否依然在为"下面的人"忧心，但父亲承诺过的"没人会掉下去"真的实现了吗？如果确实没有人掉下去，那在这颗鸡子上拥挤的人群中，个体如梦生者，能够苦苦追寻的，也不过是可以立足的浅浅"一点"，又或者，是鼓起千万次勇气而对世界做出的一次"蜻蜓点水"。从《我们终将被遗忘》到《上京》，李唐由这"一点"出发，以勤勉的写作实践做这世界的切线，深入个体精神的深处，虚实相生的故事中是与世界的微妙对话。这寰宇之球当然有无数条切线，但每条切线与世界的关联注定只有"一点"，"一点"之外，切线无限延伸，宇宙浩瀚辽阔。在李唐笔下，个体与世界的关联如此微弱，又如此牢固。而在梦生生活过的地方，在一百多年后的北京，在这样的时代与时刻，或许我们谁都没有办法去判断，作为切线的个体的李唐的创作，与这世界关联的"一点"，究竟是太少还是太多。

图书在版编目 (CIP) 数据

历史之思与心灵之困 ：当代作家症候研究 / 樊迎春
著. -- 北京：北京十月文艺出版社，2025. 1.
ISBN 978-7-5302-2454-0

Ⅰ. I206.7

中国国家版本馆 CIP 数据核字第 20245MF446 号

历史之思与心灵之困
当代作家症候研究
LISHI ZHI SI YU XINLING ZHI KUN
樊迎春　著

出	版	北京出版集团
		北京十月文艺出版社
地	址	北京北三环中路 6 号
邮	编	100120
网	址	www.bph.com.cn
发	行	新经典发行有限公司
		电话 010-68423599
经	销	新华书店
印	刷	河北鹏润印刷有限公司
版	次	2025 年 1 月第 1 版
印	次	2025 年 1 月第 1 次印刷
开	本	850 毫米×1168 毫米 1/32
印	张	8.75
字	数	146 千字
书	号	ISBN 978-7-5302-2454-0
定	价	58.00 元

如有印装质量问题，由本社负责调换
质量监督电话 010-58572393